LE CHAMP DES CRIS

DU MÊME AUTEUR

L'Effervescence des images.
Albert Kahn et la disparition du monde
Les Impressions Nouvelles, 2020

L'Étreinte
Inculte, 2017

ADRIEN GENOUDET

LE CHAMP DES CRIS

ÉDITIONS DU SEUIL
57, rue Gaston-Tessier, Paris XIXe

ISBN 978-2-02-151245-8

www.seuil.com

pour Louison.

PREMIÈRE PARTIE

clac ————————————————————————
—————— – – – – *grésillement* – – – – ——————
——— bon ————————————————————
———————————— on peut commencer ? ———
—————————————— oui —— bien sûr ———
————————————————————————————
—— attendez ——— pardon ———— quoi ? ———
——————— je vais fermer la fenêtre ———
————————————————————————————
————————————— ah – oui – allez-y ———
———————————————————————— vous
avez froid ? ——————————————————
——— non – non – j'ai peur pour le son – les travaux –
dehors – j'ai peur de ne pas bien vous entendre ———
——— ah — oui ———————— oui – je ne sais
pas bien ce qu'ils font – ça n'arrête pas ——— ils doivent

refaire les canalisations – quelque chose comme ça ———
————————————————————

— non —— non ———— pas comme ça —— fermez avec la poignée —— là ——————————
————————————————————

—— dans l'autre sens —— serrez dans l'autre sens ———
————————————————————

———————— voilà — comme ça —— c'est une vieille fenêtre ————————————
————————————————————

———————— eh bien ————————
———————— mon vieux — vous n'êtes pas dégourdi vous ————————
———————— oui désolé ———— ils font des travaux ? ————————————
———————— oui ——— quand je sortais encore —— j'allais voir — je sortais pour aller voir les travaux dehors – ça passait le temps ————————
———————— les enfants se foutaient de moi d'ailleurs – parce que je sortais juste pour ça ——
———————— ils m'appelaient l'inspecteur des travaux finis ————————
————————————————————
———— – – – – *grésillement* – – – – ————
—— bon ——— alors c'est bon ? – il marche votre machin ? ————————————

——— oui ——— c'est parfait ———————————
——————————— alors ———————————
——————————————— Onésime Sanzach ———
————————— oui ——————— je vous écoute
———————————————— pouvez-vous ——————
——— d'abord ——— nous parler de là où nous sommes
—— de cette maison —— vous êtes bien né ici – dans cette maison – impasse du Champ-des-Cris – c'est bien ça ? ——
——————————————————— c'est exact oui ——
————————————————————— est-ce que vous pouvez nous dire si les choses ont beaucoup changé ici ?
——————————————————— évidemment – vous pensez bien que rien ne reste en place quand – je dirais – vous avez traversé la plupart de votre vie dans une maison
————————— alors – qu'est-ce que je peux vous dire ?
——————————————————— c'était une vieille ferme – au départ – une ferme comme on en voyait dans le temps – avec le sol en terre n'est-ce pas ? – puis – petit à petit – on a agrandi – c'est devenu – disons – plus moderne – plus confortable – mais cette pièce-là – où nous sommes – elle n'a guère changé – enfin les volumes je veux dire – c'était comme ça – c'était là où Naudet – mon grand-père – et Blanche – ma grand-mère – dormaient —— j'y ai grandi
————— c'est ici où —— pendant la période de résistance – étant donné que — que c'est ce qui vous intéresse – eh bien ——— ici ———— nous avons parfois caché des

armes – des munitions – mais aussi des faux papiers ——
———— c'était une amie à moi – qui habite au bout de l'impasse d'ailleurs —— Nicole — qui s'occupait de cacher tout un tas de choses ici ———— et puis ——— et puis après le début de mon activité de militaire — après mon mariage avec Simone — après mon retour d'Indochine – je me suis installé ici ——— définitivement — et ——— vous voyez – eh bien – j'y suis toujours ————————————

———— bien ———— monsieur Sanzach ——— pourquoi avez-vous accepté cet enregistrement ?
————————————————

——— ah ——— eh bien ——— je dois dire que —— ce n'est pas que j'accepte – voyez-vous – mais c'est plutôt que – disons – je ne m'y oppose pas – vous comprenez ? ——— je ne m'y oppose pas parce que je n'ai rien à me reprocher et que – quelque part – je comprends ce que vous faites —— c'est important —— mais je n'ai pas l'habitude de parloter pour rien – ça ne m'intéresse pas — je comprends qu'on s'intéresse à tout ça —— et nous sommes fiers de ce que nous avons fait — alors — partant de là – je n'ai pas de raisons de m'opposer à quoi que ce soit ———— par contre —— avant de commencer tout à fait ——— voilà ce que je voulais vous dire – et – vous le garderez ou pas – ensuite – dans votre machin ——————

——————————————— toute notre activité ——— toute ——————————— quand on est tous entrés dans le maquis – dans l'activité ——— c'était avant tout pour lutter contre l'envahisseur ——— peu importe les idées politiques – philosophiques – ou religieuses —— —— parce que – après – on a dit beaucoup de conneries là-dessus – sur les communistes – sur la Résistance —— et on en dit encore un paquet ——— moi ——— je n'ai qu'à me louer de l'attitude de mes hommes – on est quand même sortis du bois à trois cent cinquante – vous avez bien entendu – trois cent cinquante – trois compagnies – plus mon petit état major – ma section de commandement —— alors si vous allez parler avec les autres —— vous verrez —— on était quand même un beau paquet à sortir des trous — du bois —— alors — j'ai été profondément choqué – je peux même dire écœuré —— écœuré par tout ce qui s'est passé après ——————— nous – nous avions reçu l'ordre de continuer la lutte – et c'est comme cela – dans l'ensemble —— que nous sommes restés dans l'armée —— c'est comme cela que chacun s'est retrouvé à d'autres postes ensuite – dans une école – dans un bataillon – dans une unité où l'on ne connaissait pratiquement personne – on a tous été éparpillés ——————— ——————————————————————— donc

je veux bien – je veux bien vous parler – je veux bien – en quelque sorte ——— vous restituer l'ambiance ———

si je peux vous rendre service pour rétablir quoi que ce soit – la vérité des faits d'armes – pendant la période de résistance – vous pouvez compter sur moi – je peux rechercher – replonger dans mes souvenirs ———— je veux bien vous raconter Ariot —— vous raconter le maquis ——— vous parler de l'usine ———— vous parler de mes hommes —— —— mais je m'arrêterai à Nevers —— à la Libération —— — je n'ai rien à ajouter sur l'époque d'après ——— nous avons tous été assez séparés comme ça ———— et tout ça ——— tout ce temps d'après ——— c'est une autre histoire ———————————— alors que vous ——— en tant que ——— en tant qu'historien ——— vous avez envie d'en savoir un peu plus sur ——— les aspects les plus complexes disons – de la Résistance ——— fort bien ——— je comprends ——— mais j'ai dirigé des opérations ——— je n'ai rien à me reprocher —— j'ai vécu tout cela ———— il y a des choses qui sont anecdotiques ———— qui n'ont pas de place – selon moi – quand on fait de l'histoire ——— — on ne fait pas de l'histoire avec des petites choses —— —— on la fait avec des faits ———— des faits établis – précis – clairs ——— c'est mon avis et c'est pas maintenant que je vais en changer – croyez-moi ———— donc – soyons clairs – je n'accepte pas votre entretien – je ne m'y oppose pas – c'est tout – c'est pas pareil ———— je dis d'accord pour œuvrer à un historique – à des faits – à la seule condition que l'on limite notre action à l'Histoire

– est-ce que vous êtes d'accord ? ——————————
entièrement d'accord monsieur Sanzach ————————
Hein ? à l'Histoire – et rien d'autre ————————
c'est mon but —————————— bien ——————
—————— alors allons-y ————————————
——————————————————————————
———————— – – – – *grésillement* – – – – ——————
——————————————————————————

Quand je suis arrivé sur les lieux, quelques mois après la mort d'Onésime, impasse du Champ-des-Cris, pour m'y installer le temps de laisser se dissiper quelques souvenirs éprouvants, j'ai retrouvé la maison dans un état presque intact ; c'est-à-dire encore engourdie par l'intensité vorace, olfactive, de la cuisine ; car bien que de petite taille, on ne sentait qu'elle. Où que l'on se déplace, s'installe, s'arrête, un relent bourratif de cuisine au beurre vous rattrapait, se fixait aux narines et ne lâchait pas le ventre tant qu'il était encore vide. J'avais l'impression, constante, de digérer l'espace, d'avaler pièce à pièce les quatre coins de la maison à force d'ingérer cette odeur de graille qui stagnait en clandestine et qui me donnait la nausée en fin de journée. Le gras pendait encore aux murs, au crépi, aux déchirures du papier peint, une suie coulante qui par endroits dessinait des rigoles, des larmes ; et, avec un peu d'imagination macabre, appuyée par les tons vineux de certains murs, on pouvait y voir une saignée des plâtres. Au milieu d'un îlot de taches de poussière collée, au-dessus de la hotte, essoufflée depuis toujours – je veux dire, depuis mes premiers souvenirs, depuis les premiers repas pris ici dans la cuisine –, un cadre sobre cloué à même le mur n'avait jamais bougé, un encadré doré à rainures, un rectangle bon marché où, derrière la vitre, une photographie baignait dans un brouillard sale, un semblant de buée, de résidus opaques et de coulures de beurre. Derrière la couche de verre, poisseuse, on distinguait en plissant les yeux les deux silhouettes jaunies d'Onésime et de sa femme, Simone ; lui, tenant gants blancs et képi dans sa main gauche, cou noué, costume noir en ombre entière, d'un seul tenant ; à l'épaule : fourragère au centimètre, trèfle et ferret apparents ; aux épaules et contre la poitrine : galons, médailles ; en haut : cheveux peignés, lumineux, le visage juvénile au sourire serré et au regard cassant, une flamme de sable dans l'œil, de lointain ou d'ailleurs, une attitude de cinéma, de magazine ; de l'autre main, cachée, il tenait la taille de sa jeune femme. Elle, Simone, blanche de bout en bout, bouffante de partout, emballée parce que offerte, débordante de bouquets de fleurs rassemblées en buisson dans le creux de ses mains jointes, invisibles sous la couche sidérante de lys et d'œillets ; de haut en bas : le dessin d'un voile tiré, d'une interminable dégoulinure de dentelle qui ourlait, s'enroulait, gravitait de la tête au carrelage. Ce qui happait tout à fait quand on regardait cette image, c'était le regard ouvert, sublime, de Simone, sa bouche arrêtée, fissurée, joyeuse ; il m'arrivait, lors de nos repas passés ensemble, omelette à l'eau, viande fondante, poireaux vinaigrette, melon et sel, il m'arrivait de fixer la photographie pendue là-haut, de voir cette mariée heureuse et ce jeune militaire qui me ressemblait étrangement, de voir ce simple cadre comme une icône lointaine pour mieux retomber dans la pièce, dans le présent gras du tour de table, et je voyais ces deux carcasses avachies, vieillies, craquelées par les rides, leurs habits lâches encore froissés par le lit qu'ils quittaient de plus en plus tard, les cheveux coiffés à l'épouvante d'Onésime, 93 ans, dressés sur la tête en pagaille, les manches molles du pyjama de Simone, trempées de sauce, ses yeux égarés, à moitié aveugles ; je la voyais cherchant toujours quelque chose avec ses pognes perdues, tapotant la nappe, cherchant à se saisir d'un peu de gros sel ou d'un bout de pain ; et lui s'agaçant sans cesse, lui demandant sans arrêt, sans arrêt, ce qu'elle pouvait bien chercher comme ça avec ses mains. Je faisais l'aller-retour entre le cadre et la cuisine, passant du passé rituel, figé, d'une photographie de mariage au présent désespérant des corps, du temps foudroyé, violent, intraitable, qui les avait rendus si vieux ; je retombais dans la pièce, du regard, passant les temps, nouant effroi et surprise ; je trébuchais entre le cadre et l'horloge, je les regardais mâchonnant la viande rouge, suçant leur bout d'omelette, je les voyais essuyer leurs babines lourdes avant de se lever difficilement de table pour s'en aller dans l'autre pièce et s'effondrer le temps d'une sieste qui prenait, jour après jour, des airs de mise au tombeau. Ils sont morts coup sur coup, lui après une lente agonie de quinze jours où, disait-il, il sentait des orvets dans les jambes, des limaces froides sous les ongles ; et elle, six semaines plus tard, en pleine nuit, dans le lit conjugal, une de ces morts exigées par le corps et l'esprit : d'un coup, sans crier gare, la mécanique s'est arrêtée en une bouchée, fermant son souffle, et point à la ligne. Lorsque j'avais décidé de m'installer, pour quelques mois, dans la maison d'Onésime, je ne pensais pas retrouver Nicole, la voisine, je ne pensais pas qu'elle allait, jour après jour, revenir pour ouvrir les placards et fouiller les tiroirs ; j'étais venu trouver un lieu pour retrouver un peu d'élan ; j'étais venu dans la maison d'Onésime parce qu'elle était libre et que je n'avais plus d'endroit où aller. Je n'ai jamais vraiment eu peur des lieux désertés ; la mémoire des murs et l'odeur du gras dans la maison étaient plutôt un résidu de vie, une vague sensation de présence, quelque chose qui me laissait encore apaisé. La cuisine n'avait pas changé. L'horloge numérique du four à micro-ondes clignotait sans arrêt, comme lorsqu'ils étaient en vie – je me souviens avoir eu la même pensée que quand nous étions tous les trois rassemblés dans la cuisine : si je ne débranchais pas l'appareil, l'horloge ne s'arrêterait pas, jamais, les quatre zéros pourraient clignoter ainsi jusqu'à l'arrêt total des centrales nucléaires. Le frigo Pontiac, encastré dans une alcôve taillée pour sa carrure, dont la publicité, fut un temps, disait qu'il faisait le plus grand froid au plus petit prix, poussait à ce moment de mon retour, et de loin, le plus grand des soupirs ; comme éreinté, il laissait moudre un son de peine, dans l'air, un son triste, grinçant et mécanique, de carlingue morte, une respiration de fin de partie qui ne présageait rien de bon pour les quelques courses que je venais de faire le matin même, en arrivant ici. Même si Onésime et Simone étaient dorénavant morts et enterrés, l'odeur de gras, de beurre fondu et d'omelette à l'eau, baveuse, tapissait encore la cuisine. Il régnait ici, depuis leur disparition définitive, cet étrange reste souverain des pièces à vivre, ce goût vivotant qui flotte et qui impose sa règle, à la limite de l'irrévérence, la règle immobile des maisons habitées trop longtemps qui veut que les corps meurent et que les odeurs restent, en suspens, tenaces, agrippées à chaque bosse des murs. Bien sûr, certaines odeurs avaient tout à fait disparu mais le gras cuit, éjecté, lourd de goût, dilapidé dans les angles, cette odeur était une composition radicale, un amalgame de cuisson mêlée à un relent obscur, saupoudré, d'eau de Cologne ; et derrière la vague dérive de parfum, entre l'entrée et l'escalier qui descendait à la cave, il restait parfois un relent aigre, salin, vif, une odeur ample, volumineuse, de vinaigre. Balayée par les courants d'air, par les passages ou par le vent contenu plus bas sous les dalles, en fonction des jours, l'odeur de vin tassé venait piquer les narines, les gratter de l'intérieur jusqu'à faire frémir, se cambrer, éternuer ; l'odeur miellée, âpre, presque sucrée du vinaigre gisait sous les couches confuses du gras et de l'eau de Cologne et elle pouvait parfois, comme le pétrole, m'attirer par la force, me remuer le ventre puis me donner faim. Lorsque Onésime, de son vivant, avait jeté une lampée de vinaigre sur mon morceau juteux d'omelette pour me dire que le vrai secret de la recette c'était cela : l'assaisonnement ivre du vinaigre rouge, je peux dire qu'il avait fait naître, en une bouchée, un disciple. Ce serait exagéré de dire que répéter ce geste des années plus tard lors de mon retour – enduire l'omelette à l'eau d'un jet de vinaigre – relevait de l'hommage à Onésime ; cependant, je l'ai fait dès le premier repas, comme conduit par l'écho des murs et attisé par les odeurs ambiantes qui font resurgir, sans nous prévenir, des prêches ou des rituels. Je me souviens m'être jeté, d'un bond, sur une bouteille crasseuse de vinaigre abandonnée dans un placard, pour assaisonner directement l'omelette que je venais de cuire baveuse, grosse, gonflée par l'eau du robinet ; et c'est seulement lorsque je me suis mis à mâcher, lourdement, ma première bouchée où se mêlaient le vinaigre et le beurre, c'est à ce moment précis que je me suis rendu compte que j'étais tout à fait seul à table, que je m'étais assis à la même place, dans l'axe du cadre pendu au-dessus de la hotte ; et c'est à cet instant, seul, que j'ai pris conscience qu'Onésime était bel et bien mort et enterré, pour de bon, et que mis à part ce secret de la recette – l'eau et le vinaigre – je n'en connaissais aucun autre.

Onésime, avant de mourir, refusait de se servir de sa canne. Il la laissait pendouiller sur l'arc du fauteuil et il ne la regardait pas, il se grattait l'intérieur de l'oreille avec une épingle à nourrice et il faisait mine de ne pas la voir. Devant lui, le poste de télévision diffusait sa jetée de cyclistes et, sur la table, à portée de main, un pot de confiture de mirabelles sans couvercle, une brioche mâchée et une télécommande momifiée, couverte de bandages pour ne laisser ressortir, au doigté, que les touches nécessaires : les trois premières chaînes, le plus ou moins du volume et le bouton on/off. Lorsqu'il se levait, les deux mains contrariées par les accoudoirs beaucoup trop bas pour lui, il râlait, crachotait sa nervosité ou son envie de pisser et il dépassait sa canne sans lui jeter un œil. À la regarder de la tête au pied, la canne d'Onésime n'avait rien de particulier : une taille standard bien que robuste, du chêne lisse, clair, sur toute la ligne, quelques nœuds de bois polis, des rayures d'usure discrètes, une tenue droite suivie d'une courbe classique assez large qui laissait de la place à une pleine paume et, au bout de la tige, une extrémité noire en caoutchouc, ajoutée plus tard, à la fin du siècle. Elle pesait dans la main, un poids rustique, solide, taillée pour les infirmes. Une seule distinction, si l'on peut dire, la différenciait d'une simple canne de pharmacie, sans âme et sans histoire ; elle était sertie d'une bague comme les cigares, entre la ligne droite et l'amorce du cintre. Cet anneau de bronze, de la taille d'un ongle, donnait un certain cachet d'antiquité à la canne et, si on la prenait en main, si on passait le doigt sur cette partie fine, froide, qui se distinguait du bois, on pouvait sentir deux lettres gravées, des initiales presque effacées, mordues et brunes, sales comme l'intérieur d'un nombril : B.N., pour Bernard Naudet. De cet ancêtre, je ne connaissais que le nom, le statut, son infirmité et une poignée d'anecdotes incertaines, non vérifiées : il avait été garde champêtre et il avait perdu un bout de jambe en quatorze, sans que l'on sache ni où ni comment ; Onésime aimait rappeler qu'il était tombé en « vieux soldat » puisque Naudet avait presque quarante ans en quatorze. De basses rumeurs parlaient d'une vie obscure, avinée, d'un homme mélancolique capable de frapper à heures fixes, d'un corps déraillé par la guerre ; on entendait parfois que Naudet n'avait pas été *tendre*, c'était le mot employé, avec Onésime ; on savait, surtout, que Naudet et sa femme Blanche avaient éduqué Onésime ; qu'il avait grandi ici, impasse du Champ-des-Cris, avec eux, avec ses grands-parents. Il y avait cela, bien sûr, dans la mémoire familiale : la récurrence de la maison de l'impasse qui, du temps de Naudet, de Blanche et de l'enfance d'Onésime, était un corps de ferme froid, cendreux, de terre battue et de planchers noirs ; la cuisine de l'omelette à l'eau et du portrait gras n'existait pas encore. Naudet habitait au bout de l'impasse depuis sa naissance et la maison avait subi au fil des décennies des métamorphoses douteuses, passant de la ferme comprimée, suffocante, à l'éclat ouvert, rutilant et granit de la maison moderne dans le courant des années soixante ; on avait agrandi, ajouré, éventré, percé, construit dessus, dessous, aménagé des combles, abattu des parois, dessiné une véranda, ajouté une aile, des escaliers, des remises étaient devenues des pièces, des buanderies des salles de bains, des placards des toilettes ; de la base du temps, par contre, je ne savais rien – à qui appartenaient les murs avant Naudet, quand l'impasse était-elle devenue un point chronologique, un lieu, un repère ? Impossible de le savoir ; et cela n'a plus vraiment d'importance désormais. Onésime avait donc hérité de la canne de son grand-père et il ne l'utilisait pas, il la boudait littéralement ; comme s'il ne se permettait pas d'abandonner son corps, de s'appuyer pleinement dessus ; comme s'il ne voulait pas rejouer l'infirmité de Naudet. Seul dans la cuisine, lorsque je m'étais installé dans la maison de l'impasse, je m'étais saisi de la canne ; elle était là, adossée, posée, agrippée contre le radiateur. Il faisait bon, l'air avait ce goût de feuilles, de bois cru, humide ; je m'étais saisi de la canne et on pouvait sentir, sous les doigts, sous la paume, une piste rugueuse, des résistances, des formes d'empreintes, torsadées et osseuses, qui évoquaient des doigts, des fantômes de phalanges ; j'y voyais, à la longue, au toucher, un morceau de bois âpre mais muet, un vestige dont je ne savais strictement rien ; et je me disais que le bois mort qui sert à tailler les cannes n'a malheureusement pas la mémoire des troncs fendus ; et qu'on finit toujours par les jeter au feu.

Lorsqu'ils marchaient tous les deux sous l'éclat du vin bu trop tôt, à l'aube vigne, lorsqu'il conduisait Onésime à l'école, Naudet parlait de la scène, toujours la même, où, disait-il, il n'avait rien senti, rien du tout, et qu'il avait fallu un miroir, plus tard, pour apaiser le manque de se gratouiller l'orteil. Onésime, 10 ans, écoutait parce que c'était son grand-père et que, bien souvent, on écoute les vieux appuyés sur les cannes pour imaginer la dislocation, le moment où la jambe saute dans l'air, retombe sans plus rien, laisse un trou béant puis un moignon aux airs de bouche fripée. En été ou au bord du lac, quand il était en short, Naudet agitait son bout de genou rongé à la vue d'Onésime et des autres gosses, et il répétait contre le vent qu'il était fier d'avoir laissé un bout de quille à la France, pour eux, pour qu'ils puissent chasser les rainettes sans être rossés par les Boches. Alors, les dents vautrées dans les joncs, Naudet vrillait l'air

avec sa canne, pointait là-bas une frontière indifférente et annonçait trompetant que
Là-bas – ils attendent et ils reviendront – vous verrez
et Onésime comprenait très bien, il voyait les Ardennes et la ligne bleue des Vosges par courbes dessinées sur les cartes des salles de classe, ces panneaux cartonnés qui annonçaient la couleur et dénonçaient les limites, lignes et bornes qu'il ne valait mieux pas dépasser. Naudet dressait l'enfance comme cela et la canne devenue béquille était jetée, frappée, offensive, elle était aussi vigoureuse que la tige de l'instituteur et le bâton du maréchal, elle traçait la droite ligne à suivre, et Naudet rappelait sans cesse, à force de gestes nerveux, que même les cannes cachent parfois des lames. De ses colères fantasques de cannes à dard, Onésime faisait un rire d'enfant, et il lui arrivait parfois, devant la classe hilare, de mimer les spirales comiques des coups sur les joncs, les jurons berrichons, les vindiou et les sales Fritz pour s'arrêter, presque hagard, lorsque la violence venait refroidir son col ; car Onésime savait bien qu'on ne laisse pas une jambe à terre sans y laisser un brin de foi, ou pire, de raison. Il avait entendu les histoires de Blanche, de sa grand-mère, ce sac froissé posé dans l'angle, là où le soleil n'atteignait pas le fond de la pièce, là où elle pouvait gémir sans être vue et ânonner des chapelets. Onésime, 6 ans, avait entendu les histoires du retour impasse du Champ-des-Cris, de la vie retournée du Naudet croché aux béquilles du poilu, de

ses aisselles collées à la moleskine noire, du sourire déçu des mutilés et du sien, à Blanche, broyé entre le cœur gonflé des retrouvailles et l'effroi de la bêche, demain, qu'il faudra prendre sans lui. Blanche, usée de bas en haut, les mains nouées, avait raconté à Onésime les cris du Naudet dans la nuit, ses délires monstrueux, le poids des draps qu'il prenait pour de la terre chaude, l'humidité constante de son corps, de son torse, les compresses sur le front, les rougeurs volumineuses et crasses du moignon, les champignons sombres qui laissaient des traces, les heures hurlantes sans calme et sans retour, sans reprise, sans une relance du regard. Elle avait raconté les blouses blanches et les piqûres, les ampoules injectables, les cachets opothérapiques, les bouillons et les tisanes, la poudre de viande, tous les remèdes tendus par le pharmacien de Nevers, les élixirs de pepsine, les émulsions à l'huile de foie de morue lécithinée, tous les produits chers, trop chers, à base de pancréatine, de peptonate de fer, et les boîtes de Musculosine, du plasma musculaire de viande de bœuf, tous ces charlatans qui vous faisaient suer à force de soigner dans le vide. Blanche avait raconté à Onésime, 7 ans, l'histoire du Petit Gâteau, le voisin de la ferme aux volets gris, celui qui était revenu des tranchées en se frappant la tête contre les murs en se rongeant les ongles jusqu'au sang, de ses yeux sortis comme un diable, de son froc toujours lâche et de ses fesses à l'air ; elle lui avait raconté la dernière nuit où le Petit

Gâteau s'était jeté du haut du clocher, d'un coup, comme ça, et que la mère Gâteau, après avoir déversé un lac sur sa tombe, avait fini par ne plus mettre un pied à l'église. Naudet avait bien essayé, comme tous les autres, de porter le pilon des pauvres pour tenter de se tenir debout mais le moignon encore trop frais, frappé d'une ostéite de voisinage, de taille variable en fonction des jours et de la peau qui tirait, s'infectait, vivotait en lambeaux, faisait de douloureux va-et-vient dans le cône d'emboîtement comme un battant de cloche ; et la chaleur humide qui se logeait dans la prothèse bourrée de draps pour caler le bout gras, suintant, finissait par distiller du jus qui l'empêchait, en fin de journée, de se sentir ; alors il avait décidé de rester jambe absente, à l'air libre, perché sur une canne, défiant le regard de Blanche qui pestait contre son caractère têtu, lui qui, disait-elle, ne voulait pas améliorer sa condition. Naudet lui répondait qu'il valait mieux faire face au manque, s'affirmer pirate d'estampe, plutôt que de devenir une bête de foire articulée et encapuchonnée de prothèses. Blanche cherchait à convaincre Naudet en pointant les réclames dans les journaux. Un temps, avant d'accepter la canne et sa paix relative, Blanche ne jurait que par la jambe Fédération, adaptée aux volumes des moignons grâce à la forme recherchée des cuissards, avec ceinturon confortable et laçage, articulée et pouvant même reproduire la flexion du genou par un mécanisme à double verrou : la jambe Fédération faisait rêver

Blanche car elle avait lu qu'elle simulait la jambe absente, qu'elle répondait au souci de coquetterie des blessés et que, le dimanche, le sujet pouvait mettre le pied. Certains porteurs arrivaient même à reprendre la bêche. Naudet ne lui répondait pas, lui renvoyait sa coquetterie, ses réclames et ses démarches naturelles à la figure et il prenait sa canne, se dépliait, et sortait loin en clopinant. Ils s'enguirlandaient mais la paix revenait au souper. On mangeait en silence, et Blanche avait fini par regarder cet homme coupé avec douceur, cherchant dans ses yeux la paix du bal, le souvenir de ses cheveux défaits dans la paille, des mots d'avant, elle voulait éloigner la masse rêche de la folie qui, à tout moment, pouvait enlever Naudet, le projeter loin, bien trop loin d'elle, et l'envoyer se cambrer sous la table au premier coup de fusil d'un chasseur. Onésime, 5 ans, avait vu cela, une seule fois, il avait vu une des dernières crises de son grand-père, le corps massif au bout mollusque ramper sous les lattes du lit de Blanche, les yeux exorbités, le son des dents qui claquent et des mots répétés, fous, qu'il ne voulait pas y aller, que
non – non – non – non
il ne peut pas y aller, qu'il n'a pas la pince,
pas là
qu'il ne l'a pas
si – si – si – si – si
non – non – non

il ne peut pas y aller
pas comme ça
que la pince est restée là-bas
si – si – si – si
non – non – non – non
Onésime restait là accroché au crin de la blouse de Blanche, dans l'encadrure de la porte, il écoutait la répétition harassante des
NON
qui devenaient de plus en plus crachés, hurlés,
NON
il ne peut pas y aller, il ne peut pas,
NON
Au fond du corps, Onésime se prenait des saccades de douleur, des maux durs de ventre qui pensent à la place du front, des tripes qui réagissent avant tout le reste ; la voix éreintée, rauque,
non non non,
chargée de nerfs, de fouet,
NON NON et NON
La voix perdue de Naudet, la solitude couchée et tapageuse de ce corps raccourci, tout venait s'installer en plein cœur, au fond d'Onésime, et rien ne partira, jamais plus : Onésime, tous âges confondus, regardera parfois sous son lit avant de dormir. Blanche gardait ses chocs et ses chagrins sous sa blouse. Elle allait parfois, mais pas trop, devant la

grille du père Brûlis, confesser ses insultes et ses pensées noires qui pouvaient, au bout du compte, déplaire à Dieu. Blanche avait sans doute plus d'une fois espéré la mort de Naudet, mais seul le père Brûlis pourrait le dire. Elle rentrait de ses confessions avec un léger mieux, elle s'enfermait dans sa chambre pour exfiltrer ses péchés, puis elle redescendait embrasser le front d'Onésime, 6 mois, couché dans la pièce du bas, étendu les mains en l'air dans un landau, là où, des années plus tard, elle se laisserait écraser dans l'angle, ratatiner par l'ombre pour ânonner les acquis du père Brûlis, mort fusillé contre le mur de sa propre église en quarante-quatre, suspect aux yeux de la Résistance. Et c'est dans ce même angle, bien des années plus tard, qu'Onésime installera un congélateur. Avec sa canne taillée pour son buste, Naudet pouvait mettre le nez dehors, mimer le garde champêtre, humer la terre et retrouver des airs de sieste sous les saules. Blanche avait fini par comprendre qu'il valait mieux que Naudet picole un peu au fil de la journée, que ça le tenait plus droit que d'habitude, moins bancal disons, et que les crises étaient plus rares, plus espacées et molles. Il buvait trois litres en moyenne par jour, du pinot noir, avec une rasade d'eau en fin de journée. Avant d'aller se coucher, il pouvait mâcher quelques phrases inaudibles, vertes, où des insultes sifflaient sur les cimes, en fonction de la houle, de l'envie, de ses délires ; mais on finissait par en rire et Onésime, 8 ans, répétait les injures le nez mouché dans sa soupe. Blanche ne disait rien, elle partageait un œil complice avec son petit-fils, ouvrait rond la bouche si le mot était trop fort, trop porté sur la chose, mais dans l'ensemble, la plupart du temps, la table pouvait être joyeuse et se terminer dans un éclat de rire lorsque, moribond de hargne, Naudet se levait d'un bond en oubliant ce qui, avant-guerre, le faisait tenir debout. Alors il s'écroulait à la renverse, patriarche croulé, les bras en moulin de sable, la gueule enfarinée par le pinot et, étrangement, étendu là sur le dos, il se taisait un instant, comme tué par un Boche. Il fixait le ciel et semblait accepter son sort, les mains rabattues en gisant sur sa panse et il attendait qu'on vienne ramasser sa dépouille. Tout cela durait un instant, un court moment de rire pour Onésime et Blanche qui se précipitaient vers lui et l'aidaient à se relever et à se remettre d'équerre. Onésime chopait la canne agrippée au bord de la table et la posait dans la main de son grand-père ; et il arrivait à Naudet, parfois, en la saisissant, de sourire à son petit-fils avec un œil blessé, juteux de chagrin mais avec un résidu sec, viril, le long du buste. Il aurait aimé, sans doute, lui dire merci, lui frotter la tignasse, effleurer sa joue, la pincer même. Il se contentait de se redresser le plastron, de retourner sa langue pour la remettre à sa place, pour ranger les mots et le goût de l'alcool, et il sifflotait un vague chant du cygne qui disait bonne nuit la compagnie avant d'aller dormir en laissant, au pied de la chaise renversée par la chute, ce qu'il pensait être sa dignité d'homme. Naudet, invariablement, ne pouvait dormir avec un drap, une couette ou quoi que ce soit sur le dos. Le couvrir relevait de l'enterrement, du rejeu des ouragans de terre qui retombaient de haut, de si haut, du ciel même, et absorbaient les copains, laissant parfois un cure-dent de baïonnette à la surface. Pour éviter que Naudet attrape la mort, Onésime, 8 ans, était chargé d'entretenir le feu dans la cheminée. Lorsque le bois venait à manquer dans la réserve, l'enfant passait en chercher chez Signoret après la classe, il l'entassait devant la porte avant de gober un œuf. Ainsi, Naudet se couchait étendu au bord du feu, au pied du lit de Blanche, sur une sorte de bassaque débourrée, il dormait ses cinq heures sans vaciller mais non sans emplir la maigre pièce d'une haleine de bourgogne. Onésime se levait bien souvent la nuit pour vérifier la chauffe, sortait de la maison si besoin pour se saisir d'une bûche assez large pour aller se recoucher le temps d'une flambée. Onésime, tous âges confondus, a souffert d'un sommeil pointillé et eu l'habitude des nuits courtes. Il demandera, bien des années plus tard, à ne jamais dormir dans une pièce où il peut entendre le crépitement d'un feu : tout embrasement l'empêchant systématiquement de fermer l'œil. Onésime, 8 ans, dans la pièce au matelas posé, attisait le feu, la nuit, avec calme, caresse ; s'occuper ainsi de Naudet lui paraissait juste, presque enviable. Avant de retourner au lit, il s'arrêtait devant le corps du grand-père avachi là, à même le sol, ronflant grave, vêtu d'une simple culotte jaunie par l'usure, le visage plongé vers le feu et la moustache cramée par la pipe ; Onésime ne pouvait s'empêcher, comme fasciné, de fixer le trou béant mollusque du membre fantôme, fouetté par les flammes ; d'imaginer les fils et les sutures, les bistouris qui farfouillent et grouillent là-dedans ; d'entendre à travers les plissures, ourlets et carnèles de peau ravagée, le son gisant des obus et de la déchirure. À ses yeux, ce corps mutilé était bien celui d'un héros, et tant pis s'il n'avait pas toujours toute sa tête, Naudet avait affronté le feu, les balles et la mort pour le libérer lui, pour le sauver des Boches. Onésime enjambait le corps et frôlait les dalles qui, à force de s'éloigner de la cheminée, étaient de plus en plus froides sous ses pieds nus, et il se retournait une dernière fois dans l'encadrure de la porte. La pièce, sobre mais chaude, avait le goût quotidien des nuits d'Onésime : du vin qui flotte, du feu qui grésille, un vieil homme sans jambe étendu et la masse d'une vieille femme sur un lit trop grand pour elle. Blanche était comme morte lorsqu'elle dormait, elle ne faisait aucun bruit, aucune respiration, aucun mouvement, elle était enterrée sous une couette de grosse laine et on aurait pu la prendre emballée comme ça et la jeter dans une tombe. Il arrivait que, dans son inconscience noueuse où devaient courir des rats et se froisser de la tôle, il arrivait que Naudet ouvre un œil, un œil de verre bovin destiné à gémir, et il le tendait vers l'ombre encadrée de la porte où se tenait l'enfant venu le réchauffer. La pupille roussie revenait à elle et, un court instant, son œil semblait sourire d'aise ou de gratitude. Dans ce regard de nuit, entre l'enfant et le mutilé étendu, risible dans sa cuite répétée chaque soir, dans cet échange furtif, on pouvait figer un survol d'amour ; et au pied de la cheminée, fidèle ligne droite, la canne de Naudet attendait que le jour se lève.

J'avais quitté la cuisine et je m'étais installé, un temps, dans le bureau d'Onésime. Une mésange était occupée à tapoter du bec les miettes que j'avais laissées sur le rebord de la fenêtre et elle venait d'être chassée par la volée froide d'un corbeau ; il étirait ses ailes, il durcissait le ton et il mettait franchement les pieds dans le plat ; il écrasait les bouts de pain, hurlant, croassant puis fixait l'oiseau le temps d'une battue pour l'abattre du regard. Dans l'encadrure de la fenêtre grande ouverte, du théâtre tracé par les rideaux laissés au vent, de là où j'étais, le corbeau paraissait démesuré, un despote épais, une sombre masse posée sur le dessin des arbres nus, en arrière-fond ; les deux oiseaux se toisaient et la mésange étira le cou, elle retira une patte avant de faire marche arrière, elle luttait sans un bruit pour tapoter une dernière fois avant qu'on ne lui vole dans les plumes. Le corbeau ne bougeait plus mais il semblait plus gros encore, comme si l'arrêt de son corps épaississait sa masse, sa densité, son danger, comme si l'attente immobile gonflait sa violence, la rendait plus dissuasive, invasive et qu'il suffît d'un rien pour qu'il se mette à décharger sa foudre, à étriper la mésange pour ne laisser planer que du silence, des plumes, et le son frappé de son bec, à lui seul, contre les miettes et le rebord de la fenêtre. Devant moi, étalés sur le bureau, j'avais posé les cahiers d'école d'Onésime que j'avais trouvés sur une pile de vieux magazines ; des rosaces tracées au compas, crayonnées de couleurs, un ensemble arlequin, le dessin d'une branche de houx et en bas d'une page, le contour croqué d'une scène pastorale où il était écrit, en légende : Oiseaux construisant un nid. Le corbeau, à la fenêtre, se faisait menaçant, il avait le bec entrouvert et le reste du corps figé, une boule noire altière, sèche, athlétique, un simple signal des muscles pouvait le faire basculer, bondir. Il fallait agir. Je me suis levé doucement, mordant ma langue comme pour atténuer le bruit, m'appuyant sur les accoudoirs de la chaise, lentement, par palier, en chasse ; je fixais la masse immobile du corbeau, la mésange inquiète était toujours là, tenant sa position, une griffe serrée sur une miette. Au fond de moi, tout de même, je ressentais un suspens d'enfant mêlé, une crainte, les fenêtres étaient grandes ouvertes et j'avais peur, une peur tendue, peur que le corbeau n'entre dans la pièce, ne fonde sur moi, m'assaille, me morde – alors que cela ne m'était jamais arrivé, que je n'avais aucune raison, en définitive, d'avoir peur, mais les imaginaires sont tenaces, ils fourmillent et se fixent, font retour, je pensais instinctivement aux chauves-souris et aux vautours, aux cris hallucinés, échevelés, aux griffes plantées dans le crâne et aux viscères pendus à même le bec. Les deux oiseaux étaient toujours immobiles. Je ne fis pas un bruit et j'étirai le bras vers l'angle, me saisis de la canne de Naudet, caressant au passage l'anneau froid du bronze, le crénelé des initiales, et en l'empoignant fermement, je réussis à la tirer délicatement vers moi comme on sort une lame de son fourreau ; farouche, je me postai devant la fenêtre, à un mètre environ, les deux jambes fermes, la canne colletée et les yeux rivés sur ma cible. L'ombre de mon corps, sa chaleur peut-être, interpella l'oiseau noir ; il se tassa, d'un coup, ce qui densifia encore un peu plus sa brutalité contenue, diffuse, en eau dormante et il tourna la tête d'un bond, boudinant son cou, il prit des airs de pigeon hagard, bien que son œil infernal semblât toujours enfermer le souvenir d'un carnage ; il y a des bestioles, comme celle-ci, qui portent dans leurs regards les misères, cadenassent les désastres, ont des liserés de coffres et des lignes de fuite, absorbent autant la violence que les caprices, les incompréhensions et les blessures ; il en va ainsi du regard d'une ânesse écrasée par la charge, de l'œil crevé, creux, sidéré d'un cheval mort sur un champ de bataille, de la ligne sirupeuse de l'œil d'un serpent ; et du regard noir indompté, trempé dans un gouffre, nourri des charognes et des fosses communes, des corbeaux. La mésange se pencha et elle effleura le bord, elle semblait défier le chasseur, sentir du museau l'eau claire, mais elle s'arrêta à ras d'une miette, attentive, patiente de voir. De mon côté, j'évaluais les deux battants de la fenêtre et le rebord aux oiseaux, je répétais les gestes dans ma tête, illustrant l'action à venir : d'abord un grand coup de canne en poussoir dans l'abdomen du corbeau puis, sans faiblir, je devais ouvrir grand mes bras comme un pape au balcon et fermer les deux fenêtres avant la réplique ; pousser, occire, fermer et tirer la langue. Entre-temps, bien sûr, il fallait lâcher la canne. Je soufflai, respirai lentement, je savourai la scène (l'ennui, depuis mon arrivée, était beaucoup trop lourd), je chargeai mon attaque et visai la bête, je me concentrai, plissai un œil ; et au moment où je fondis sur ma proie, la mésange décida de vriller l'air, de décoller avec autorité, évidence, emprise, elle décida de quitter, d'un bond définitif, le rebord de la fenêtre comme pour nous laisser nous étriper seuls, croiser le fer sans arbitre ni enjeu, signifiant par là son indifférence, sa supériorité de volatile, sa prise sur le ciel, son désintérêt pour la lutte futile d'une guerre lasse et d'un paquet de miettes. Dans la surprise, la précipitation, l'intranquillité, j'allongeai la canne, poursuivis mon geste et tentai d'atteindre le corbeau qui, d'un vol, esquiva l'attaque, recula et agrippa le bord, hurlant, croassant nerveusement et me fixant soudain avec rage ; je laissai tomber la canne, murmurant une insulte qui gravita sur une pente aiguë, une voix d'enfant, tout en me précipitant sur les battants des fenêtres, les bras grands ouverts, mais c'était trop tard : en une poignée de secondes, le corbeau entra dans la pièce, en vol plané, et il se posa sur le bureau, le bec hargneux, le ventre tendu, presque monarque. La canne était couchée sur le sol, je m'adossai contre le mur, les mains planes, clouées au crépi, et je fixai la bête qui ne bougeait pas. Le corbeau restait planté là, pivotant par à-coups, la collerette gonflée, au plumage épais, touffu quasi froufrou et boa de demi-mondaine ; il me dévisageait, avisait mon corps maigrichon apeuré contre le mur : il avait décidément gagné ; et c'est ainsi qu'il commença à s'installer dans le bureau pendant plusieurs jours.

Les premiers temps, le silence entre nous avait d'abord été dru puis, peu à peu, une rencontre flottait ; en tout cas, je le sentais calme, il ne râlait pas, il ne cherchait pas à m'attaquer, à m'intimider ; lorsque j'entrais dans le bureau pour lire, il prenait des postures apaisées d'animal domestique, même si je gardais mes distances. La plupart du temps, il reculait une patte puis l'autre, sans animosité, le bec toutefois entrouvert, crochu, les ailes arrondies, prêtes à s'ouvrir en grand. Je ne faisais pas grand-chose, à part le nourrir de temps à autre ; souvent, au moment du repas, la tête dans ses ramequins de porcelaine, il perdait son allure de vieux monarque pour prendre des airs, vulgaires, de poule affamée. Lorsque l'ennui était trop grand, je m'asseyais et je l'observais, j'avais remarqué qu'il n'était pas tout jeune ; assis en face de lui, je pouvais voir ses plumes, elles n'avaient pas l'aspect laqué, lissé, goudronné des premiers vols, elles étaient plutôt fatiguées, vieillies, presque blanchies, une texture de cotonnier, de poils sales, fibreux, blanc cassé ; c'était une vieille bête harassée. J'avais laissé la canne de Naudet, définitivement, dans le porte-parapluie posé dans l'entrée de la maison de l'impasse. Depuis mon arrivée ici, dans cette maison morte, éteinte depuis la disparition d'Onésime, le silence d'Alice faisait gondoler les murs, il ajoutait de la moisissure, de l'effritement, du goutte-à-goutte, il intensifiait les résonances de la tuyauterie épuisée, des radiateurs qui grésillaient, étouffés par le calcaire. Mes artères peinaient autant que les boyaux tièdes de la maison, les idées ne passaient pas, les pensées s'encrassaient, se bouchaient, rien ne communiquait comme il faut, tout était tuberculeux, tubard, sans issue et sans drain ; tout stagnait et mes os restaient froids. Alice ne me répondait plus. Je lui avais écrit que j'étais bien arrivé ici, que j'étais seul, trop seul sans elle, et elle ne m'avait pas répondu. J'avais laissé deux messages sur son téléphone depuis mon arrivée. Je ressentais un vide aride, brutal. La maison de l'impasse du Champ-des-Cris chavirait encore un peu plus, elle prenait l'eau, une péniche aux meubles engloutis, aux soutes surchargées d'eau noire ; et moi j'étais là, depuis cinq jours, avec le même caleçon, le même tee-shirt, morne de la tête aux pieds, et je cherchais à dégager de ma tête le souvenir d'Alice. Dans ma poche, depuis les Alpes, les routes et les fatigues, depuis la part crochée de notre rupture, il me restait sa dernière lettre que je prenais le temps de lire et relire lorsque le ciel demandait son reste de couleur ; je cherchais à y puiser le fond sec de mes propres larmes, qui ne venaient que lorsque l'eau de la douche pouvait les confondre ; je relisais ses mots à elle, écrits là sur un papier bleu, une encre noire épaisse, ses mots qui répétaient son départ, son impossibilité de faire corps, avec moi ; qu'il était temps que je m'en aille, qu'elle voulait, définitivement, respirer la montagne sans ma présence. Je relisais sa lettre et je ne cessais de m'adosser entre les lignes, fouillant mon impuissance ; cherchant à éclairer tout ce que je n'avais pas vu venir. J'étais parti un matin de brouillard, la montagne était repliée derrière un mur de craie, certainement pour empêcher tout réconfort ; j'étais descendu en direction du village puis j'avais pris le premier bus de la journée avant la gare, le train, le bus encore, puis la maison morte. Alice ne s'était pas levée, elle avait sans doute attendu, l'air comprimé, le son de la porte ; le signal de mon départ définitif. Souvent, je l'avais imaginée ouvrir les fenêtres de notre chambre, quelques heures plus tard, le corps tendu, là, portée entière vers le bruit des aiguilles, des monts, je l'avais imaginée, comme un jour neuf, respirer l'air gigantesque des Alpes. En arrivant devant le portail blanc de la maison de l'impasse, Nicole m'attendait avec un sourire bref. Elle m'avait donné la clef de la maison, ajoutant qu'elle passerait, tous les jours, arroser les plantes ; que c'était comme ça, que ça ne se discutait pas ; j'avais perdu, ce jour-là, l'usage de la réplique, j'avais laissé un bout de remerciement froissé par le voyage puis, en entrant, je m'étais pris, en pleine figure, le gras boursouflé de la cuisine d'Onésime.

… un violent incendie a détruit en partie une usine située à Achères, près de la porte de Conflans. Les dégâts dépassent cent mille francs. Rue d'Alésia, Max Ricouard, 7 ans, demeurant rue du Boyer-Barret a été décapité par une arroseuse dont le conducteur a été arrêté. Au centre de dirigeables d'Aubagne, le matelot mécanicien Camille Vielfaure, 21 ans, a été décapité par une hélice. Au Havre, Madeleine Malendain, 4 ans, tombe dans une cuvette d'eau bouillante et meurt après quelques heures d'horribles souffrances. À Claye-Souilly, M. Raymond Decoudun conduisait un camion-auto sur lequel avait pris place M. Louis Legendre, 18 ans. Une embardée a projeté le véhicule contre un arbre : la carrosserie a été coupée en deux et les deux hommes ont eu les jambes broyées. L'état de M. Legendre est désespéré. On mande de Mayence que le fils du général Maréchal, gouverneur de Mayence, Henri, 13 ans, a

été violemment tamponné par un camion automobile allemand. Relevé par les témoins de l'accident, il fut immédiatement conduit à l'hôpital, où l'on constata une grosse fracture du bassin et de graves lésions internes. Le soir, vers vingt heures trente, la victime de ce pénible accident a succombé entre les bras de son père. À Rouvres, près de Meaux, Roland Charpentier, 12 ans, ayant commis l'imprudence de se baigner dans une mare a disparu presque aussitôt. Son cadavre a été retiré une heure après. Onésime, 7 ans, à l'heure du lait de poule, passait de longues minutes à se noircir le doigt en lisant les faits divers. Penché sur la page, la moue sérieuse et la bouche débrouillant les adverbes, noms propres et adjectifs, il se retournait vers Blanche, assise là à besogner des tas de choses à faire, pour demander
succomber ?
imprudence ?
lésions ?
Elle levait le nez et, invariablement, elle demandait à son tour qu'Onésime répète le mot puis elle tentait une explication imagée, cherchant un lien avec la vie d'ici, essayant d'éviter les questions embarrassantes et les mises en abyme harassantes, les questions de questions qui ouvraient encore le champ, qui s'immisçaient toujours plus loin et qui, au bout du compte vous faisaient toujours dire
je n'en sais rien mon chéri.

Ce jour-là, l'hiver avait bon dos, Blanche pouvait expliquer à Onésime qu'il était *imprudent* d'aller faire des glissades sur le lac gelé parce qu'on pouvait se blesser méchamment, avoir des *lésions* ou pire, *succomber* de froid. Onésime avait de quoi comprendre. Elle voulait bien qu'il lise le journal mais elle n'avait pas que ça à faire et, surtout, elle avait de plus en plus de mal à cacher son inquiétude car Onésime grandissait et il posait des questions, beaucoup de questions ; il était vif, imposant à force d'esprit, et Naudet ne suivait plus, il le laissait faire, s'occupant du petit en bout de table, quand le vin était léger, mais le reste du temps, Blanche se retrouvait seule face aux *pour quoi faire* et *comment ça se fait*. Les mauvais jours, elle contournait, s'agaçait, soufflait – au fond d'elle, elle savait bien qu'il lui faudrait affronter le sujet qui, un jour ou l'autre, allait changer la pièce et l'esprit pourtant ferreux de l'enfant. La mère Gâteau, qui l'avait pris en affection malgré ses aigreurs qui suintaient du quart de lait qu'elle posait sur la table comme un cierge, ne cessait de dire à Blanche qu'il était temps, qu'elle ne pouvait pas cacher éternellement une chose comme ça, qu'elle devait lui en parler. Elle disait pauvre gosse, pauvre gosse.

Et Naudet – il en pense quoi ?

Rien — il n'en parle pas lui —— il parle de rien – il boit – le Naudet – c'est tout ———— et pourvu qu'il reste tranquille – je te le dis moi.

La mère Gâteau, en répétant pauvre gosse, regardait Onésime jouer avec la canne de Naudet dehors dans la neige. Dans le cadre de la porte, à la lueur du noir intérieur de la pièce, le bout de jardin sortait solaire, comme ça, à la vue, et Onésime se battait comme un corsaire, la canne en avant, tranchant les flocons et luttant contre un bonhomme de neige à moitié mort. De là, derrière la vitre embuée, on entendait des accents de hargne et d'abordage sous un filet de voix mince qui parvenait aux oreilles de la mère Gâteau. Elle retrouvait les timbres du Petit Gâteau, avant, bien avant qu'il ne se batte pour de bon, pour de vrai, et qu'il ne revienne avec un balai à la place du fusil et un pète au casque.
C'étaient des gosses…
Qu'est-ce que tu as dit ?
Rien – rien.
…
Blanche – tu devrais lui en parler —— crois-moi ——— c'est pas mes oignons – je sais – mais il l'apprendra un jour et ce sera pas bon.
…
Pauvre gosse…
Je vais demander au père Brûlis ce qu'il en pense.
Quand donc ?
Tout de suite Madeleine ——— tout de suite.
La mère Gâteau n'eut pas le temps de se chauffer les doigts que Blanche était déjà en train de se jeter un tricot sur

les épaules. Elle se mit en route sans un mot et disparut à l'angle vers le clocher enfoncé dans son col. Onésime avait regardé sa grand-mère passer devant lui en lui laissant un sourire de gel puis il avait repris la lutte de plus belle, jouant seul avec la canne de Naudet, et l'hiver tout autour. Brûlis avait son avis sur la question : mieux vaut dire ce qu'on a à dire en confession et pour le reste, Dieu reste seul juge, un point c'est tout. Onésime, 8 ans, venait de faire sa première communion et Brûlis sentait en lui un garçon tout à fait équilibré, fort, il ne fallait pas s'inquiéter outre mesure, d'autant que le corps du Christ faisait désormais son chemin en lui, l'enfant était sauf, traversé de part en part par l'Esprit-Saint. Puis, après un silence de prêtre, il a ajouté
Ce n'est pas le cas de la mère du petit.
Blanche avait fait un signe de croix honteux et était repartie suivre le chemin de terre couvert de givre qui menait à l'impasse du Champ-des-Cris. Elle marchait en tenant le nœud de son fichu, le serrant pour sentir l'arête du cou, pour boucher toutes les consonnes éjectives, les éruptions de langage qui pourraient, à cet instant, la faire hurler de rage et lui lacérer le visage d'un acier de larmes, de fureur : comment a-t-elle pu me faire cela, à moi, comment a-t-elle pu faire cela, ma propre fille, qu'ai-je fait, moi, pour mériter ça ? Comment a-t-elle pu ! Comment diable a-t-elle pu ! Il fallait voir ce bout de femme en sabots noirs, écrasée par la peine et le froid, marcher la main serrée comme cherchant

à s'étrangler, voir ses pas affolés sur le givre frais, glissant sans prises, sa silhouette damée prête à tomber et prendre des airs de sac de linge sale jeté dans la neige ; elle marchait sans une parole audible, et seuls les frottements vifs, les grillons de tissus, les couches accumulées pour sauver sa peau pouvaient s'entendre et rappeler son passage ; mais à l'intérieur, en elle, c'était un désordre de locomotive et un poids de ronce, un tourment sans artères, un long cri qui ne dit rien à personne car personne autour d'elle ne peut l'entendre, car il faut se taire, ne rien dire pour laisser tourner les choses, poursuivre, secouer, remuer encore la seule terre qui donne, elle, sans rien dire, la terre qui laisse les hommes en paix lorsqu'elle nourrit, sustente et se laisse moudre ; alors Blanche se taisait tous les jours et laissait les nuits passer sous les pleurs, elle se serrait les cordes vocales pour qu'Onésime puisse traverser l'enfance et, éperdument, elle laissait ses tempes jaunir – car au bout de l'impasse les cheveux blanchissaient ou grisonnaient plus vite, avec une nuance de lave. Se taire demandait une accoutumance vulgaire et glaireuse qui l'obligeait à ingurgiter toujours plus loin sa propre détresse, se taire chaque jour devant l'enfant nécessitait un rouet de veuve, un abattement aspiré, assimilé dans tout le corps, absorbé par tous les moindres pores, c'était un avilissement à temps plein qui répondait à l'accaparement d'un destin de misère : pour Blanche, le malheur lui était tombé dessus comme un orage sur une plaine, laissant des trous de grêle et une incompréhension sans issue, hébétée ; le silence se forge en même temps que le corps se tasse puis finit par tomber tout à fait. Ce jour-là, arrivée au bout de l'impasse, au portail blanc, elle perdit l'équilibre et s'écroula à terre, dans la neige, sans conscience. Onésime, voyant le corps chiffon de Blanche s'abattre, bondit vers elle et, en soufflant toute sa frayeur, s'agenouilla dans la neige pour essayer de la relever. Il secouait les fripes de la vieille femme comme au lavoir, en tapant, serrant, frottant et au bout d'un temps, Blanche revint à elle. Elle se redressa péniblement dans le froid. Elle avait le visage laiteux d'une vierge inerte, en cire, elle cherchait à traduire la masse trouble, devant elle, qui lui tendait une canne. Onésime caressait la joue de Blanche en lui disant de prendre la canne de Naudet, qu'il allait l'emmener au bord du feu, à l'intérieur. Elle se leva, aidée par les bras de l'enfant et se saisit de la canne, impassible, pour marcher cahin-caha vers la porte de la ferme. Plus tard, à l'heure du souper et du pinot noir, Blanche restait silencieuse. Alors que Naudet et Onésime mangeaient bruyamment, la vieille femme avait pris place devant l'âtre et elle ne disait rien, pas un seul mot ni soupir, elle reprenait sa place étroite, sans issue, effacée, et se transformait au gré de l'ombre en un sac grelottant où, à force de secousses, les pensées noires faisaient des va-et-vient de purgatoire.

Devoir. Zéro faute. L'écolier va à l'école. Le forgeron travaille dans la forge. Je me lève à six heures. L'école commence à huit heures. Je rentre de l'école à onze heures. La neige tombe en hiver. Il fait chaud en été.

Onésime, 9 ans, faisait ses devoirs la plupart du temps sur la table de la cuisine pendant que Blanche préparait le plat. Naudet rentrait en claudiquant avec un bouquet de sauge ou de laurier, le posait sur le bord de la table et s'asseyait à côté de son petit-fils dans un soupir de fin de journée. Il laissait sa canne contre le dossier de sa chaise. Il se penchait, un instant, sur l'écriture appliquée d'Onésime, plissait les yeux pour lire ou déchiffrer sous les taches d'encre, et il disait *c'est bien* ; sans variation, sans changement d'intonation, Naudet disait *c'est bien*. Il le répétait pour lui-même puis se désintéressait de l'enfant. Le seul fait de voir

Onésime courbé sur ses cahiers aux pages rosées suffisait à le convaincre que l'école faisait son office, que la connaissance suivait son cours et que cet enfant éveillé décrocherait comme sa grand-mère et comme sa mère avant lui, son certificat d'étude.

Devoir. Zéro faute. Faire la moue c'est marquer son dédain d'une chose. Pousser de gros soupirs c'est les empêcher d'éclater. Avoir les yeux battus c'est avoir les yeux fatigués. Avoir le cœur gros c'est être très affligé. Pleurer à chaudes larmes c'est pleurer abondamment. Rire aux éclats c'est rire bruyamment. Rire de bon cœur c'est rire sans contrainte.

Onésime faisait ses allers-retours à pied entre l'école et l'impasse du Champ-des-Cris et dévorait, en rentrant, une tranche de pain nappée de confiture aux fruits épais, les mirabelles grosses de l'arbre du jardin ; sourires de sucre échangés avec Blanche, miettes récupérées une à une avec le doigt collant, et un verre de lait, moustache fraîche. Il faut dire que les fins de journées passées à table entre tartine et cahiers de devoirs avaient une saveur particulière pour Onésime ; l'encre et la confiture de mirabelles sont restées un mélange d'enfance, pleine narine, qui lui rappellera ce temps arrêté de paix et de joie véritable où il ne savait rien encore, où les mots et les secrets restaient cloîtrés derrière les dents de Blanche, où les lignes copiées, les dictées et les verbes conjugués n'avaient ni épaisseur, ni densité vive, ni le goût filandreux des choses ; les déceptions n'avaient pas de vocabulaire ; les litanies apprises restaient encore des abstractions joyeuses ou des lueurs de comptines, de proverbes et mirages de fables ; tout se dessinait en un même bloc : le sucre, le pain et les morceaux de mirabelles, la canne de Naudet appuyée sur la chaise, le cartable jeté accordéon, le feu derrière soi, au niveau de la nuque, la grammaire et l'orthographe pour les lignes des cahiers, la conjugaison loin encore de l'emploi du fer, des contours et des mensonges ; une vie d'enfant adossée aux lignes des cahiers d'école et à la chaleur de la pièce et du quotidien, aux étoiles de la chambre, là-haut, aperçues dans le carré de la fenêtre.

Devoir. Zéro faute. Le Soleil est un astre de même que l'étoile Polaire. La Lune tourne autour de la Terre en vingt-huit jours. On observe les astres avec une astronomique ou avec un télescope. Celui qui étudie la marche des astres est un astronome. On appelait astrologue celui qui prétendait prédire l'avenir en observant les astres. Une personne lunatique est une personne de caractère changeant.

Un amas de saveur. Onésime vivait par détails, un amalgame d'habitudes senties à la criée : la confiture et la tranche de pain, la cueillette courbée des mirabelles, le lait de poule, le sucre jusqu'aux narines et l'encre collée sous les ongles, les lunules bleu marine que l'on gratte et la coulée de confiture dans la paume, le goût âcre lorsqu'on se ronge les ongles, le savon aux bulles noircies quand on se lave les mains, la confiture en petites gouttes léchées à même la table entre les miettes de terrine de lapin, les lignes répétées des cahiers d'école et les yeux qui cherchent haut la morale de la fable.

Devoir. Zéro faute. On peut affranchir une lettre avec un timbre ou affranchir un esclave ; avoir de l'adresse au tir ou mettre l'adresse d'une lettre ; mettre un timbre avant de jeter une lettre à la poste ou avoir une voix d'un timbre agréable ; travailler sur son bureau ou entrer dans un bureau de poste ; dépouiller sa correspondance, son courrier, ou dépouiller un lapin.

Dans la cuisine, à l'heure des devoirs, ce sont les bouts de phrases lancés par Blanche pour aider, pour appuyer les souvenirs ; elle remuait l'eau chaude et le laurier en tourniquet, l'odeur du laurier chaud, dans la casserole. Onésime faisait ses devoirs, il devait se remémorer, reprendre des mots, des phrases et des verbes encore loin de ce qui allait advenir vraiment, de ce qu'il allait falloir endurer et vivre, loin de la confiture de mirabelles et du laurier dans le cul de la bête écorchée, des morceaux de fruits luisants que l'on croque et du jus vivant aux papilles. À côté de lui, autour d'Onésime, il y avait la présence du corps de Naudet, son odeur de sous-bois, de marais, des morceaux secs de laurier dans la poche cramés avec le tabac de la pipe, un mélange, de son canif frotté contre le pantalon pour trancher le pain avant la confiture, de la tache de gras qui reste coincée dans la rainure et les miettes de tabac tombées avec les petites gouttes de confiture et les copeaux de terrine de lapin, du sucre encore et des comptines, des morales, des rôles bien répartis et l'ordre, l'ordre des gestes.

Devoir. Zéro faute. Le bûcheron abat l'arbre. Le charbonnier cuit le charbon. Le scieur de long scie la planche. Le menuisier assemble le meuble. Le charpentier équarrit la poutre. Le fendeur entasse les bûches. Le garde surveille la forêt. Le chien poursuit le lapin. Le chasseur tue le gibier. Le sabotier creuse les sabots.

À ce degré de l'enfance, températures basses, il y avait pour Onésime des cartes de géographie, des contours de la France, le tabac que l'on chique avec les gouttes de confiture entre les doigts, des limites tracées en rouge, Alsace-Lorraine, des mots qui ne s'arriment à rien encore car il n'y a que la confiture, le laurier par bouffées et le feu doux sur la nuque, l'odeur du bouillon et la bête au four, la vapeur qui lèche le mur au-dessus de la casserole, le cumulus du tabac fumé, la pâte de l'encre et la tarte en été, les fruits chauffés sur la tarte, le jus vivant sirop sous la langue, les mirabelles à la poêle et la volée de sucre en gratiné. Les mots ne touchaient pas Onésime parce qu'ils faisaient la queue sur des cahiers d'école, ils remplissaient les pages, noircissaient le rose, s'immisçaient en vent contraire, ils délimitaient les codes de tout ce qui, appris, devra être éprouvé, enduré et mis à distance ; les mots écrits, appris, avaient encore la saveur de la confiture, d'une tranche de pain et du tabac qui vole, des miettes sous les ongles, ils restaient planqués avec leurs sens et contrordres, ils ne disaient rien ou pas grand-chose ; et c'est pour cela qu'on peut les recopier sans arrêt, faire les boucles des lettres, soigner les majuscules, écrire la date et tracer des traits à la règle, la règle frappée sur les phalanges, tracer des traits entre les exercices, supporter l'encre rouge, la notation, l'échec ; à l'âge d'Onésime, de cette enfance, les mots restaient et tombaient sur la table avec les miettes et la confiture, ils ne collaient pas, ils ne volaient pas au-dessus avec le tabac de Naudet, ils restaient coincés dans la tête d'un enfant qui n'avait pas encore ouvert le placard ; un enfant qui ne savait rien, ne se doutait de rien, qui ressentait un manque, c'est tout ; mais pour le reste il y avait le ventre rond et le bout mollusque, la canne, la confiture crémeuse, le feu plaqué dans le dos, le laurier et la peau craquante, salée, de la bête qui cuit, les lignes du cahier d'école.

Devoir. Zéro faute. La neige blanche ; le tapis blanc ; les flocons blancs ; des fourrures blanches. Une brique chaude ; un pain chaud ; des pays chauds ; des eaux chaudes. Des pays froids ; des régions froides ; de la pluie froide ; un climat froid. Des vents violents ; une chute violente ; des pluies violentes ; un choc violent.

Il y avait, au-delà des mots, des lignes raturées, le silence de Blanche qui œuvrait pour faire paravent, le sable qu'elle avalait avec de l'eau claire, la digue des mots inaudibles, ceux qui dépassent les cahiers roses et ne peuvent sortir de la bouche par crainte de renverser la pièce, de transformer les nuages tabac et vapeur de laurier en orage, le silence pour éviter qu'il pleuve soudain de la grêle et que les tartines ne suffisent plus ; il fallait alors se remplir la bouche de laurier et de bête au four, se gaver de sucre et de gouttes de fruits, gonfler la panse pour atténuer la peine, amasser du sable encore, l'avaler avec du laurier et de la sauge, trouver un remède, une potion pour que les mots se disloquent et fondent d'eux-mêmes, qu'ils soient rongés par l'acide du ventre, qu'il n'y ait plus rien d'autre que de la confiture de mirabelles épaisse et un sourire, et des fables, beaucoup de fables et des contes, des lignes de cahier d'école où les mots font des chapelets, se répètent, s'ânonnent et perdent leur sens, qu'ils ne disent rien, qu'ils se transforment en sucre que l'on avale ou gobe comme un œuf, d'un coup ; espérer que tout reste une ligne de cahier rose et zéro faute.

Devoir. Zéro faute. Les pompiers éteignent le feu. L'enfant récite sa leçon. Le chien garde la maison. La vache donne le lait. Le tonnerre annonce l'orage.

J'étais resté sur le seuil, quelques minutes ; humant encore ce qui restait de nuit, de mort lente et de derniers soupirs. La chambre d'Onésime et de Simone donnait sur le jardin et les volets étaient fermés. Il planait un pointillé de lumière sur le matelas nu, encastré dans un lourd tour de lit capitonné de velours ; contre le mur, une bonnetière antique, trouée d'un miroir ovale qui renvoyait ma silhouette timide, silencieuse, incapable de fouler la moquette où l'on pouvait voir encore, moucheté, imprimé, le poids des quatre pieds d'une tige porte-sérum, disparue, rappelant pourtant le dernier goutte-à-goutte clepsydre du souffle d'Onésime, des derniers soins passés par intraveineuse. Les chambres absentes, de palais ou de maisons vides, me lançaient depuis toujours, sans crier gare, leurs interférences, leurs ronflements ; en passant les seuils, je ne pouvais m'empêcher d'entendre les respirations des corps qui dormaient là, cette longue durée sonore que nous ne connaissons pourtant pas, ou peu, par témoins passagers ; et qui, malgré cela, nous occupe une bonne moitié de notre vie. Les larges salles de dortoirs, de prisons, de camps ou de monastères, désertées des années plus tard, m'imposaient toujours le ton, nocturne, des volées de bustes, poitrails et poitrines qui avaient laissé là une pompe de l'air ininterrompue, étendue, anonyme, vibrante pourtant de temps passé ici, à dormir, à ronfler, à se reposer, à changer de rythme en fonction des rêves. Il y avait de cela, je crois, au seuil de la chambre d'Onésime, cette pensée tendue vers les rêves ou les cauchemars, les siens, de tout ce petit monde de nuit qui gravitait dans la pièce et sous la coque large de sa chair, toute cette part de lui que je ne connaîtrais jamais – ces rêves dont on ne dit rien, ou trop peu, ces nuées de remparts où se joue le contrepoint d'une vie et qui ne dépassent jamais la trop fine couche de la peau ou seulement par chutes, par mots calfeutrés au réveil, au petit déjeuner, ces mots douteux qui cherchent à rattraper le rêve et qui tombent littéralement à plat, chahutant jusqu'à notre propre foi dans ces tanières d'images qui, sans elles, rendraient nos nuits plus fatigantes encore. Je suis entré dans la chambre et j'ai ouvert les volets. Il commençait à faire nuit et je me suis assis sur le matelas nu, regardant le mirabellier posé dans l'encadrure de la fenêtre ; et de cet arbre m'est venu un souvenir de meurtre. Je l'avais commis enfant, en pleine imagination ou jeu ; il m'était impossible, à cette époque, de le savoir. Onésime, 82 ans, ramassait les mirabelles éparpillées au pied de l'arbre ; c'était un vieil arbre centenaire troué à mi-tronc, il était crochu, gondolé par les orages et il donnait chaque année un crachin ininterrompu de mirabelles épaisses dont on faisait des tartes et des confitures et quelques bouteilles de gnôle. Onésime, ce jour-là, était pieds nus dans une compote acide, sucrée, et il pestait contre les guêpes qui s'acharnaient contre les fruits moulus par notre poids, nos corps en cueillette. Je l'aidais par intermittence comme un enfant peut le faire, posant çà et là des mirabelles dans le panier. Lui était voûté, torse nu, une courbe paysanne, il soufflait en farfouillant les feuilles ; et je pouvais voir la tranche large de son dos scié d'une balafre d'Indochine dont il ne parlait jamais ; une encoche de peau en delta, comme la caricature dessinée d'une étoile ou d'une explosion. Le soleil faisait jaillir son dos de vieil homme à ma hauteur de vue et sans que je me l'explique, je me suis vu me saisir de la petite hache posée à côté du panier et la planter de toutes mes forces dans la trace longue de son épine dorsale, comme ça, traîtreusement, et l'abattre comme une souche. Assis sur le bord du lit d'Onésime, des années plus tard, je me demandais ce qui avait été à ce point pousse-au-crime ce jour-là ; l'image était encore présente, intacte, fervente et brusque, de retour le temps d'un regard sur le mirabellier désormais véreux, dévoré par des boules de gui épaisses. Je me suis levé et, sans attente ni occupation particulières, j'ai ouvert la bonnetière impassible ; la porte-miroir est venue aspirer la fenêtre et, de force, le mirabellier dans son reflet. Le meuble était presque vide, deux piles de draps blancs avec collerettes de dentelles sur lesquelles étaient posées des billes de cèdre contre l'invasion des mites et une poche de tissu gavée de fleurs de lavande ; l'odeur était acre, moribonde, saturée de tout un tas d'absence, de bois tendu, de vide sec. La dernière étagère, au pied du meuble, tout à fait débarrassée, était couverte d'un vieux papier journal asséché, étalé sur le bois comme une couche de protection et on pouvait discerner des ronds d'huile de cirage, de boîtes anciennes, disparues ; des cercles nets, en ponctuation, se rencontrant parfois, par vague, par gestes anciens d'Onésime qui, au fil des jours et des cirages, reposait les boîtes en métal au hasard, dessinant ainsi un univers abstrait de planètes vides. Accroupi, je me suis saisi du journal et, contre le reflet jeté des branches du mirabellier, je me suis mis à le lire.

… la catastrophe de chemin de fer qui s'est produite hier soir, sous le tunnel des Batignolles, laissera à tous ceux qui, comme nous, en furent les témoins, un ineffaçable souvenir d'épouvante. Survenant à l'air libre, un télescopage offre toujours un spectacle tragique. La vision de deux trains déchiquetés, emmêlés, tordus comme par la main d'un Titan, est toujours un spectacle poignant, surtout lorsque de l'amoncellement des ruines s'échappent en appels déchirants les plaintes des blessés. Mais que dire, lorsque cette même catastrophe se produit, comme celle d'hier soir, sous la voûte d'un tunnel dont l'écrasante carapace sert de tombeau à des malheureux dont la dernière sensation dut être celle de mourir dans un véritable enfer ! M. Leullier, préfet de police, disait en contemplant le poignant spectacle du tunnel en feu : « Cela tient du cauchemar ! » Le train 333, Paris-Versailles (rive droite), avait quitté la gare Saint-Lazare à l'heure normale : 17 h 48 ; il s'était engagé sous le tunnel des Batignolles. Il était, comme tous les trains de banlieue quittant la gare Saint-Lazare dans la soirée, bondé de voyageurs regagnant, la journée finie, les riantes localités de Meudon, Chaville, Viroflay. La machine, conduite par le mécanicien Blondel, était près de sortir du souterrain, lorsque le convoi s'arrêta brusquement. Quatre minutes après le 333, le train 253, Paris-Saint-Lazare à Paris-Invalides par les Moulineaux, était parti sur la même voie. À une centaine de mètres de l'entrée, il aperçut, trop tard malheureusement, le feu rouge du fourgon arrière de la rame en panne. Il renversa la vapeur, mais malgré ses efforts, un choc effroyable se produisit. La locomotive, qui pèse quatre-vingt-cinq tonnes, s'enfonça dans le fourgon qu'elle écrasa, entraînant ses débris avec elle ; deux voitures à impériale bondées de voyageurs se renversèrent sur le côté, tandis que la locomotive les dépassait, puis s'arrêtait, droite sur la voie, immobilisée par la masse de l'autre train. Ici se place la plus horrifiante des scènes. À peine le choc s'était-il produit que le réservoir à gaz contenu dans le fourgon s'enflamma. On peut imaginer l'indescriptible panique qui s'empara de tous les voyageurs. Ce fut un affolement général, un sauve-qui-peut désespéré. Le feu prit aux voitures voisines avec une rapidité inouïe et se propagea le long du convoi. On devine ce que fut la catastrophe, dans l'obscurité, parmi les flammes et la fumée. Le spectacle fut effroyable. Du tunnel dévoré par l'incendie, les voyageurs s'échappaient, noircis, à demi brûlés, les vêtements en lambeaux. Les femmes couraient, échevelées ; les enfants, hagards, fuyaient vers la sortie du tunnel, maintenant rutilant comme un brasier. On eût cru des fantômes courant le long des parois léchées par les flammes. Les malheureux n'avaient qu'une hâte : arriver à l'air libre, pouvoir respirer enfin ! À l'autre extrémité du tunnel, la vision n'était pas moins sinistre. Le tunnel ressemblait littéralement à un véritable four où la chaleur, paraît-il, atteignait près de 60 degrés. À cinquante mètres du foyer, on ne pouvait même pas endurer la main sur les murs du tunnel qui soufflait un air étouffant. Il y avait certainement dans cet enfer que n'avait pas prévu Dante lui-même des malheureux qui, pris par la fumée ou par les flammes, n'ont pu s'échapper. Ils agonisaient effroyablement. De tous côtés des cris de douleur s'élevaient. De nombreux voyageurs se trouvaient pris sous les débris des wagons.

L'alarme avait été rapidement donnée. Les employés qui se trouvaient sur les voies se précipitèrent au secours des voyageurs dans les premiers instants, ainsi que des gardiens de la paix en civil qui revenaient de Courbevoie. Ces premiers sauveteurs réussirent à retirer du brasier plusieurs blessés. Par les couloirs de communication qui relient les tunnels, les pompiers s'efforçaient d'éteindre ce foyer qui dégageait une chaleur insupportable. De l'extrémité du souterrain, on apercevait une lueur rougeâtre au milieu de laquelle les flammes jaillissaient sans arrêt. À minuit, après une âpre lutte, seize cadavres étaient rassemblés dans l'une des salles du cabinet médical, la plupart complètement carbonisés. À l'heure où nous mettons sous presse, tous les morts ne sont pas encore identifiés et il est vraisemblable que d'autres cadavres seront encore retrouvés sous le tunnel, car l'exploitation des wagons incendiés n'est point terminée et le transfert des cadavres est toujours en cours. L'un d'eux était celui d'un officier aviateur qui, au cours d'une scène déchirante, devait être reconnu ce matin par sa femme. Il s'agit du lieutenant Camille Sanzach, glorieux blessé de guerre, titulaire de plusieurs citations, demeurant à Saint-Cloud-Montretout, boulevard de Versailles, 60, qui était actuellement détaché à l'île Saint-Germain comme instructeur pour l'éducation physique. Le malheureux portait à l'auriculaire de la main gauche une chevalière sur laquelle sont gravées ses initiales, C.S. Toute la nuit, les pompiers travaillèrent à la lueur des projecteurs. Trois nouveaux cadavres carbonisés furent trouvés, dont le dernier ce matin, à 7 h 30. Il y a actuellement, à la gare Saint-Lazare, trois corps de femmes non identifiés, mais reconnaissables ; trois corps d'hommes et deux de femmes entièrement carbonisés. Le revêtement du tunnel ayant été endommagé par l'incendie, des pierres se détachaient de temps à autre et menaçaient de blesser les ouvriers. Cinquante casques ont été demandés à la caserne de la Pépinière. Outre l'absence d'éclairages dans le sinistre tunnel, une autre circonstance a aggravé la catastrophe : l'incendie qui a suivi le tamponnement, et qui a fait des wagons brisés des bûchers où des voyageurs blessés ont été brûlés vifs. L'incendie a été causé par l'explosion des réservoirs à gaz du train tamponné. Pourquoi n'a-t-on pas généralisé l'éclairage électrique ? M. Dejean, directeur de l'Administration des chemins de fer de l'État, nous a fait à ce sujet ces déclarations : « En ce qui concerne l'éclairage au gaz auquel nous sommes malheureusement réduits, il faut que l'on sache que les lignes de banlieue seraient équipées électriquement, actuellement, si la guerre n'avait pas éclaté. La ligne d'Auteuil était prête, les rails posés, le matériel commandé, matériel dont les Allemands s'emparèrent à Pont-à-Mousson, à Lunéville et à Jeumont. Cette ligne aurait été mise en service avant la fin de 1914, et les autres auraient suivi rapidement. En tout cas, tout le service électrique prévu serait, en ce moment, en exploitation. Le gaz et le tunnel ne sont pas les causes de l'accident ; ils ne l'ont que transformé en catastrophe. Reste à examiner dans quelles conditions celle-ci a pu se produire. » Sur les trois groupes de tunnels qui sont intacts, la circulation a été reprise ce matin pour les trains de banlieue et ceux des grandes lignes…

Blanche replia le journal. Sur la couverture on pouvait voir une femme dessinée, collier de perles autour du cou, chapeau mondain à ruban, gants fins, sac à fermoir, doigts griffés sur le visage, mèches en bataille et regard de terreur, bouche écrasée, sans prise d'air, et un mouchoir froissé dans la main ; la femme sidérée, dessinée en couleur pastel, sortait du tunnel des Batignolles en flammes. En haut à droite, cornée par l'usure, on pouvait encore lire la date du 16 octobre 1921 et les lignes en entonnoir, déversées, sous l'image

Quelles scènes horribles dut éclairer l'incendie qui suivit le tamponnement

Les voyageurs échappés à la mort fuient avec terreur le lieu de la catastrophe et courent vers la gare pour demander secours.

Pour demander secours.

Blanche avait lu et relu la légende de l'image étalée en une. Pour demander secours.
La phrase gisait en écho, en elle, dès qu'elle reprenait en main le journal ; elle y revenait en silence, une fois par semaine environ, ça la prenait comme ça, comme une mauvaise habitude. Lorsque Onésime était absent, elle relevait le bas de sa blouse, se saisissait du tabouret de traite et hissait son corps au-dessus du vaisselier. Le bras tendu, balayant la poussière, la crasse, la suie, elle prenait la clef laissée là, invisible pour Onésime, inatteignable pour Naudet, puis elle ouvrait les portes larges, gémissantes, du meuble. Sous le niveau des verres, de la cymbale de baptême d'Onésime, des coquetiers en bois, juste en dessous, elle ouvrait la serrure du tiroir plat où, d'ordinaire, on fige l'argenterie, pour en sortir un carton de gantier ou d'estampes dans lequel elle gardait des coupures de journaux, des napperons brodés par sa mère, son certificat d'études, une photographie du Naudet avant quatorze et un portrait dessiné, au fusain, de sa fille Léontine et de son gendre, Camille Sanzach. Le carton de Blanche enfermait, en quelque sorte, ses archives volontaires, sa parole, il arrêtait son silence, lui permettait d'entendre ses douleurs souterraines, les gisements, les morsures, il lui rappelait les mots, les faits, les vérités qui, au fil des années, s'estompaient en morse et disparaissaient sous le flot des tâches, en chemin, avant d'atteindre quiconque, d'espérer une réponse, un répondant ; là, lorsqu'elle

ouvrait le carton plat, lorsqu'elle le déposait sur la table de la cuisine, seule dans la pièce, elle frottait un napperon pour retrouver la peau de sa mère, levait devant ses yeux la photographie du Naudet, droit sur ses deux quilles, souriant moustachu en canotier ; elle suivait du regard la courbe grasse du fusain, la rondeur ivre des joues de Léontine, son air garnement, garçonne, puis elle dépliait un à un les journaux que la mère Gâteau était allée chercher en ville, pour Blanche, pour qu'elle les garde, parce que, avait-elle dit, ça faisait la une des journaux, qu'un événement pareil, ça doit rester dans la mémoire familiale, qu'il ne fallait pas oublier une chose pareille. Blanche lisait et relisait l'article qu'elle connaissait, à force, par cœur ; elle s'arrêtait sur les passages dantesques comme pour s'imprégner des odeurs infernales, pour s'approcher de la fournaise, gaver encore un peu plus son imaginaire et dévisser son incompréhension. Alors elle lisait à nouveau, les lèvres en murmure :
on devine ce que fut la catastrophe, dans l'obscurité, parmi les flammes et la fumée.
Le spectacle fut effroyable.
Du tunnel dévoré par l'incendie, les voyageurs s'échappaient, noircis, à demi brûlés, les vêtements en lambeaux.
Les femmes couraient, échevelées.
Les enfants, hagards, fuyaient vers la sortie du tunnel.
On eût cru des fantômes courant le long des parois léchées par les flammes.

Elle lisait jusqu'au délire, caressant le napperon de sa mère, la tête battant d'avant en arrière, un mouvement éméché pourtant imperceptible ; Blanche lisait pour y croire, elle ânonnait chaque mot, les images, les photographies, le train en flammes, pour demander secours, encore, demander secours, lu aux larmes, à l'aide et au secours – comme sa fille Léontine.

Un peu plus loin, Onésime, 17 ans, coupait de l'herbe avec sa paume ; il la froissait, nerveux, prenait des bouquets épais de brins, les tortillait, les tordait, puis arrachait le tout d'un seul coup, les dents serrées, avant de les émietter dans la rivière ; ça sentait la terre neuve, la vase grasse et l'eau, l'odeur de l'eau fraîche, gelée aux narines. Les hêtres touffus, lourds, donnaient du contre-jour et laissaient passer un air d'ombre, tiède, au-dessus du cours d'eau. Il faisait bon, juillet commençait tout juste, on préparait la fête nationale et le bal, Onésime faisait des travaux de basses œuvres dans les fermes alentour, il gagnait de quoi boire un coup, le soir, avec Matriolet et les autres ; mais sa nervosité était hivernale, froide, elle filait sous la peau, hérissait son visage, dessinait un masque sombre, rongé. Onésime quittait pas à pas le moule tassé de l'enfance, ses joues s'étaient creusées pour voir émerger des pommettes clouées, drues, droites, un front dessiné large, haut, une chevelure lissée à l'américaine, ambrée, un regard d'eau douce, bleu, imperturbable et profond, et une mandibule serrée, épineuse, comme arrêtée en pleine mâche ; le tout ponctué d'une fossette intermittente, à hauteur de moustache, et une paire de rides aux yeux, intermittentes elles aussi, pour souligner le rire, l'approbation, la malice et parfois la tendresse. On le disait anguleux, férocement beau mais traversé d'inquiétude, marqué de failles, de nervures ; de loin, il avait un air de vaurien céleste qui peut tout autant décocher un orage que gratter un poème. L'œil plongé dans l'eau en contrebas, où Nicole se baignait, Onésime la contemplait en laissant deux mouches lui coller au visage, vrombir, indécises, partir et revenir, se poser à nouveau et picorer de la sueur. Depuis quelques mois, il voyait Nicole, la fille du boulanger. Elle lui plaisait, forcément, comme elle plaisait à Matriolet et aux autres ; parce qu'elle n'avait pas les pognes paysannes ni les hanches taillées et l'air roussi, Nicole paraissait pétrie, douce sous les doigts, onctueuse et chaude, un pain blanc. Les hommes du village et des alentours l'avaient surnommée comme cela, Pain Blanc, pour la taquiner bien sûr, pour lui rappeler sa naissance dans la farine et les brioches contrairement à eux tous, gosses de fermes ; mais ils disaient Pain Blanc pour dissimuler l'érotisme, pour susurrer le désir qu'elle provoquait, inévitablement, depuis toujours, l'envie de la croquer à pleines dents, de mordre dans la chair onctueuse de la mie, odorante, chaude, de levain et de four. À ce désir de pain frais se mêlaient désormais les formes de l'adolescence, de la sculpture ondine ; Nicole avait une poitrine ronde, vaste, qu'elle laissait vivre sous ses habits fins, sans torture, ouvrant l'appétit des hommes qui, dans leurs délires d'évidence, de puissance, de marque, la prenaient pour une jeune fille offerte à leurs bas-ventres ; Nicole essuyait sans cesse, sur les chemins de terre, les mots francs, goguenards, les verbes salaces et les remarques sur ses miches qui revenaient à dire que contrairement à ce qu'on peut entendre à ras des proverbes, ce ne sont pas toujours les cordonniers les moins mal chaussés ; une fille de boulanger avec des miches comme ça, c'était quand même pas permis. Onésime, comme les autres garçons du village, avait sifflé Nicole, lui avait rappelé ses formes, ses courbes et avait rompu le pain devant elle avec un œil bête, lascif – ce à quoi Nicole répondait par un flottement du regard, mi-figue mi-raisin, un soupir agacé et une tape ogive, caresse, sur la joue – mais depuis qu'ils se fréquentaient pour de bon, tous les deux, Onésime avait tendance à ne pas apprécier qu'un autre que lui l'appelle Pain Blanc ou qu'un idiot du village, en voyant passer Nicole, se mette à pétrir l'air avec ses mains terreuses. De là où il était, Onésime voyait la peau de Nicole entrer et sortir de l'eau, les creux de son ventre, lorsqu'elle faisait la planche, l'eau claire au milieu d'un puits de farine, avant la brasse, et il la trouvait belle, presque trop ; il la regardait nager, flotter, retirer un cheveu collé sur sa peau. Nicole semblait rassurée, ici, ajustée à l'instant, heureuse de ce garçon-là, de le voir au bord en train de la regarder, de la désirer sans doute ; être dans les bras d'Onésime lui plaisait, à elle aussi. Elle aimait son inconfort, son odeur de lierre, sa jambe énervée, son regard de ciel ; et elle aimait par-dessus tout sa façon précipitée de parler, d'écraser les mots entre ses dents ; on avait l'impression, à l'entendre, que toutes les lettres prenaient la forme grave de sa mâchoire, que tout sortait d'un moule endurci, aiguisé par les canines et les repentirs ; et il fallait ajouter à cela le fait qu'Onésime parlait en fixant le vide, qu'il regardait loin, au-delà des paroles, de ses propres mots mâchés, et ces yeux égarés avaient tout de suite plu à Nicole qui souffrait des regards obliques, tombants, en piqué sur sa poitrine, de cet ennui répété, attendu, gonflant, de voir ces hommes incapables de tenir un regard ; elle détestait voir leurs billes roulées, leurs yeux gourmets, en chute libre, avoir le sentiment de vivre au milieu de mioches assoiffés de lait, rendus idiots par le désir bestial de téter encore, de mordre un mamelon et, selon elle, de rester des veaux toute leur vie. Nicole le répétait à chaque fois qu'on lui parlait de celui-ci ou de celui-là, de tel bonhomme ou du fils machin : tous des veaux.

Onésime était différent. Elle le regardait avec tendresse, affection et, qui sait, avec un brin d'amour. En tout cas, avec lui, elle voulait bien ; il pouvait s'il en avait envie, elle ne disait pas non, et depuis quelques jours, il ne se privait pas, il la touchait un peu partout pour voir, sentir, goûter un peu ; il lui disait, les rides de l'œil ouvertes, qu'il aimait l'embrasser comme du bon pain, qu'elle sentait le pain perdu et le café au lait, elle souriait, soupirait gentiment, lui rendait son baiser, et se laissait faire ; et dans ces moments-là, quand il y allait franchement avec ses mains, ses doigts, puis qu'il se déboutonnait un peu vite, rentrait pour son affaire, à cet instant où il ouvrait la mâchoire pour laisser fuir un râle, à ce seul instant de vigueur, Nicole pouvait voir se dissiper la couche d'orage qui embuait continuellement les yeux d'Onésime ; et elle se sentait gonflée, heureuse même, d'assister à cette accalmie du cœur ; elle était elle-même surprise de son corps, de l'effet de son corps, de ce qu'elle provoquait pendant les scènes dans la cabane, un peu plus loin, et elle expérimentait l'étrange sensation, rituelle et difforme, tout à fait neuve pour elle, d'avoir le pouvoir aisé, friable, de délester un homme en le faisant jouir. Dans le ruisseau, l'eau lui arrivait au nombril et Nicole faisait des ricochets avec ses paumes. Elle tapotait l'eau et les hêtres donnaient un écho de vent, de feuilles froissées, d'applaudissement de foule. Nicole regardait Onésime et lui jeta un sourire, pleines dents, pour lui dire son plaisir à le voir, pour l'inviter à la rejoindre, pour jouer aussi, tout simplement, s'amuser avec la tension qui flottait entre eux, continuer à tisser cet air invisible qui lie les jeunes amants ; ce jeu d'atmosphère où les odeurs planent, les peaux, la joie. De loin, Nicole embrassa le vide dans la direction d'Onésime, un baiser volé, sonore comme une gifle, qu'il fit mine de choper dans sa main, en plein vol, avant d'éplucher un à un ses doigts, dans un mime affamé, et d'en gober la saveur. Il n'y a pas à dire, entre eux, il se passait quelque chose, une entente frangine, tendre ; il y avait ce lien inaudible, inconnu, battant, qui donne un sentiment d'évidence, de partager la terre autant que le corps, le sang et l'eau du bain. D'ailleurs, cela n'avait étonné personne que ces deux-là finissent par conclure. Matriolet faisait sa mauvaise tête depuis quelques semaines, disait à Onésime que Pain Blanc était une sacrée michetonneuse et que son copain allait s'amollir à force de traîner avec elle, mais les autres de la bande ricanaient en gonflant leur poitrine, s'appuyant sur leurs imaginaires et leurs fantasmes de gosses de fermes, en oubliant au passage qu'ils étaient encore tous puceaux. Onésime et Nicole se connaissaient, comme on dit, depuis toujours, ils avaient grandi ensemble, ils avaient partagé les mêmes cahiers d'école, les mêmes sermons du père Brûlis, et les mêmes histoires de quatorze ; on se racontait, sans arrêt, le saut de l'ange du Petit Gâteau fou à lier, du haut du clocher. Nicole avait vu, elle aussi, lorsqu'ils étaient enfants, les discours tordus, avinés, du Naudet ; elle avait grandi avec un sentiment mêlé de tendresse et de torpeur, de voir Onésime attentionné, appliqué, parfois adulte quitte à oublier sa propre enfance, de voir ses déterminations affichées sur son visage, son esprit porté au sacrifice, pour aider, aimer, panser ; elle avait entendu ses intonations graves lorsqu'il disait que non, il restait avec son grand-père, qu'il ne pouvait pas sortir. Nicole avait grandi en se postant devant le portail blanc de l'impasse du Champ-des-Cris, à attendre qu'Onésime pointe le bout de son nez. Elle apportait souvent une brioche fraîche, chaude, gonflée de beurre, qu'ils mangeaient au bord de l'eau, côte à côte, les pieds battant le vide ; Onésime, 8 ans, en gardait un morceau dans sa blouse d'écolier, toujours, pour le tendre à Naudet, en rentrant, qui faisait mine de ne pas comprendre ce qu'on lui donnait mais qui savait très bien, qui salivait déjà, et enfournait le bout filandreux de brioche d'un coup en faisant les yeux ronds, hagards, sidérés par le beurre, le goût, la saveur, le plaisir. Naudet frottait la tignasse d'Onésime et repartait dans ses pensées obstinées, en silence, la bouche pleine. Onésime, tous âges confondus, gardera un goût têtu pour la brioche, pour son onctuosité, sa générosité, et pour sa simplicité fermière ; il dira souvent qu'il suffit de secouer une ferme pour faire une brioche : du beurre, de l'eau, de la farine, du lait, des œufs et du sucre, un point c'est tout ; c'est-à-dire sans fleur d'oranger, surtout pas. Lorsqu'ils rentraient de la rivière, de l'école ou de l'église, Nicole et Onésime passaient sous l'ombre du Poilu sidéré, immobile, là-haut, perché sur son piédestal de pierres dures, cherchées une à une dans les carrières de la Celle-Bruère, couleur pays ; il se dressait halluciné, casqué, comme fixant le feu, la mort, les bras étendus au garde-à-vous ; à ses pieds, en médaillon, avant la liste macabre, on pouvait lire l'antienne hypocrite : Aux enfants de la commune, morts pour la France. Le monument aux morts avait été inauguré quelques mois avant leur naissance, sur la place de l'église, et il rassemblait les pères, les oncles, les voisins, les grands-pères et leurs copains. Dès qu'on savait lire, on le pointait du doigt et on y allait de son histoire, du souvenir entendu, de la photo clouée dans la chambre ou même, parfois, on inventait pour nourrir l'épouvante, racontant l'instant de la fauche, de la balle perdue ou de l'agonie dans la boue, des tripes à l'air, des rats dans les casques.

Tiens — regarde ce que je t'ai apporté.

Nicole avait fini par sortir de l'eau, elle avait les pieds mouchetés d'herbes, de mousse, de petites feuilles. Sa culotte était pleine de terre et on voyait ses seins épais, dessinés, sous sa robe trempée ; Onésime la regardait fouiller dans son sac en toile, ses bras agiles, fermes, piquetés de chair de poule et de gouttes d'eau. Elle lui tendit un morceau de brioche et ils échangèrent un regard mouvant, fondu, entre le souvenir d'enfance et la gourmandise de leurs corps. La brioche, désormais, avait pris sa place dans le jeu des sens, des connotations, de la réalité adulte des choses ; c'est ce qui rendait jaloux Matriolet et les autres, qu'Onésime et Nicole aient ça en plus, qu'ils sachent, eux, qu'ils pouvaient désormais jouer avec ça, se faire des clins d'œil et sourire en coin. Onésime déchira la mie de la brioche et commença à manger

sans appétit, le ventre contrarié. Il avait son regard pointu, acéré, semi-désert, les sourcils froncés et la mâchoire vissée, on sentait qu'il cherchait à être là, avec Nicole, au bord de l'eau, mais son esprit fuyait vers le tronc de l'arbre, un hêtre courbé, sale, épais ; il se voyait labourer l'écorce, la frapper, boxer le tronc à s'en faire saigner les phalanges ; et la mie de la brioche, entre ses doigts, lui paraissait bien trop légère, aérienne, savonneuse ; la violence qu'il ressentait depuis quelques jours ne trouvait pas d'apaisement, même l'eau, la peau de Nicole, l'ombre et le vent du ruisseau, la brioche effritée, fondante ; non, rien n'apaisait le sang qui, inévitablement, irriguait son inconfort, sa nervosité. Nicole, en mâchant humide, lui jetait des œillades mais elle sentait que quelque chose n'allait pas. Si elle avait pris l'habitude de ses yeux perchés ailleurs, de ses tendances ténébreuses, elle cherchait soudain à suivre le silence d'Onésime, à le rejoindre, le saisir ; elle voulait l'apaiser, être sa confidente.
Tu n'es pas bavard aujourd'hui —— qu'est-ce que tu as Onésime ?
Il ne répondait pas. À ses pieds, trois fourmis jaugeaient une miette de brioche. Il les regarda faire puis étendit sa jambe pour les écraser.
J'imagine que tu ne veux pas causer – pour changer ?
Nicole savait qu'elle pouvait l'avoir à l'usure, qu'à force de se pencher vers lui, de le provoquer avec tendresse, elle obtiendrait quelques mots.

C'est à cause de ce que t'a dit la mère Gâteau —— hein —— c'est ça ?
Et, après un très court silence de feuillage et d'eau, Onésime dit simplement
Oui —— c'est ça.
Nicole ne s'attendait pas à une réponse aussi franche, droite, cinglante. Il avait dit oui sans desserrer les dents ni le poing puis il avait pris un caillou qu'il envoya dans la flotte.

Le soir même – on est allés au bal – c'était en trente-neuf – juste avant la guerre —— tout juste avant ———— ce soir-là – il était pas en forme – Onésime – il était contrarié – sombre de partout – il disait pas un mot ———— bien sûr —— j'avais l'habitude de le voir fermé – taciturne – un peu comme tous les hommes ——— mais ce jour-là ça n'allait pas du tout ———————— on est allés au bal – il faisait bon – encore un peu frais – c'était le début de l'été ——— Onésime dansait bien tu sais —— on sentait que ça lui faisait plaisir de danser ——— il se mettait à sourire – quand il tournait – quand il dansait —— il avait un grand sourire ———— et puis il était grand ——— alors il menait bien ———— ça – j'aimais bien danser avec lui ———— ce soir-là – au bal – y avait Matriolet —— le pauvre vieux – et un autre – Roger – qu'on appelait Jus de Chique ———— ————— Onésime était là avec les autres – avec toute la bande – tous ceux qui sont partis au maquis après — qui ont été résistants quoi ———— quand j'y repense – à ce soir-là – j'ai l'impression de me souvenir d'un vieux film – tous ces gens qui dansaient — riaient – buvaient un coup – c'était joyeux – ça c'est sûr – c'était —— c'était doux – on peut dire ça ———— mais on sentait de l'inquiétude — les gens étaient inquiets — je ne sais pas comment te dire —— la guerre planait – tout le monde y pensait un peu — même si chacun y allait de son avis — on entendait – par-ci par-là – que les choses allaient s'arranger ——— ——— que ça n'arriverait pas – pas tout de suite – ou pas du tout ———————— tu vois ———— c'est quand même étrange les souvenirs —— je ne sais pas si je me souviens de ce soir-là parce que c'est le dernier soir —— le dernier soir que j'ai passé avec Onésime —— ——— parce que après ——— après je l'ai revu qu'au maquis —— plus tard ———— ou si c'est parce que je sais qu'il y a eu la guerre juste après ———— et que plus rien n'a été comme avant —— que tout a changé ——— que nos vies ont complètement changé ————— — surtout la mienne ——————— tu me diras ———— ça doit être les deux à la fois ———— Onésime était sacrément chamboulé – il était ailleurs – et ça m'agaçait —— moi j'avais envie de danser — tu penses bien – on était tous les deux au bal – j'avais mis une petite robe bien jolie – on se fréquentait depuis un moment – et j'avais envie de danser avec lui – là – devant les autres —— j'étais fière d'être avec un beau garçon — c'est comme ça ——— mais il ne voulait rien entendre – il restait assis à fumer – à regarder dans le vide – il ne buvait même pas un pot avec les autres – rien du tout – il faisait la tronche —— j'étais sacrément têtue et j'étais toute jeune ——— alors j'étais bien décidée à le lever de sa chaise — je le tirais par les bras —— je le forçais à moitié – je le provoquais – gentiment —— il a fini par se lever en écrasant sa cigarette – et on a dansé – comme ça – tous les deux ——— je m'en souviens très bien – il portait une chemise légère – et – et à force de tourner – de danser – son col s'est relevé ——— c'est là – pendant qu'on dansait – là – tous les deux – c'est là qu'il m'a dit qu'il allait partir — qu'il partirait le lendemain à Paris —— qu'il voulait retrouver sa mère —— la Léontine — qu'il voulait voir si la mère Gâteau disait juste ——— je me souviens de son regard perçant – de ses yeux qui me regardaient – qui semblaient me demander de lui dire qu'il avait raison – qu'il fallait faire ça – comme ça – que je devais le soutenir ——— pour tout te dire je ne sais plus – je ne sais plus ce que je lui ai dit ——— je lui ai sans doute répondu que je pensais que ce n'était pas une bonne idée – qu'il n'avait pas assez d'argent pour aller là-bas – pour se rendre à Paris – qu'il ne connaissait personne – que ça m'inquiétait ——— je ne sais plus ——— —— je me souviens surtout de ses yeux – à ce moment-là

– de son émotion – de son regard buté – féroce – au bord des larmes presque ——————— de ses yeux bleus qui s'insurgeaient contre tout ——— de ses yeux qui me plaisaient tant ——

————————— on t'a déjà dit que tu lui ressemblais beaucoup ?

Une heure plus tôt, avant de s'asseoir ici, en face de moi, Nicole avait hurlé mon prénom en bas de l'escalier puis avait labouré la porte jusqu'à ce que je lui ouvre le loquet. Depuis mon arrivée impasse du Champ-des-Cris, Nicole trouvait toujours une bonne raison de taper au carreau, de tambouriner contre la porte, de m'appeler de loin, les mains en porte-voix, ou de sonner la cloche endormie dans sa niche bourrée de lierre ; on peut dire que c'était une femme qui, littéralement, débarquait, tombait de la lune, et prenait de la place. Quand elle m'avait confié les clefs de la maison d'Onésime, le premier jour, j'avais senti un recul, une légère pincée des lèvres, une envie de revenir en arrière, de me dire que non, finalement, elle préférait garder le trousseau. Sans double des clefs, la maison était, dans les premiers jours, imprenable pour elle, elle lui résistait, alors Nicole l'assiégeait tous les jours à coups de pognes, de bruit, de cris, elle tournait en rond, plaquait son visage épais rouge contre la fenêtre pour voir, apercevoir, imaginer ce que je pouvais bien faire toute la journée, elle posait ses mains en parenthèses sur la vitre et observait jusqu'à ne plus rien voir à force d'haleine, de buée, qu'elle venait essuyer d'un coup de manche avant de tapoter ou de faire coucou si elle me voyait passer dans l'ombre. Je lui ouvrais la porte avec un œil clos, endormi, la gueule enfarinée et elle, brute, pilier, entrait d'un coup, elle me dépassait et retirait son cache-poussière avant de me dire bonjour, salut, c'est pas trop tôt, tout va bien, et elle filait dans la cuisine sans rien, sans demander, elle ouvrait le placard sous l'évier, chopait l'arrosoir à bec long, en plastique vert, vert botte de pêche, puis elle le remplissait, un moment interminable, pestant contre le robinet qui, il est vrai, manquait de pression ; alors ça prenait un temps fou, elle soupirait, éructait presque, soufflait bruyamment en soulevant l'arrosoir plein à ras bord. Au bout d'une semaine, après avoir pris l'habitude de nos discussions, de la voir là, j'avais laissé la porte du garage ouverte ; elle passait, entrait, arrosait les plantes et, parfois, repartait sans rien dire. Du salon, où je mangeais un morceau la plupart du temps en regardant le vide, la télévision, ou un vieux journal laissé là, je l'entendais cavaler d'une plante à une autre, y laissant une remuée humide de terre et un bruit de noyade. Lorsqu'elle passait dans le salon pour y abreuver le triste croton laissé dans l'angle noir, elle me laissait un sourire de femme affairée ou de mère lasse, elle enjambait les affaires que je laissais traîner puis elle me posait deux ou trois questions d'ordre ménager, tout en arrosant, une main sur la hanche

est-ce que t'as vu qu'il restait des Coca dans le garage ? – ils ne sont pas périmés ——— ça ne se périme pas ces machins-là ——— il doit y avoir des draps propres dans l'armoire de la chambre du fond ——— hein ——— si tu veux changer ——— et —— et si tu as des problèmes avec ton téléphone tu peux venir chez moi —— hein —— tu le sais ?

Lorsqu'elle avait enfin terminé de désaltérer les pots, les alcôves, les jardinières, toutes ces plantes qui, sans elle, sans son passage, disparaîtraient, seraient flétries à en mourir, elle s'asseyait lourdement dans le fauteuil du salon pour discuter, déblatérer, cancaner, c'était selon son humeur, la couleur du ciel, le dernier goût de nuit qui lui restait en bouche. C'était un bloc de chair tassée, affaissée, écrasée par l'âge, sa poitrine hier généreuse se mêlait à la masse informe du ventre, du bas-ventre, des cuisses courtes, cagneuses, et ses chevilles gondolaient, comme froissées, avant de s'écouler dans des souliers trop petits ; on peinait à comprendre comment ses pieds pouvaient tenir, respirer, vivoter encore, tant ils paraissaient fondus dans ses chaussures, coulés à n'en plus ressortir ; j'en finissais par me dire qu'elle devait dormir en étant chaussée, ce n'était pas possible autrement.

Sous la vrille bouffie du cou éclatait son visage peint de nerfs, des couches de fruits rouges, de veines cintrées, de tons violacés, étouffés, saturés de peines, où l'on imaginait un passé d'assommoir, d'eau-de-vie, de brûle-gueule ; le visage de Nicole racontait à lui seul les défaites successives, les efforts, la guerre lasse qu'il avait fallu mener pour en arriver jusque-là, c'est-à-dire au même endroit, quatre-vingt-dix ans plus tard ; et pour mieux voir le destin en face, Nicole portait des culs de bouteille démesurés, à monture épaisse bleu marine qui semblaient, eux aussi, amalgamés à la chair du crâne, aux sourcils, à ses oreilles chagrines ; et derrière le verre, on tombait sur ses yeux éteints, du charbon pilé qui prenait toute la place, à un point tel que lorsqu'elle retirait ses lunettes, un court instant, pour les nettoyer, j'avais l'impression dantesque qu'elle déchaussait son regard pour récurer ses yeux avant de les remettre à leur place.

Faut imaginer quand même — on avait quoi – seize ou dix-sept ans – je ne me souviens plus très bien ——— faut imaginer – tu sais – à cet âge-là – même si on était des gosses plutôt simples – responsables – enfin normaux quoi —— à cet âge-là on a vite fait de tout envoyer bouler – de se fâcher – s'énerver — de tout casser ———— et puis on ne parlait pas trop des crises d'ado et des choses comme ça – mais – à cet âge-là — tu ne réfléchis pas de la même façon – tout devient plus —— comment dire ——— brutal – puissant même ——— tu te prends les choses en pleine poire à seize ou dix-sept ans – c'est comme ça ——— moi je me souviens que j'envoyais bouler mon père quand il voulait que je l'aide —— à la boulangerie ——— à cinq heures du matin —— il venait tambouriner à la porte – il gueulait – ho – Nicole – ého – lève-toi ———— je ne répondais pas – je restais sous la couette —— et il rentrait dans la chambre – énervé comme tout – et il me sortait du lit à coups de pied au derrière ——— je lui faisais la tronche tout le reste de la journée ——— mon vieux —— il m'enquiquinait ———— ———— je me disais ça l'autre jour après avoir regardé un reportage – à la télé – sur la guerre ——— je me disais —— on oublie trop souvent que ——— que nous ——— quand on a fait la Résistance —— quand on a fait nos trucs – le maquis et tout le reste ——— quand on a fait ça ——— eh bien ——— on était des gosses – enfin – je veux dire – on était des ados – on était en colère comme les ados de maintenant ——— ———— il y avait ça – il y avait notre âge – tu vois —— c'était pas juste des grands idéaux – ou je ne sais trop quoi – on était aussi des gosses en pleine crise ——— quand je revois mon neveu – quand j'y repense – quand il était ado – mon vieux —— qu'est-ce qu'il m'en a fait voir – tu peux pas imaginer ——— bon – tu me diras – ce n'était pas la même époque – c'était soixante-huit et tout pour lui —— mais quand même ——— tout le monde y passe – à seize ans t'es pas bien dans ta peau – t'es en colère – t'es fâché contre tout – et c'est très bien comme ça ——— d'ailleurs – ceux qui ne se fâchent pas à cet âge-là ils ne font rien de leur vie ——————— je me dis ça – avec le recul – je me dis que j'ai mieux compris mon neveu quand il avait seize ans qu'à d'autres périodes de sa vie —— parce que moi aussi – à cet âge-là – j'étais en colère – enfin j'étais prête à me battre – à faire tout un tas de conneries pour – pour virer les Boches ——— et c'est grâce à des ados – en colère – inconscients – qu'on a pu gagner la guerre —— — je le dis comme je le pense —— parce que —— parce qu'on a tendance à l'oublier ça —— on oublie – on oublie toujours les âges des gens dans l'histoire ——— tu sais – quand tu regardes des vieux films ——— des photos — de la guerre – quand tu les regardes bien — tu te dis – eh bien – mon vieux – ils ont tous des gueules d'enfant ——— quand tu vois les films sur quatorze — tu sais — quand tu vois les vieux films ou les cartes postales – tu te dis mais c'est pas possible – ils sortent du berceau ma parole – ils flottent dans leurs habits – leurs casques et tout – ils ont l'air de guignols à peine sortis de l'enfance ———— et c'est pareil pour nous — dans la Résistance —— on était jeunes – très jeunes ———— alors quand t'y es – tu te rends pas compte – tu ne fais pas attention ——— puis quand t'y repenses – plus tard – quand tu vois ton neveu – à seize ans – là – devant toi —— que tu le regardes et que tu te dis qu'à cet âge-là —— Matriolet – Onésime – Jus de Chique et les autres —— au même âge – ils faisaient sauter des voies ferrées —— quand tu te dis ça – eh bien – je ne sais pas – ça fait réfléchir ———— tu imagines – tous ceux qui sont partis en Allemagne —— dans les camps —— tous ceux qui sont allés à Dachau – Mauthausen – même Auschwitz —— c'étaient des gamins – des ados ——— et y en a un paquet qui sont morts —— morts jeunes – fauchés en pleine jeunesse —— sans —— sans jamais avoir connu une femme – sans avoir fait l'amour – sans avoir même embrassé une fille ——— quand je regarde – parfois – les noms sur les monuments aux morts — ceux de quatorze – je ne peux pas m'empêcher – dans ma tête – de faire la soustraction – tu sais – je fais le calcul —— je calcule l'âge du type – et – souvent – très souvent – tu te rends compte que le pauvre gars – quand il est mort – il avait à peine vingt ans —— — ça me fait toujours quelque chose quand je vois ça – ça me fait tout drôle parce que — parce que c'est là que tu te dis que – que pour eux — c'était une génération sacrifiée —— qu'on les a envoyés à la mort – tous ensemble – pour rien —— et ils n'avaient même pas eu le temps de faire l'amour – d'aimer – de faire des gosses ——————— enfin ——————— ——————— on sait tout ça ——————— tout le monde sait ça ——— mais faut pas oublier —— faut pas oublier les âges des types – dans l'histoire ——————— moi

———————— tu vois – plus je vieillissais — et plus je me suis souvenue de cette époque-là – de mon adolescence ———————— et plus je vieillissais – et plus je me sentais révoltée ——— en colère —— tu peux pas savoir ———————— —— je me réveille encore – la nuit – comme ça – d'un coup — et j'ai l'impression encore de sentir des choses ——— des choses de ce temps-là – dans le ventre – dans les mains – dans tout le corps ——— ça fait tout drôle ———————— j'ai l'impression de ressentir toute la peur – parfois – toute la peur que je n'ai pas ressentie à ce moment-là – avant la Libération – quand j'étais avec ma bicyclette sur les routes et que – dans mes sacs – là – avec moi – j'avais des munitions – des armes – des explosifs — des faux papiers ——— et que je passais devant les gendarmes — ou les Allemands – en vélo – comme ça – quand je faisais la navette – à la fin – entre Nevers et le maquis ——— quand j'y repense – maintenant – je me dis que – que je n'avais pas peur —— c'est comme si —— je ne sais pas – comme si j'étais ailleurs – qu'on faisait des conneries d'ados – que c'était drôle – qu'on était contre l'autorité – qu'on emmerdait le monde ———————————— et maintenant – tu vois – à plus de quatre-vingt-dix ans – maintenant que je sais que je peux mourir – tout le temps – en dormant – en jardinant – en arrosant les plantes – mourir même là —— même là en te parlant —— eh bien maintenant – seulement maintenant – j'ai l'impression de revivre tous ces moments dangereux –

de me revoir devant les gendarmes en train d'ouvrir mes sacs – ou dans la forêt – près d'Ariot – cachée sous des tas de feuilles mortes ——————————————
j'ai eu de la chance – bien sûr ——————————
c'est pas comme Matriolet et Jus de Chique ——— oui ——————— enfin ———— bon ————
—————— j'ai pas mal morflé quand même ————
————————————————————————

———————— mais ————— bon ——
————————————— ça me prend seulement maintenant – c'est seulement maintenant – toute vieille – que j'ai peur de ce que j'ai fait ——————— depuis la mort d'Onésime – c'est ——— c'est encore plus fort j'dirais ————— c'est récurrent – ça s'arrête pas ——
———————— je crois qu'on a beau dire – tout ça – toutes ces choses-là – ça reste – ça reste dans les os ——
——— ce n'est pas rien de faire tout ça – d'être en pleine adolescence —— de grandir en prenant les armes – en se bagarrant sans cesse – en voyant tes copains avoir peur – claquer des dents – ou mourir même – là – à tes pieds – alors que deux minutes avant ils te souriaient – se marraient avec toi ——— enfin ———————
————— maintenant — je vois ça différemment – vraiment différemment ———— je crois que —— que je ressens même plus le côté disons – romantique – de la chose —— que je ne le sens plus du tout — c'est parti — ça ne me

porte plus ———— quand j'y repense – le soir – et ça m'arrive souvent en ce moment ————————
eh bien ———— comment dire ————
je crois que ———————— je crois que ça me glace le sang.

Nicole s'était arrêtée de parler un instant pour se ronger un ongle. Je la regardais posée là devant moi, moulée dans le fauteuil, et mes pensées se fixaient sur des images ; je ne pouvais m'empêcher de coudre, d'après ses mots, les visions qui me manquaient ; et depuis quelques jours, sans m'en rendre compte tout à fait, je l'interrogeais, je l'écoutais vrombir, remuer sa voix ; elle granulait de loin, elle arpentait des tons bas qui s'effaçaient sur des hauteurs aigres, aiguës quand le flot s'agitait, s'égosillait, puis il retombait dans des échos de cave, de tombe vide, quand la confession s'imposait, quand la peur d'être écoutée par un mur ou un fantôme abusait de sa confiance, de cette fine couche de confiance en elle qui lui donnait, parfois, des airs amazones. Lorsque Nicole s'était assise en face de moi, la première fois, je ne lui avais rien demandé de particulier. Je lui avais dit que j'avais encore mal dormi parce que l'humidité des draps était insupportable. J'avais ouvert la fenêtre toute la journée mais ça n'avait strictement rien changé : les draps sentaient le bois, la pluie chaude, et le matelas devait avoir absorbé des litres d'absence. J'avais fini par m'allonger sur le canapé, la fenêtre grande ouverte, avec une couette trop courte, et je n'avais pas réussi à m'endormir, écoutant le plafond, la vie insoupçonnée de la tuyauterie et les allers-retours dentés du corbeau, au fond du couloir, dans le bureau d'Onésime. Il n'y avait aucune plante dans cette pièce alors Nicole n'y allait pas, ce qui m'arrangeait franchement car je ne voulais pas qu'elle se mêle du corbeau. Depuis son arrivée, l'oiseau noir restait sur le bureau ou s'agrippait à l'accoudoir de la chaise. J'avais laissé la fenêtre grande ouverte pour lui ouvrir la voie mais il semblait, dans les premiers jours, décidé à rester là. Un soir, j'étais allé me faire un sandwich au thon dans la cuisine : deux tartines de pain de mie industriel grillées, une rincée de thon en boîte, une pincée de sel, un tour de moulin de poivre et une ligne d'huile d'olive, le tout tranché en deux comme dans un bistrot, un verre de sancerre blanc, et j'étais allé m'asseoir en face du corbeau, dans le bureau. En mâchant, en léchant mes doigts gras, odeur d'huile, de poisson haché, je regardais distraitement l'épaisse armoire qui tapissait littéralement le mur ouest du bureau, un meuble brut, en chêne massif, les quatre pieds écrasés dans la moquette qui, sous le poids, avait capitulé : quatre portes à battant, vitrées comme des fenêtres de cabaret, ornées de colonnades en torsade et au sommet, à ras du plafond, un chapiteau dorique d'où dépassait une tête de gorgone, sculptée sans cœur ; à travers le verre, des tas noués de paperasses, des pochettes en carton repues de feuilles, des chemises à battant obèses, des classeurs gonflés, gondolés et, sur toute une rangée, des boîtes d'archives en carton aux inscriptions pleines de promesses, d'ennui : factures, jardin, assurance, ordonnance, garage, légion d'honneur, courrier, livrets de famille, retraite. Je mangeais en silence, le corbeau buvait une lampée d'eau, et je pensais à ma distance intacte, nerveuse, à mon état d'indifférence, voilée, enveloppée depuis plusieurs années. Je regardais l'ampleur bouffie de cette armoire et, la bouche pleine, je pensais à cet espace creux, silencieux, en eaux stagnantes, qui me séparait du passé d'Onésime et de cette maison de l'impasse. En somme, le constat était vite fait : je ne savais rien, je n'étais au courant de rien, je ne pouvais pas parler d'Onésime ; je vivotais au milieu de visions, de sensations d'enfance, de joies vécues, de bribes fourguées ailleurs, racontées de temps à autre, de souvenirs sans matière, déportés en vitrine, transformés en reflets mous ; et je m'en contentais, royalement. Un matin glacial, alors que nous marchions le long des remparts de Carcassonne où nous avions décidé de nous arrêter un week-end, Alice m'avait demandé pourquoi Onésime avait été élevé par ses grands-parents. Les noms de Blanche et de Naudet avaient traversé le son rampant des rumeurs, des bégaiements, des mots raturés, biffés, que l'on se passe de bouche à oreille, et j'avais parlé, une poignée de minutes, de la jambe manquante de Naudet, de sa folie des gaz et du silence têtu de Blanche, et c'était tout. Je ne pouvais pas faire plus, en dire plus, ne sachant que l'écho étouffé des choses, de ce que l'on disait en bout de table, de ce que j'avais bien voulu écouter, entendre ; et donc digérer, malaxer, replacer. Autant dire qu'il me restait peu en bouche ; demeurait ce qui forme, en somme, le bruit épuisé d'une descendance. Alice m'avait ensuite demandé pourquoi je n'avais pas voulu en savoir plus, pourquoi Onésime n'avait jamais parlé de ses parents ; elle trouvait ce mystère intéressant, elle aurait aimé que je creuse, que je me penche sur les énigmes, les trous, les interstices, les retournements ; et ses questions, ses insistances, étaient venues bondir contre la brique de Carcassonne jusqu'à m'assourdir, m'assaillir, et j'avais cessé de parler, la laissant dans la glace du matin, lui faisant payer son indiscrétion par mon silence. Depuis notre séparation, depuis ce moment où Alice avait décidé brutalement de me laisser partir, de s'éloigner de moi, je répétais ces instants nus, enlacés, où elle s'intéressait à moi, à ce passé incompris, et je me souvenais de mon indifférence entêtée, mes soupirs, mes rejets, mes revers de main : je ne m'y intéressais pas, un point c'est tout, c'était leur vie, leur passé. Onésime avait été un homme rieur qui soignait les brûlures au vinaigre, et ça me suffisait amplement. Pourtant, dans ses questions, le long de ce siège permanent, Alice voulait que je fouille le silence pour désembuer mon regard car, disait-elle, je fuyais un décombre, une rue souterraine, inconnue, et sans la connaître, l'arpenter, je resterais pour elle un fantôme. Nicole, elle, me regardait fixement derrière ses verres démesurés et elle terminait de rogner l'ongle blond de son majeur ; si j'étais un brin susceptible, à cet instant de silence, j'aurais pu croire qu'elle me faisait un doigt d'honneur. Elle bredouilla sa rognure entre ses lèvres puis elle commença à la crachoter. Elle voulait s'en débarrasser car les mots remontaient ; elle crachota encore et le copeau blafard s'agrippa au menton avant de tomber sur son chemisier.

C'est fou à quel point tu ressembles à Onésime – tu peux pas savoir – c'est fou —— les mêmes yeux inquiets —— j'ai l'impression de le revoir – ce jour-là – lorsqu'il a décidé de partir —————————— ce jour-là – au bal – juste avant la guerre – j'ai été sacrément remuée quand ————— au moment où il m'a dit qu'il partirait ——— qu'il s'en allait le lendemain – pour retrouver sa mère – à Paris – et qu'il ne reviendrait pas ——————— il disait ça —— qu'il partait – et qu'il ne voulait pas revenir ——— que s'il la retrouvait – il resterait là-bas – avec elle – pour de bon ——————— alors moi – ça me faisait tout drôle – parce que – bon – on avait une petite amourette – tu le sais – on se fréquentait un peu – comme tous les gamins du coin qui ——— à force —— finissaient par fricoter ensemble ——— c'est la vie ça ——— tout le monde connaît ça ———— alors tu te doutes que ——— que j'étais remuée – que ça ne me plaisait pas du tout qu'il s'en aille – que je voulais qu'il reste avec moi – enfin ici – avec tout le monde ——— mais il était déterminé — ça y a pas à dire – il était déterminé – et il est vraiment parti —— il est parti au petit matin – le lendemain – avec sa bicyclette – sans prévenir la mère Blanche – sans prévenir personne ——— il est allé à la gare comme ça —— déterminé comme tout – avec trois francs six sous – et rien d'autre – rien à se mettre sur le dos ————————— ma fenêtre – de chez moi – tu sais – elle donne sur l'impasse du Champ-des-Cris – enfin à l'époque c'était la fenêtre de ma chambre – là où je mets tous mes machins maintenant – tous mes coquetiers – tu sais – ma collection ? — bon ——— donc je vivais là avant – c'était ma chambre de gosse – et cette nuit-là je n'ai pas dormi de la nuit — tu penses bien —— j'avais laissé ma fenêtre grande ouverte – il faisait bon – c'était le début de l'été —— le soleil n'était pas encore levé que j'ai entendu le portail blanc de l'impasse – et la bicyclette —— sa bicyclette —— je me suis mise à la fenêtre ——— enfin je me suis levée – et je me suis mise à la fenêtre ——— j'étais restée tout habillée de la veille – avec ma petite robe du bal —— ah — je te jure — y avait un côté un peu Roméo et Juliette —— et – de la fenêtre – je vois mon Onésime enfourcher sa bicyclette —— il avait une chemise retroussée – mais belle – une chemise toute repassée – fraîche – un pantalon de velours un peu trop large pour lui – et – aussi – un sac ficelé – noué dans le dos —— il était peigné – toiletté – il était beau comme tout ——— il a donné trois coups de pédales et ——— et je l'ai appelé — je crois — je l'ai appelé du haut de la fenêtre ———————————— tu sais ————————— il y a des choses qui restent ——— c'est comme ça ——— tu ne sais pas pourquoi mais ça reste – ça marque – ça s'inscrit au fond de toi ———————— eh bien —— le bruit des freins ——— le bruit des freins de sa bicyclette – je l'entends encore ——— il n'y avait pas un bruit – c'était une aube toute bleue – une aube d'été – avec un fond de froid – d'humidité ——— il y avait un gros jasmin – à l'époque – en bas de la boulangerie de mon père – le long du mur —— alors ça sentait fort les fleurs ouvertes et la pâte chaude —— mon père commençait à travailler en bas —— et il n'y avait pas un bruit —— peut-être des oiseaux – ou un coq au loin – mais pas un bruit – alors le coup de frein – comme un cri presque – je m'en souviens parfaitement —— d'ailleurs — je pense à ça – à ce matin-là – j'y pense dès que j'entends le coup de frein d'un vélo ——— tu sais – ce bruit grinçant qui reste – qui dure un petit moment – c'est pas un bruit direct – d'un coup – non – ça continue un peu – ça s'épuise —— et puis les bicyclettes – dans le temps – elles faisaient un bruit de tôle – et les freins hurlaient comme c'est pas possible ——— surtout que celle d'Onésime était dans un sale état – à force de rouler n'importe où – de la jeter dans les bois – au bord de l'eau

– sa bicyclette était tout le temps rouillée – sale – grinçante ——— et puis – tu me diras – faut pas avoir fait des études de psy pour savoir que j'avais envie qu'il freine — qu'il ne parte pas —— qu'il reste avec moi — qu'il s'arrête —— — alors si le coup de frein m'est resté dans la tête c'est bien aussi parce que – penchée à la fenêtre – je n'avais qu'une envie – qu'un espoir – c'est qu'il s'arrête – qu'il freine – et qu'il fasse demi-tour ———————— il s'est arrêté – il a levé le nez vers moi – et il m'a fait un signe de main — alors – tu penses – ni une ni deux – je suis descendue — et on s'est retrouvés à l'angle de l'impasse et de la boulangerie —— enfin à l'angle de la rue – tu vois où c'est ? – maintenant c'est une banque – avant c'était là où il y avait la boulangerie de mon père —— Onésime tenait sa bicyclette – et on a marché côte à côte – comme ça – tous les deux – le long de la route —— le jour se levait sur les vignes – on croisait des travailleurs – des fermiers – des gens qui allaient bosser — moi j'avais ma petite robe de bal – avec un beau décolleté – alors – tu penses qu'on avait une dégaine qui détonnait —— lui était un peu endimanché – avec une belle chemise – peigné – beau comme tout – et moi avec ma robe – les cheveux en bataille – à cinq ou six heures du matin ——————— j'avais l'air d'une fille un peu dévergondée sans doute — mais je m'en fichais – on marchait et c'était beau ————————— c'était beau parce que c'était déchirant ——————————— j'avais compris ———— j'avais compris – à ce moment-là – qu'il allait vraiment partir – qu'il ne reviendrait pas de sitôt – que je ne le reverrais peut-être pas – qu'il me laissait en plan ——— et – tu sais – au fond de moi —— je ne lui en voulais pas – j'étais triste – bien sûr – mais comme on peut être triste à cet âge-là ——— je crois que j'étais surtout fière de lui — oui — que je le trouvais courageux —— que son air buté – déterminé — ce bout de chou qui se donnait des airs d'adulte – avec sa bicyclette – sa besace – son coup de peigne —— je le trouvais encore plus séduisant —— et cette vision de lui ne m'a pas quittée ———— pendant longtemps ——— quand je l'ai revu au maquis — plus tard —— avec son air de garnement —— je suis retombée amoureuse de lui aussitôt ————— et puis faut dire que je savais tout – moi – que je savais ce qu'il était en train de faire ——— ce que ça voulait dire pour lui —— ——— faut pas oublier ça – quand je le revois tout beau comme ça pour aller prendre le train —— pour s'en aller à Paris —— je sais qu'au fond de lui —— au fond de son ventre —— je sais que c'est un gosse abandonné —— affligé —— qui va dire bonjour à sa mère pour la première fois —— c'est ça qu'il a dans la tête ——— tu t'imagines ce qu'elle a fait la mère Gâteau —— quand ——— quand du jour au lendemain on te dit que ta mère est vivante – qu'elle vit à Paris – qu'elle est chez les fous à Sainte-Anne – mais qu'elle est vivante – qu'elle est pas morte

– tu peux imaginer le choc ——— le choc que ça fait dans le corps d'un gamin de seize ou dix-sept ans ——— ça n'a pas loupé d'ailleurs — ce qu'elle lui a dit – la mère Gâteau – parce que le lendemain il partait pour Paris – avec rien – sans savoir rien de rien – sans endroit où aller — sans argent – sans rien – tu parles d'une aventure —— on parle d'un gosse qui n'avait jamais mis les pieds dans une grande ville — qui n'avait jamais pris le train ——————————— et pour cause ——————————————————————— parce qu'il y a ça aussi — tu t'imagines —— il prenait le train pour la première fois alors qu'il avait cet accident dans la tête ——— ses parents —— ses parents au tunnel des Batignolles —— enfin —— à ce moment-là — il avait dans la tête ce que la mère Blanche avait bien voulu lui dire ——— on peut pas savoir ce que ça fait si on ne l'a pas vécu —— ça non – on peut pas savoir ——— Onésime n'en parlait pas – enfin pas beaucoup ——— personne n'en parlait d'ailleurs ——— — c'était comme ça ——— il était élevé par ses grands-parents – il s'occupait du Naudet depuis tout petit – la mère Blanche l'avait presque toujours considéré comme son propre fils —— point à la ligne – c'était comme ça —— je n'ai jamais entendu Onésime – plus tard — lui reprocher quoi que ce soit – à la mère Blanche – plus tard —— alors qu'il aurait pu ——— elle a quand même tout fait – pendant longtemps – pour ne pas lui dire la vérité —— mais c'était comme ça à l'époque – on élevait les gosses – on vivait – on travaillait – et les histoires – toutes les vieilles histoires – on n'en parlait pas beaucoup ———————————————————————————— ce matin-là ———

on s'est séparés au bout de la route – au calvaire – à l'angle – il est toujours là d'ailleurs – là où il y a la nationale – il n'avait pas dit un mot de tout le chemin —— il m'a dit qu'il m'écrirait – qu'on se reverrait – qu'il me donnerait des nouvelles – on s'est embrassés – longtemps – une vraie chaleur – forte – une sorte d'adieu ——————————————————————————————————

— puis il est parti sans donner un coup de frein.

Le jour n'était pas encore là mais Onésime se souviendra longtemps de son reflet bleu, dévoré par le miroir de la bonnetière posée au pied du lit. Ce matin-là, avant de partir pour de bon, il fixait son image de la tête aux pieds et y voyait un homme ; jeune, certes, mais un homme sûr, déterminé, prêt à rencontrer sa mère pour la première fois, à se poser devant elle, lui dire qu'il existe, qu'il est bien là, qu'ils peuvent désormais commencer une nouvelle vie, ensemble, reprendre le cours brisé des choses, qu'il est temps de retourner le hasard et leur défaite, de rendre possibles, même dans le fond corné d'un délire, le retour du fils et la résurrection de la mère. Il se souviendra longtemps, tous âges confondus, du temps qu'il a passé à lisser ses cheveux devant le miroir, sa façon de s'approcher, de se reculer d'un pas pour jauger les mèches rebelles, sa façon de déposer sa paume avec délicatesse sur ses cheveux presque bombés, tirés vers l'arrière, alignés dans un sens martial, sa façon de prendre le papier gras du beurre pour se le passer comme un peigne. Puis le temps passé, solennel, à boutonner sa chemise blanche qui, du fait de l'aube projetée, étale, derrière lui, buvait une couleur d'eau polaire. En enfilant les manches, en alignant les fentes tissées, les boutons polis, nacrés, une odeur de violette séchée et d'huile de cèdre, et le son traînant, pâteux, du battant de l'horloge ; alors qu'il avait fini par ne plus y prêter attention, le tic-tac lourd prenait ce matin-là des tons de compte à rebours. Onésime savait, au fond de lui, debout ainsi devant le miroir, qu'il ne reviendrait sans doute pas ; du moins voulait-il espérer qu'une nouvelle vie était sur le point de débuter, qu'il partait vivre à Paris avec sa mère et que, lorsqu'il aurait gagné assez d'argent, il pourrait revenir ici, impasse du Champ-des-Cris, avec un chapeau mou vissé sur la tête, un complet-veston taillé pour lui et un sourire de force, de destin nu. Avant de rejoindre Nicole au bal du 14-Juillet, il avait écrit quelques mots pour Blanche et Naudet, un billet d'adieu, sobre, dans lequel il disait son envie de *voir du pays*. Il avait cherché ses mots, difficilement, essayant de ne pas les attrister ni de les inquiéter, puis avant de signer en bas de la page, il avait écrit ce qui restera, plus tard, l'aveu d'un désespoir :

Je ne vous oublierai pas.

Je vous écrirai une fois par mois pour vous donner mes bonnes nouvelles.

Je vous aime
et je ne vous en veux pas.
Il savait, en déposant le mot sur la table de la cuisine, que Blanche serait tétanisée, qu'elle allait souffrir de ce départ et qu'elle ne comprendrait pas, qu'elle allait demander aux alentours, qu'elle allait retourner le village pour savoir pourquoi son Onésime, 17 ans, avait décidé de les quitter brutalement ; il savait aussi, pertinemment, qu'il ne tiendrait pas sa promesse tous les mois. Ce qu'il ne savait pas, en revanche, c'est que l'Europe allait commencer à brûler de bout en bout dans une poignée de semaines et que ce reflet déterminé, juvénile, rebelle, en ce début d'été trente-neuf, allait paraître bien pâle, bien peu de chose à côté de l'effondrement à venir ; mais il vivait là, à la lisière du corps, sa première décision ferme, ce sentiment de puissance vivace, comme fraîchie par le jour qui pointe, à la fenêtre de sa chambre ; il ressentait aux quatre coins de l'âme ce tour d'esprit majuscule qui permet de retourner la table et d'avoir l'impression d'être son propre bienfaiteur, de détenir son existence, ses choix, de tourner le dos à ce qui paraît épuisé ou absurde, invivable ; Onésime avait fait le chemin nécessaire pour arriver à se dire que désormais, il était temps de partir, et de sortir de l'impasse ; et tant pis pour les craintes saccadées de Blanche, pour son inquiétude qui finira par la rogner jusqu'à mordre le cœur, tant pis pour les bûches absentes qui ne viendront plus chauffer le dos du Naudet

en hiver ; ils trouveront bien des solutions sans lui, ils s'en sortiront sans lui ; d'ailleurs, à quoi leur servait Onésime, ici, à part pour quelques bûches, les services coutumiers, une canne tendue ? Il se sentait de trop, une bouche de plus, un gaillard vif arrêté chez ses grands-parents, eux-mêmes enferrés dans un XIXe siècle fatigué, triste, charbonneux ; non, il fallait partir et ne pas se retourner, pas avant d'avoir rattrapé le temps perdu, pas avant d'avoir retrouvé Léontine et de sentir ce que cela fait, dans le fond du ventre, du cœur, des os, d'étreindre la vitalité de sa propre mère. Depuis l'été trente-cinq, ils avaient agrandi la maison de l'impasse en aménageant l'étage qui servait de remise et de grenier ventru, on avait fait deux chambres, une pour Blanche et une pour Onésime. Naudet, quant à lui, continuait à passer ses nuits dans la pièce du bas, allongé sur le matelas posé à même le sol. De sa chambre, Onésime pouvait voir le portail blanc de l'impasse, le clocher de l'église et la boulangerie du père de Nicole, à l'angle, au loin, au bout des yeux. La porte de sa chambre, ce matin-là, était une plaie béante, grinçante, impossible de l'ouvrir sans réveiller Blanche ; alors il avait décidé de descendre par la fenêtre en prenant soin, en rentrant du bal, de poser l'échelle le long de la façade. Il fit un signe d'adieu aux meubles et à la poussière, théâtral, les doigts contre la tempe et descendit en silence, le souffle sourd, pour comprimer ce qui s'apparentait bel et bien à une joie d'évadé. Il avait laissé sciemment sa bicyclette contre le tronc du mirabellier, à côté du portail blanc, pour ne pas traîner sa jérémiade de tôle et éveiller les soupçons et, arrivé à la limite, à ce qui le séparait définitivement de la fin de son enfance, il se retourna pour contempler la maison qui, à cette heure douce, apparaissait plaquée en pochoir ; il y avait, au loin, l'écho d'un coq, une odeur de feuille en éveil, et des bouffées de feu éteint, de cendre froide, de jour naissant ; le calme suspendu là, devant ses yeux, étendu presque décor, lui apparaissait comme le dernier signe d'un encouragement, comme une station tenue, immuable, qui l'invitait à partir sagement – va, lui murmurait le paysage, nous t'attendons. Il enfourcha sa bicyclette avec un léger sourire, tenu par l'élan de l'aube et il passa le portail blanc de l'impasse du Champ-des-Cris. Plus haut, dans la chambre d'à-côté, couchée en boule, en tas de chiffons, Blanche avait les yeux grands ouverts et les joues foudroyées de pleurs ; mais ce détail effondré dans la solitude, sans témoin, Onésime ne l'a jamais su.

Nicole avait fini par se taire et j'avais décidé de prendre l'air. Nous étions sortis tous les deux, le soir était déjà là, entre les branches, et nous avons passé le portail blanc vermoulu qui, à cette heure, était humide sous les doigts. Sans signal, Nicole avait agrippé mon bras pour marcher et je sentais sa pression, sa griffe, m'en voulant presque d'être aussi maigrichon ; j'étais loin d'être une épaule sur laquelle on pouvait se reposer, un bâton de vieillesse, un corps d'homme épais, large, rassurant ; je marchais en subissant le poids éreinté, tassé, de Nicole, et je faisais tout pour me donner des airs solides alors que je pouvais tomber à tout moment, un boulet traînant au bout du bras. Arrivés sous la fenêtre de sa maison, à l'angle de l'impasse, elle leva sa canne en pointant le ciel pour me montrer l'endroit d'où elle avait vu partir Onésime, ce matin-là. Nicole ne dit plus rien, sa canne flottait dans l'air après avoir pointé les lieux, tracé des courbes, des circuits d'allées et venues anciennes, perdues. Elle me regardait, lointaine, et paraissait troublée, suspendue à son silence, interdite. Elle laissa sa main tomber le long de mon bras, quitta son amarre, et elle me tapota la joue gentiment, maternelle ; elle avait un sourire fatigué, hésitant, et elle sortit de sous son cache-poussière, accrochée au bout d'un lacet noué, une grosse clef noire. Elle fit un tour de serrure et avant de refermer derrière elle, Nicole me dit simplement :

Bonne soirée ———— ça m'a fait plaisir de parler avec toi —— je reviendrai te voir —— j'ai des choses à te dire.

Plus tard, je marchais les mains dans les poches et je soliloquais ; je me parlais tout seul, les mots en avant ; certains sortaient à haute voix, se répétaient et laissaient indifférent le bord de route qui, imperturbable, défilait sous mes pas. Alice avait sans doute raison : j'avais décidé, sciemment, d'être une sorte d'orphelin, j'avais avancé jusqu'ici dans l'amnésie, sans m'intéresser au passé des uns et des autres, suivant une ligne d'états, de semi-vérités, de réalités fraîches servies au jour le jour. Je ne m'étais jamais trop intéressé au passé de l'impasse, à cette maison qui mime les histoires de palais des princes, les ajouts et résines, les ailes neuves et granges en ruine. Je marchais le long de la route, entre les vignes, et mes phrases faisaient des tours, elles n'allaient nulle part. En fonction des pas, de mon rythme de marche, des sons de graviers, de bitume, ou des mottes de mauvaises herbes ; le soir tombait et je pensais au dernier silence de Nicole, à son visage bouffi de mots contenus, trop longtemps enfermés ; des mots qu'elle gardait, littéralement, des paragraphes entiers qui gisaient au fond de son corps ; je sentais que Nicole était gavée de silence, de secrets, de savoirs clandestins ; à force de suivre les vignes, la route, mes pas, le souvenir de son visage, je me confrontais à un mot qui revenait sans cesse, qui occupait mon esprit, lui opposait une limite, un problème. Je me disais qu'Onésime, cet homme frôlé durant mon enfance, était tout compte fait, pour moi et pour les autres, un parfait inconnu. Au fond, qu'est-ce que je savais de lui ? Les récits de Nicole, ces derniers jours, m'accablaient et me désaltéraient à la fois : ils me donnaient à entendre, imaginer, combler la matière vide de la vie d'Onésime mais ils meublaient aussi ma propre détresse, mon envie de comprendre pourquoi j'étais venu ici et pourquoi, si je pesais mes souvenirs, je n'avais rien retenu, rien voulu assimiler ni comprendre pour mieux m'assurer d'être un orphelin de l'histoire. Lorsque je lui avais demandé comment elle avait connu Onésime, Nicole avait paru surprise, se demandant pourquoi je m'y intéressais, moi qui ne posais jamais de question, puis elle avait commencé son récit, sans que, à aucun moment, je fusse obligé de relancer la conversation, d'ajouter un doute, une question dans l'angle ; depuis cette simple interrogation, Nicole assiégeait la maison, elle arrosait les plantes, s'asseyait, et reprenait son histoire, comme si de rien n'était, comme si je devais entendre ; comme si elle allait mourir la nuit suivante. Ce soir-là, je marchais et je débitais des remords ; je me disais que je n'avais jamais rien demandé à personne, ni à Onésime ni à quiconque et que, par la force des choses, personne ne disait rien. Alice, quelquefois, me disait que ce n'était pas normal – elle disait même que tout cela sonnait louche – que les silences en disent long et que ma quête d'amnésie était une lâcheté moderne, que nous marchions droit, en avant, vers l'avenir, sans nous soucier de ce qui nous précède, de tout ce que nous portons sur les os et que, de fait, tout cela finit par nous avachir, jeter sa valse, nous peser sans crier gare ; à peine le dos tourné, je reprenais la pente chaude de l'orphelinat et de mon inconséquence. À chaque fois que le soir s'écrasait à l'horizon de l'impasse, j'étais rongé de craintes, je me retrouvais poussé comme un enfant, au bord du vide, les tempes cernées par les sons qui appellent la nuit, l'accueillent et la rendent possible, les insectes lents, endormis par le jour, les grillons invisibles, ces solistes noirs que l'on ne croise qu'au fil de leurs chrysalides, de leurs fantômes ; le soir réveillait les restes de conscience noyés depuis des lustres, depuis l'enfance ; les soirs des premiers jours, impasse du Champ-des-Cris, me sommaient de me réveiller enfin, de me soulever, de secouer ce qui me restait d'ossature ; je le sentais le long de mes bras qui, invariablement, voulaient retrouver le corps d'Alice ; je le sentais dans mes épaules qui voulaient se défaire et tirer vers la détente ; je marchais, je trébuchais un peu, et le soir me rappelait qu'il était temps d'arrêter de dormir : qu'à force d'être amnésique on en oublie d'être insomniaque. Comment avais-je fait, tout ce temps, pour ne pas me demander, une seule fois, d'où pouvait bien provenir mon besoin incessant de fuite, ma recherche saturée des voyages, mes allers et retours, toutes ces choses que je n'avais jamais réussi à finir, à engager, à pousser un peu plus pour les rendre tangibles, possibles, palpables, ne serait-ce que quelques jours ? Et le récit de Nicole qui venait fracasser ma propre mémoire, qui venait me rappeler la lame gelée de l'amnésie, tout ce que j'avais oublié sciemment, tous les ponts, détours, estuaires, reprises et repentirs, tous ces indices qui façonnent le piètre roman d'une famille ; tout ce que nous répétons sans savoir, toutes les insistances des continuations, nos nappes phréatiques qui ne peuvent qu'être forées si on accepte de mettre un genou à terre, de se pencher de tout son long puis de coller son oreille contre la terre elle-même, d'écouter, d'attendre, d'être patient, accepter de se salir les coudes, les tempes, de tendre la joue pour enfin laisser monter, à travers couches, limons, rocailles et ordures, l'écho battant des eaux dormantes. Je me demandais en voyant le soir enflammer la vigne comment se construit cet étrange pacte des successions, cet accord qui nous fait vivre au milieu d'étrangers, d'inconnus sans paroles qui, pourtant, par on ne sait quelle force, chérissent et soignent, nourrissent et encouragent, vous portent un temps puis, parfois, au bout du chemin, portent votre dépouille, la déposent et jettent la même motte de terre bornée de silence, d'éclats en poudres ; cette continuité vivace, déportée comme le flot des pollens, cette mise en gage poursuivie de nos récits qui deviennent, le temps de quatre générations, des missels de paroles creuses, des textes mal écrits, mal interprétés, jetés sur la scène dominicale ; lieu droit où on retrouve sans surprise les bonimenteurs et les décors, les souffleurs et les chœurs, les tantes, les oncles, les mères et les pères, les têtes qui hochent, hoquettent, pleurent ou rient à faire trembler le cristal ; on y retrouve surtout la Patrie elle-même, la distribution des rôles, le siège convoité du bout de table et la chaise opposée, la chaise de la femme-de-maison qui, dit-elle, va finir par se lever, se lever encore, se lever tout le temps, ce sont ses mots ; cette chaise qui jouxte la cuisine, invariable, pour faciliter les allées et venues de la réception, le bon déroulé de la comédie, la chaise qui peut rester vide le temps d'un plat car il faudra bien passer à autre chose, débarrasser et ramasser les miettes ; cette table où s'amoncellent sans arrêt les assiettes que l'on sauce ou racle d'un coup de lame, et où l'on voit apparaître, sous le verre déformant du premier canon que l'on boit rouge, les visages d'inconnus qui acceptent, en se tutoyant du coude, la sidérante fiction du sang commun. Je marchais avec cette pensée contre le front, je marchais le long des vignes, cherchant le calvaire où, en trente-neuf, Onésime et Nicole s'étaient dit adieu ; le lieu de la croisée des chemins pour Onésime comme pour moi qui, au même âge, sans le savoir, avait fait mes adieux pour fuir la famille, pour suivre la piste heureuse de l'orphelin ; pas de sol, d'accroches, d'histoires, une seule terre ronde sur laquelle on peut porter son silence, sans comptes à rendre. Mais l'errance avait fini par me faire revenir ; j'étais revenu, sans préméditation, simplement bougé par les hasards, par mon absence flagrante de réussite, par le biais de ma solitude, j'étais revenu impasse du Champ-des-Cris ; là où j'avais passé une part courbée d'enfance. J'ai fait le chemin inverse, éclairé par les premiers phares des voitures et, alors que la nuit était tout à fait tombée, je suis remonté dans le bureau d'Onésime. Quand j'ai tourné l'interrupteur, le corbeau s'est mis à battre des ailes ; il avait l'air nerveux, capricieux, mal réveillé. Je me suis approché de lui, la main tendue, franche, en essayant de ne pas lui montrer mon appréhension, ma crainte qui coulait lentement le long des os, de mon cou. Son regard noir donnait une légère vibration, un battement d'attente ; il ouvrit le bec d'un centimètre le temps que ma main continue sa descente, s'approche tout à fait de sa chaleur de plume, épaisse, et par je ne sais quel accord, au moment où je finissais mon geste, il abaissa le crâne pour accueillir ma caresse.

Le lendemain, Nicole respirait froidement ; en elle, un jus frileux, des glaires de doutes, peut-être ; quelque chose, dans le fond d'elle-même, qui ne lui faisait pas du bien ; elle savait qu'elle entrait pas à pas dans la période d'après, dans ce qui devenait plus huileux, intenable, difficile à éclaircir ; elle était assise dans la cuisine à l'odeur de graisse, elle avait les yeux pointés vers moi, à la recherche d'une amarre, d'une suite, d'une autorisation quelconque, elle voulait qu'on lui dise où aller, désormais, dans ses souvenirs ; par où passer, entre les mots, pour continuer à m'en dire un peu plus, s'aventurer un peu plus loin dans le maquis. Derrière le givre de ses lunettes, de ses verres démesurés, ses yeux se perdaient, prenaient une rondeur de bille noire, craintive, un flot de mélancolie obscure, grelottante ; et s'il avait pu y avoir une jointure étanche entre ses rides et le contour en écaille de ses lunettes, son regard aurait pu prendre l'eau puis s'étouffer. Tout en me fixant, elle triturait entre ses ongles l'encoche d'une boîte de cachous qui lui résistait depuis un moment ; la petite boîte en métal laissait planer un son pincé, répété, agaçant, entrecoupé d'une volée de bâton de pluie ; les pastilles frappaient les arêtes et la main de Nicole s'acharnait à les faire tomber dans sa paume, par l'ouverture, sans succès. Je pris la boîte pour en finir, tournicotai un bon coup pour laisser béer la brèche

Voilà – là ——— c'est bon

Nicole parut se réveiller et, en me remerciant, goba deux morceaux noirs qu'elle se mit à sucer bruyamment. Elle continuait à me regarder. Elle semblait satisfaite du répit, de cet instant où elle pouvait suçoter, sagement, remplacer les mots par le seul goût, entier, décomposé, de la réglisse, du sucre, de l'amidon, de la poudre d'iris et de l'essence de menthe anglaise ; elle avait laissé ses mains autour de la tasse posée devant elle sur la table et elle ne parlait toujours pas, elle suçotait, mâchouillait sa salive et à force de coups de langue sa joue se mit à gonfler, trembloter. Enfin, elle laissa sortir une toux de crasse, charbon, qui finit par m'atteindre en vent chaud, sous le nez, des notes enfermées de résine et un lointain fromage blanc. Je ne pouvais m'empêcher de penser qu'elle était en train de se battre contre elle-même, qu'elle venait là, dans la cuisine ou dans le salon de l'impasse, pour y trouver quelque chose d'autre que mon écoute, mon attention, mes questions ou ma jeunesse ; elle passait la porte pour y puiser une force qui me mettait à distance, elle cherchait une issue, un moyen de s'en aller tout à fait, de partir rejoindre les autres, tous les autres du village et des environs – elle ne cessait de le répéter : elle était la dernière, la seule qui avait vécu toute cette histoire, la seule qui pouvait encore mettre des mots et donner corps, porter et rhabiller les morts, arrêter le givre ; après elle, elle le savait, il ne resterait que les livres et les rumeurs, il n'y avait pas d'alternative. Dans la cuisine, la lumière matinale, farineuse, de la pulpe au vol, lui donnait un air de saloir : en elle, sous la couche morne de la peau qui sèche, tombe, il y avait la salaison de l'histoire d'Onésime, du moins de ce qui précédait Simone et leurs enfants ; Nicole était celle qui portait le contour de son enfance, des premières années, le tour de craie, elle pouvait parler sans cesse de ce qui, justement, était écrasé dans un silence ; lorsqu'elle était là, face à moi, j'avais le sentiment que les choses pouvaient encore être comprises, que le silence s'éloignait – qu'à travers la seule présence de son corps, il restait un germe, une trace de semence, un peu de vie. Il y avait donc un accord indirect, une sorte de contrat blessé, corné, où chacun se fracassait contre l'autre pour mieux s'éloigner plus tard : Nicole attendait sans doute d'épuiser ses phrases, ses mots bloqués sous des couches de sel, comprimés par la solitude, la vieillesse, la fin, elle voulait épuiser l'impasse en me prenant à partie pour mettre fin à ses jours ; et moi je cherchais à poursuivre quelque chose, à m'élever je ne sais où, à m'instruire ou boire pour me sortir d'une impression d'arrêt. On savait, tous les deux, que nos voix se ligotaient d'elles-mêmes, qu'elles se nichaient dans l'air sans jamais se rencontrer tout à fait : on savait qu'elle irait au bout et que j'allais l'écouter ; mais nous savions aussi, dans un coin plus sombre, qu'elle irait mourir et que j'essaierais, de mon côté, de continuer à vivre. Le long des motifs carrelés de la nappe, des rails imaginaires, Nicole faisait rouler la boîte de cachous avant une entrée en gare. Au bord du vide, elle la laissa là, aplatie sous sa paume, et elle se mit à me traverser du regard.

Quand tu as ouvert la porte – tout à l'heure —— j'ai cru que j'allais m'évanouir ———— ça m'arrive souvent ces temps-ci – des petits vertiges – ma tête tourne comme quand t'as trop dansé et puis – hop – d'un coup – elle redevient droite —— alors tu penses – quand ça t'arrive à mon âge tu te dis que ça y est – que c'est le moment – que c'est terminé – que tu vas tomber d'un coup et adieu la compagnie ———— quand ça m'arrive chez moi je me dis – eh bien ma vieille c'est ici que ça se passe – après tout ce chemin – tu vas finir entre la machine à laver et l'étendoir – c'est là qu'on retrouvera ta carcasse ——— dans ces moments-là — t'y penses à peine une ou deux secondes – mais c'est fort – c'est lourd – c'est quelque chose ——— en tout cas

– je peux te dire que moi je ne me refais pas le film – je ne pense pas à ma vie et tout le bazar — je pense à où ça va se passer – où mon corps va tomber et où on va le retrouver ——— parce que quand t'es toute seule – comme moi – le drame c'est que – que tu peux rester allongée – morte – des jours entiers ——— avant que quelqu'un ne s'inquiète et décide d'aller voir ——— la mère Gâteau elle est restée dix jours dans son lit – raide – avant que quelqu'un ne vienne toquer à sa porte ————————————————

————————————————————————————

————————————— enfin —————————————

—————————— quand je pense à ça ——— je me dis que c'est parce qu'on se le disait souvent ——— pendant la guerre ———— on parlait souvent des endroits où on retrouvait les corps ———————————— ça fait ça la guerre ———————————————— dans le fond ————————— ça fait que les gens meurent un peu partout – et un peu n'importe comment —— ils meurent dans un fossé – dans un cours d'eau – dans une grange — en plein champ – dans une cave – dans un puits —— —— tu sais —— quand il fallait se cacher — tu te mettais partout – tu te faufilais là où tu pouvais —— et en fonction de ton gabarit ——— les maigrichons – parfois – ils se faufilaient entre deux murs — ou sous des combles épais comme ça – sous des planchers – dans des armoires —— — le fils Potier il est mort comme ça – on l'a retrouvé – un matin – dans une malle ——— carrément dans une malle – au fond d'une grange abandonnée – il était parti chercher des vivres chez la Mémène et – en chemin – il a croisé une dizaine d'Allemands qui patrouillaient par là ——— on suppose qu'il est rentré dans la grange pour se cacher ——— se mettre à l'abri le temps de leur passage —— mais les Boches se sont arrêtés et ils ont dormi là — dans la grange —— — Potier est mort étouffé dans la malle – on n'en sait pas plus – on s'était dit qu'il s'était fait tuer ou arrêter en allant chez la Mémène — on avait prévenu le père Potier qui ne nous portait pas dans son cœur à cette époque-là – il détestait les maquisards —— puis un jour – je m'en souviens – une jeune fille toute rose est venue au maquis – c'était la fille du fermier à qui appartenait la grange – elle a juste dit qu'ils avaient trouvé le fils Potier dans une malle — dans leur grange ———— c'est tout ——— et elle est repartie ———————————————————————— enfin ——— ———————————— quand tu as ouvert la porte —— tout à l'heure —— ce n'était pas pareil – je veux dire – ce n'était pas le même vertige —————————————— ————— depuis qu'on parle – tous les deux – je ne sais pas ————————— c'est pas pareil ————————— c'est différent ——————————————————————— ——————————————————————————— ——————— très différent ——————————————— ———————————————— oui ——————————————

—————————— tu as vu ——— tu as vu la lumière qu'on a aujourd'hui ? ——————— elle est laiteuse ——————— blanche à n'en plus finir ——————— il ne se lèvera rien aujourd'hui — tu vas avoir ce blanc jusqu'à la tombée de la nuit ——— je n'aime pas ça moi ——— ces journées-là — ces journées où tu ne sais pas l'heure qu'il est parce que tous les repères sont plats —— les journées où t'as l'impression de ne pas te réveiller — que l'aube te court après —— sans arrêt —— et puis à un moment – paf – il fait nuit ——— c'est une lumière qui lisse —— qui aplatit ——— une lumière drôle ——————————————— qui peut faire resurgir les morts ——— c'est une lumière de mirage ——————————————————————
———— en forêt ———— on savait que ———— des jours comme ça ———— quand il faisait ce temps-là ——— il ne fallait pas se fier à l'horizon — au lointain — au fond du bois —— parce que t'avais vite fait de te faire avoir — de voir un Boche alors que c'était un tronc d'arbre.

Nicole s'était tournée vers le carré blanc, crayeux, de la fenêtre de la cuisine ; sous sa paume, pogne et coquille, elle conservait la boîte de cachous. Elle a commencé à dire pourquoi
en regardant le vide. À chaque fois qu'elle se mettait à parler, dans les premières minutes, je me figeais, je l'écoutais droit ; je m'immisçais lentement, pas à pas, entre ses

tortillons et détours car j'avais remarqué que Nicole venait avec une idée nette, fixe, qu'elle savait où elle mettait les pieds lorsqu'elle commençait.

Pourquoi

elle s'échauffait, elle mettait en place l'armature

Pourquoi tu l'as mise

un croquis, d'abord, puis elle suivait le courant, jusqu'à l'escale, jusqu'au lieu-dit. Elle pouvait aller loin, en brisant, une barque vive et la boîte de cachous sous la paume.

Pourquoi as-tu mis cette veste ?

J'ai baissé le menton comme un enfant pris en faute et je me suis mis à étendre mes manches, à la regarder à mon tour : je portais un pull noueux, troué, le même depuis plusieurs jours.

Celle que tu portais tout à l'heure ———— quand tu m'as ouvert la porte ————————————————————————————— pourquoi tu l'as mise ?

Une fois Nicole arrivée sur place, ses souvenirs pouvaient s'étendre, se morfondre, se diluer, éclater dans chaque pièce. Il n'y avait pas de règles, pas de signal, pas d'amorce : elle creusait tête baissée, au fond de sa terre meuble ; elle puisait dès qu'elle s'approchait de la maison de l'impasse, retour à la mine ; je ne pouvais rien y faire, plus les jours passaient, plus sa voix s'éternisait et plus son regard devenait caverneux, des reflets absents noircis, du givre entre les dents, de la crainte sans appel, elle entrait en laissant sa vieillesse. Peut-être venait-elle me voir pour éprouver ce voyage, ce chemin sinueux qui l'amenait à se sentir capable de revenir, de surmonter, d'aller en sens inverse, de caresser le dos d'un loup, de retrousser ses manches, de rattraper devant témoin le temps qui était aussi vaporeux que le gras, ici, dans la cuisine.

Quand tu m'as ouvert la porte —— tout à l'heure —— tu ——— tu portais la veste en cuir d'Onésime c'est bien ça ? — hein ? ——

je ne l'avais pas revue depuis —— depuis tout ce temps — depuis ce temps-là — et —— en plus —— avec cette satanée lumière blanche —— tes yeux océan — qui sont les mêmes que les siens —— tes cheveux en bazar dressés en arrière — cette veste jetée comme ça – sur toi – eh bien quand tu m'as ouvert la porte —— j'ai eu un vertige – j'ai eu l'impression de le voir – là – face à moi – de voir un fantôme — enfin non – de le voir en vrai – tu sais – de le voir en chair et en os comme on dit ———————— c'est pas permis comme tu lui ressembles ——————— — depuis que tu es arrivé et qu'on cause tous les deux – il y a tout un tas d'images qui me reviennent – des souvenirs – des mots – des faits – des choses que je pensais avoir oubliées ———————— quand je suis rentrée l'autre jour – je me suis assise dans le fauteuil du bas – chez moi – et c'était comme si j'avais allumé le poste —— la télévision —— je voyais tout qui défilait – je revoyais des scènes – des visages – des moments du quotidien —— je me souvenais même de certaines conversations ———— et ———— et puis je me suis souvenue de choses terribles ——————————————————————————— terribles ————————————————————————————————————— enfin ——————— dire que je m'en suis souvenue – ce n'est pas bien vrai – on n'oublie pas tout à fait —— il y a eu des jours où j'aurais aimé avoir oublié —— mais la tête fait ce qu'elle veut parfois – tu es en train de marcher – de te laver les dents – de faire ta toilette – de cuisiner – et hop – l'engin se met en route ———————— toi —— au fond – t'as rien demandé – tu n'as pas envie de penser à tout ça – tu veux être tranquille – mais non – va savoir pourquoi – il a décidé de t'enquiquiner avec tout un tas de souvenirs —— d'images désagréables ——————————————————————————————— il y a plusieurs années – c'était devenu plus insistant —— les souvenirs – les mauvaises pensées —— alors je me suis arrangée —— à l'époque ———— j'ai fait mes petites affaires —— j'ai rien demandé à personne —— j'ai fait ce que j'avais à faire ———— tu penses bien qu'ici —— pour moi —— mais pour les autres aussi —— à cette époque-là —— il n'était pas question de psy et tous ces machins-là —— d'ailleurs – quand j'y repense – maintenant que je vois tout ça à la télévision —— je me dis que ça aurait peut-être été pas mal de parler avec un toubib —— mais c'était une autre période ——— alors je n'ai jamais vraiment parlé —— en tout cas —— je n'ai jamais parlé de toute cette période ———— là ——— je ne sais pas —— ça vient ————————————————————

à une époque —— donc ——— j'ai bu un peu — c'est vrai ——— je descendais ce qu'il fallait pour être un peu plus calme ——— mais maintenant c'est terminé tout ça —— je suis trop vieille et déglinguée – et ça me rend malade —— ———————————————————— mais ——— — tout à l'heure ——— vraiment ——— ça m'a fait drôle de te voir avec cette veste ———— je te jure ———— ——————————————————————

———————————————— elle a une histoire cette veste ———————— je ne sais pas où tu l'as trouvée ——————————————— dans le garage ? ——————————————— en bas ?

J'ai fait oui, de la tête. Je l'avais trouvée pendue sur un perroquet dans le vestibule, en bas, entre le garage et l'ancien bureau. Cela faisait deux jours que, par ennui, je poussais les portes et entrais dans les pièces. Les mains dans le dos, souvent, un air de pigeon vide, je marchais en regardant les objets, les tableaux, m'asseyant un instant pour épouser un angle, une prise de vue, contempler les lieux qui, somme toute, demeuraient étrangers, distants, nivelés.

J'avais remarqué la veste en la frôlant, surpris par l'épaisseur du cuir, l'odeur de vanille, de vache, de tabac brun, le col aviateur usé, un peu déchiré, rayé sur les bords ; et les fils effrités, pluvieux, des poches. Sur la hanche droite, quand on l'enfilait, on voyait distinctement une longue cicatrice rapiécée, une déchirure longue comme un coup de sabre ; des boursouflures de tissu, de couture, et de la saleté entassée dans la fente, de la pâte de goudron, une odeur huileuse. Les manches étaient un peu trop courtes pour moi, elles laissaient mes poignets osseux à l'air libre, mais la veste m'allait plutôt bien ; je décidai de la garder sur le dos pour aller chercher le pain. Lorsque Nicole avait tambouriné, comme à son habitude, contre la porte, je venais tout juste de rentrer et j'avais vu son arrêt, son déséquilibre vague, ses mains suspendues et son regard moite : elle n'avait rien dit, elle n'avait pas laissé traîner son sourire, elle était restée muette et incolore jusqu'à gober ses cachous dans la cuisine. Je lui avais proposé un café et elle n'avait pas réagi puis, pour briser le silence, tout en lui servant une tasse, je lui avais parlé de Paris. Je lui avais parlé du faisceau lumineux de la tour Eiffel en lui disant que je trouvais cela absurde, que donner des airs de phare à une ville paumée ne voulait rien dire. Je n'avais pas aimé Paris – je me sentais bien mieux ici, au bout de l'impasse. Je lui avais raconté cette anecdote du faisceau lumineux pour la faire réagir, pour qu'elle se mette à parler ; je voulais qu'elle reprenne son récit, qu'elle revienne à Paris à son tour, qu'elle me parle d'Onésime et de sa mère ; mais la veste avait brouillé le rythme, elle avait brisé son élan, elle l'avait rendue soudain silencieuse et inquiète. Maintenant que je lui avais dit oui, de la tête, que oui, c'était bien la veste d'Onésime, elle sembla préparer son retour, mastiquer un mauvais souvenir – j'étais loin, très loin, à ce moment-là de notre conversation, de sa douleur de marbre ; très loin de ce qu'elle me confierait plus tard.

Est-ce que tu t'imagines que —— finalement – je ne suis jamais allée à Paris ? ———————— je me suis dit ça l'autre jour —— je me suis dit que c'était tout de même pas de chance —— qui peut dire ça ? ——— tout le monde est déjà allé à Paris pour quelque chose —— je veux dire en France – tout le monde a déjà vu Paris une fois – les Champs-Élysées – la tour Eiffel – le Moulin-Rouge – c'est rare d'entendre un vieux te dire qu'il n'y a jamais mis les pieds ——— ou alors c'est un paysan d'autrefois —— mais les paysans comme ça – ça n'existe plus — même les paysans d'aujourd'hui ils vont à Paris au moins une fois dans leur vie ——— pour jeter du fumier —— ou pour brûler des pneus devant un ministère ——— on le voit – ça – à la télévision ———— tu me diras – dans le fond – quand je vois ça ————— je suis toujours un peu contente – un peu fière ————— les gars qui font ça – eh bien – ils résistent

— ils font de la résistance — à leur manière – bien sûr – mais ils désobéissent – ils s'opposent – ils manifestent – ils se fâchent ———— tiens ———— en parlant de fumier — j'ai une petite histoire à te raconter ——— tu veux ? ———————————— eh bien ——— ici ———— pendant l'Occupation ——— —— la cousine de la mère Gâteau ——— la mère Voltan ——— elle était vieille comme tout ——— et elle habitait Nevers ——— elle avait perdu un fils en quatorze — et — comme le Naudet —— son jules avait un peu perdu la boule ——— elle avait deux gros chiens – énormes – des mâtins napolitains – je crois que c'est ça —— et elle ne supportait pas les Boches —— et – en plus – elle était sacrément têtue comme bonne femme ——— alors quand elle sortait ses chiens ——— elle faisait un détour – elle faisait exprès — et elle passait tous les jours devant la kommandantur —— et là — devant — elle les faisait chier – tous les deux – devant la porte —— devant la porte des Boches —— et elle repartait ——— et fallait voir la taille des chiens ——— mon vieux ——— ça faisait pas des petites crottes des chiens pareils — ça tu peux me croire.

Nicole se mit à rire ; une vibration grasse, élastique, un rire de gorge, de poumon, un rire de chair et d'entrailles, et toute la tension de son visage disparut un instant. Ses yeux prirent à nouveau leur teinte mitoyenne, franche – elle ne regardait plus un vide creux, sidérant, mais bien ma présence, là, en face d'elle. Elle but une gorgée de café et elle me demanda du sucre.

On passait notre temps à s'engueuler – avec Onésime – à la fin ——— quand je lui disais que tous ceux qui gueulent – aujourd'hui – qui manifestent – qui foutent du fumier devant les ministères – eh bien ils font de la résistance —– ils s'opposent —– mais lui il était de droite – il a fini très à droite d'ailleurs —– alors que – moi – je suis restée communiste — c'est comme ça — alors quand je vois des gens qui gueulent —– à Paris – ailleurs —– quand je vois des gens qui se bougent – et qui font la révolution – eh bien moi ça me fait du bien ——– entre la mère Voltan avec ses chiens et les agriculteurs qui jettent leur fumier devant la porte des ministres – pour moi – c'est kif-kif – on retrouve les gestes – la colère – la résistance – ça – pour moi – ça traverse l'Histoire – c'est pas plus compliqué que ça ——— c'est juste différent ——— un autre moment ——– une autre époque ——– mais le geste est le même ——— Onésime – lui – il disait que ça n'avait rien à voir – que tout le monde se bat pour sa poire – et que – de nos jours – les gens s'énervent alors qu'ils ont tout – qu'ils bouffent comme quinze et qu'ils sont pourris gâtés ——– ça l'énervait – tu ne peux pas imaginer comme il se mettait en rogne ———————— ça ———— ma foi

———— ça a toujours été un nerveux ———————— enfin ——— j'aurais aimé – tu sais – être à Paris en soixante-huit —— voir les étudiants et tout – gueuler avec tout le monde – ça devait être quelque chose quand même —— mais je ne suis jamais allée à Paris – tu vois – on ne peut pas tout faire dans une vie ——————————————
— il paraît que lorsqu'on imagine trop quelque chose – on est toujours déçu quand on y va – et puis il paraît que c'est sale comme tout – qu'il y a un monde fou – que tu peux te faire voler toutes tes affaires dans le métro ———— je suis bien trop vieille pour tout ça ———————————
————————————————————————
—————————— Onésime – lui ———————
——————— il disait que ça sentait l'huile de moteur ——
————————————————————————
——————————— le métro et les rues – pour lui – ça sentait l'huile de moteur – je me souviens de ça ————
——————— quand on s'est retrouvés – tous les deux – au maquis – il ne parlait pas beaucoup —— enfin —— moi —— je faisais surtout la navette —— je faisais du renseignement —— alors il ne me parlait pas beaucoup – à moi ——
———— quand il est rentré de Paris – il était encore plus fermé – noueux – taciturne qu'avant ———————— je me souviens m'être dit que ses yeux étaient passés de l'océan au gris – au gris clair – c'était beau – bien sûr – mais son regard avait pris une note d'absence – de tempête – quelque

chose qui en disait long sur sa vie intérieure – sur tout ce qui se passait là-dedans —— dans les tripes —————— à cette époque-là – oui – j'avais encore le béguin pour lui – et je ne supportais pas sa distance ———————————————————————— j'en voulais aux Boches — bien sûr — j'étais contre tous ces salauds —— mais —— dans le fond ——— si je suis franche avec moi-même – à cette époque-là – j'ai commencé à faire du renseignement pour le maquis parce que c'est Onésime qui commandait ——— et parce que je voulais le voir —— et que je voulais qu'il me regarde ———— on a tous nos raisons tu sais ——— ——— ça n'enlève rien aux actes – au courage – car oui – il en faut —— et j'en suis fière ———— mais ———— je suis sans doute entrée dans la Résistance par amour pour Onésime —————— alors – bien sûr – ce n'était pas le moment – on était tous dans des états seconds – tendus – on faisait la guerre quand même ———— mais comme je te l'ai dit l'autre jour – on était jeunes – on était des adolescents ——— alors derrière la guerre et le danger – il y avait tout de même la légèreté de l'âge ——————— ——— la vie — au maquis — pouvait parfois prendre des airs de grand camp de scouts où – à la tombée de la nuit – ça riait – ça parlait de tout et de rien – ça buvait un peu – et même – bien sûr —— pour les quelques filles qui étaient là —— ça flirtait ——— même entre garçons d'ailleurs —————— mais ça personne n'en parle dans les bouquins — la Résistance c'est viril – c'est bien connu ———————————— un soir – avec Onésime – on a suivi le cours d'eau – en contrebas du maquis ———— on a marché une petite heure à travers bois ——— tout était frais – bleu – il y avait un goût d'épine dans l'air – quelque chose de forestier mais de chaud – de sucré – une odeur de boulanger ——— on s'est installés ————— tous les deux —— dans un coin ———— on s'est embrassés ——————— ça me faisait tout drôle de le revoir comme ça ———— et puis ——————— et puis il s'est passé ce qu'il s'est passé ———— je te passe les détails ————— puis il s'est assis contre un arbre ——————— la nuit était tout à fait tombée ———— on entendait une hulotte – un peu de vent – l'eau au loin – et son souffle – sa bouche qui fumait – il prenait des bouffées épaisses ——— il aspirait brutalement ——— ça lui donnait un air américain ——— j'aimais bien ——————————————— et ———————————————————————— et c'est là qu'il m'a parlé de Paris ——————————————————————— c'est la seule fois ——————————————— il ne m'en a jamais reparlé et je crois qu'il n'en a parlé à personne ————— pas même à Simone —————————————————————————————— je ne suis pas sûre qu'elle ait été au courant de quoi que ce soit ——— elle ne posait pas beaucoup de questions Simone —— elle avait eu aussi son lot de malheurs à

Strasbourg ——— elle a su ——— bien sûr – qu'Onésime avait été élevé par Naudet et Blanche —— qu'il n'avait pas connu ses parents – mais je ne sais même pas s'il lui a parlé de Paris ——— d'ailleurs – elle non plus elle n'y a jamais mis les pieds – à Paris —— Onésime n'a jamais voulu y retourner et vu que c'était une tête de mule – il n'a jamais dû y retourner ————— mais ça je n'en sais rien — avec lui – il y a tout un tas de choses que je ne sais pas – et puis il y a eu tellement de hauts et de bas entre nous – qu'au bout du compte – je ne connais pas tout de sa vie ——— et – maintenant qu'elle est morte aussi – c'est pas Simone qui va nous renseigner – c'est ça le drame – hein – c'est ça —— plus les gens meurent et plus on perd le fil – plus ça se trouble – ça se complique – ça fout le camp ——— la mémoire ça tient à peine deux ou trois générations – et encore – moi – si je fais les comptes – je ne sais rien de mes grands-parents – ou – quoi – quelques anecdotes invérifiables – des traits de caractère qui ne valent pas grand-chose – des qu'en-dira-t-on —— dans les petits patelins comme ici – en plus – tu penses bien – en l'espace d'un siècle tu deviens un personnage – c'est du théâtre —— il était comme si – il était comme ça – et puis c'est tout – rien de plus – tu as le droit à tes deux dates sur ta tombe – ton nom – ta bonne femme à tes côtés – et tu tombes dans l'oubli — moi ça ne me dérange pas —— de tomber dans l'oubli ——————

—————————————— enfin ———————

——————————————————————————

————— je ne sais pas ————————————

—————————— quand ils ont fait la petite plaque – là-bas – dans la forêt – là où il y avait le maquis ——— ——— quand ils ont mis tous les noms des maquisards – là – sur une stèle – pour les passants – les promeneurs – les gens – quand ils ont fait ça j'étais heureuse – j'ai trouvé que c'était bien – qu'il fallait le faire ————————

———————————— mais ————————————

——————————— y avait tous les noms ——————

————— sauf le mien ——————————————

——— et personne ne m'a rien demandé ——— c'est Onésime et les autres – avec les associations – qui ont organisé ce truc-là – je ne lui ai jamais rien demandé ——————— ——— on n'en a jamais parlé —— je n'ai rien dit —— je me suis dit que ce n'était pas très grave – qu'on ne faisait pas ça pour avoir son nom sur une stèle —— au fond de moi —— je sais ce que j'ai fait ——— il s'est passé de belles choses dans cette forêt – c'était un drôle de truc – tout de même – le maquis ——— c'est une drôle d'idée non ? – se cacher dans la forêt – s'organiser – vivre entre les arbres – c'est ancestral ça ———— j'ai lu que la forêt avait toujours servi à ça – qu'elle était un lieu où on se cache et où on résiste – si tu vas voir la stèle —— tu verras – elle est toute perdue au milieu d'une sorte de clairière – mais il faut s'imaginer qu'à cet endroit-là – et tout autour – il y a eu plus de trois cent cinquante bonshommes qui étaient là – qui vivotaient là – qui dormaient là – qui faisaient la popote et tout —— c'est difficile de s'imaginer mais —— oui —— c'était formidable quand même.

Nicole avait ouvert les bras. Des petites bûches serrées, des rondins gras qui ne paraissaient pas vraiment amovibles mais qui, à ce moment-là, flottaient au-dessus de la table et dessinaient une voûte, une arche où, comme dans les anciennes représentations médiévales, des centaines de figurines auraient pu apparaître pour marquer l'emphase. On pouvait sentir, à travers l'arc, qu'elle portait encore la surprise du nombre ; dans son regard roulé, ambigu, tiré vers moi et renversé vers les cimes du maquis, il y avait l'empan d'une sidération qui ne s'était pas éteinte, qui était encore là ; un nombre qui avait fait la différence et qui avait construit, encouragé, diffracté son propre mythe de la lutte politique : le rassemblement, pour elle, gonflait autant l'action que l'intensité du souvenir. Oui, ils avaient été nombreux : il en arrivait tous les jours un peu plus, par grappes de cinq, de dix, de vingt même, ils fuyaient le service du travail obligatoire, ils venaient se réfugier, se battre, fuir, ils venaient se fondre dans la désobéissance, se blottir là, sous les feuilles mortes. Dans ce regard qui faisait resurgir le battant giflé de sa jeunesse, dans ce geste ample, ses bras râblés, Nicole comptait les hommes comme si elle était la futaie qui les avait vus venir ; elle voyait ça de haut, de loin, agrippée, maternelle – elle comptait les hommes pour mieux tenir vivace la réalité des actes, de ce qu'ils avaient fait, c'est-à-dire partir pour vivre sous les arbres, résister, et emporter leur place dans l'histoire ; c'était elle, désormais, qui pouvait accueillir, entre la voûte de ses bras bientôt morts, la pesée franche, ultime, du souvenir ; et son geste était à la fois déroutant de bonté et mortifié par la peine, par l'incompréhension latente, sinueuse, injuste ; car on pouvait comprendre que dans cet arc, ce champ, cette circonférence ouverte du nombre qui compte, elle en avait été violemment soustraite.

Oui —— c'était formidable – quoi qu'on en pense maintenant ———— et ce soir-là – donc – sous le ciel noir – Onésime m'a parlé – un peu – de Paris ——— c'est un écart – dans sa vie – je le pense sincèrement – c'est une étape importante qui – pourtant – n'a laissé aucune trace tangible —— à ma connaissance – il n'y a pas de lettres – de documents – de choses qui attestent de cette période —— il n'y a évidemment pas de photos – rien —— je crois me souvenir que – ce soir-là – je l'avais un peu provoqué – j'étais un peu piquante quand j'étais toute jeune — j'aimais bien choquer les garçons – j'avais dû commencer par lui demander s'il avait couché avec des Parisiennes – s'il était

allé voir les filles de Pigalle – des bêtises dans ce genre-là – et je me souviens qu'il a répondu brutalement – les dents serrées —— il commençait – déjà – à ce moment-là – à avoir un air grave – soudain – tenace ——— et il m'a dit ———
————————————————————————————
——— je veux que tu n'en parles à personne, c'est clair ?

On pouvait entendre l'eau et, le long du crénelé de l'écorce, une chaleur contenue de cœur, de cire, de bougie ; une hulotte gravitait, plus loin, un son qui tangue et le rythme d'une trotteuse, un pouls, sur le poignet d'Onésime.
Mais de quoi ? De quoi tu parles Onésime ? De nous ?
Non – de ce que je vais te dire.
Je ne dirai rien – bien sûr.
Tu me fais marrer avec Pigalle toi – tu ne sais même pas ce que c'est Paris – je te jure – vous me faites marrer – vous êtes toutes les mêmes – vous rêvez — vous rêvez sans cesse — et après vous vous réveillez pour dire des mots secs et vides —– t'y connais quoi – toi — à Paris ? – hein Nicole ? – t'y connais quoi toi ? —— c'est du vent Paris – tu ne peux pas savoir — c'est gris — de la crasse et du bitume – et une odeur de moteur – d'huile de moteur – sans arrêt —— t'as l'impression d'un garage ouvert aux quatre vents

– avec cette odeur – ce relent d'huile – ça sent la suie – la peau mal lavée – les linges gras —— le fumet – le reste – la fragrance – tout ce qui sent bon – les parfums – tout ça – c'est pour faire parler — c'est pour les gogos et les midinettes —— Paris – c'est noir – un point c'est tout – ça paraît propre comme ça mais c'est comme dans le fond des gens – c'est noir – c'est moche – j'y remettrai pas les pieds de sitôt – ça tu peux m'croire ——— heureusement que je n'ai pas croisé la mère Gâteau depuis que je suis rentré – heureusement – heureusement pour elle tu me diras ——— parce qu'elle m'en a dit des sornettes —— d'où elle savait tout ça elle ? —— si j'la croise celle-là elle va m'entendre —— je suis sûr qu'elle fricote avec les Boches tiens —— c'est le genre de bonne femme —— elle arrange son monde —— quand son fiston il s'est jeté dans le vide après la guerre là – c'est bien parce qu'elle a rien fait pour lui ——— moi – le vieux Naudet je m'en suis occupé comme personne —— je mettais des bûches toute la nuit —— il s'est pas jeté – lui – alors qu'il aurait pu —— il n'allait pas droit non plus ——— — je les ai vus — moi – là-bas – à Sainte-Anne —— je les ai vus les fous — je les ai vus avec leurs têtes qui yoyotent – je les ai vus remuer comme des vers – manger de la terre – ne pas savoir tenir leur fourchette – baver comme des ânes – maugréer – râler – visser le vide – claquer des dents – je les ai vus ———— et la mère Gâteau qui me dit ça – elle – elle a rien vu – elle – elle y connaît rien celle-là – elle a juste laissé crever son fils qui demandait après elle – c'est tout – et après elle vient me voir – elle me dit ça – non mais – pour qui elle se prend ? – je te jure —— si je la croise elle va voir comment je m'appelle – non mais – elle me dit – elle me dit — ta mère est à Sainte-Anne —— elle est pas morte —— ta mère est vivante —— Léontine est vivante qu'elle me dit – elle est à Sainte-Anne depuis tout ce temps – elle me dit ça comme ça — je venais chercher un litre de lait et elle me dit ça – non mais t'imagines ce qu'elle a dans la tête c'te bonne femme ? – tu imagines ça toi ? – je ne sais même pas ce que c'est – moi – Sainte-Anne —— Sainte-Anne — elle me dit c'est à Paris – un hôpital – un hôpital – elle est malade ? – je lui demande elle est malade ? – ma mère est malade ? – je suis chamboulé – je ne comprends pas – je me retrouve à parler de ma mère – pour la première fois – comme si c'était vrai – comme si elle était vivante pour de bon – elle me dit qu'elle ne sait pas – qu'elle peut pas m'en dire plus – t'as qu'à en parler avec ta grand-mère qu'elle me répond – la mère Blanche – tu parles —— tu parles —— tu penses que je vais aller demander à la mère ? —— alors je suis parti tiens – qu'est-ce que tu voulais que je fasse ? – je suis parti – et puis c'est tout – j'allais pas attendre là – bêtement ——— je te jure —— —— qu'elle ne croise pas mon chemin celle-là parce que je vais lui foutre mon pied au derrière —————— ———————————————— je te jure ————

————————————————————
————————————————————
————————————————————
———————— quand ————————————

— quand je suis arrivé à Paris – c'était chouette – je veux dire – j'étais emballé – c'est foutrement grand – je me suis demandé – en sortant de la gare – comment qu'on faisait pour traverser les boulevards —— parce que – ma parole —— c'est dangereux – ils ont des perchoirs – ça s'appelle comme ça – des perchoirs – c'est des morceaux de trottoir plantés en plein milieu du boulevard – tu traverses en deux fois – comme ça – tu te mets sur le perchoir et t'attends – les gens marchent vite – ils courent comme des lapins – alors ça fait sacrément pigeons cette histoire – ils marchent vite et – hop – ils se mettent sur les perchoirs – ils attendent – et – hop – ils repartent – c'est marrant à voir tu me diras —— mais ça dure un jour ou deux —— puis ——— puis d'un coup – le bruit – l'huile de moteur – les sales trognes à tous les coins de rue – les gars qui te demandent ci ou ça – tu sais plus où mettre tes yeux – tu penses – oui il y a les filles – d'accord – mais ça passe comme le reste – ça passe – ça court – ça traverse – et puis c'est toutes des poules – elles ont de ces dégaines tu verrais – t'as l'impression qu'elles vont se casser en deux – ça cocotte – ça te toise à peine et ça regarde ailleurs ————————— en descendant du train – j'étais remonté – je voulais que ça passe vite – je voulais arriver – vérifier – la voir — la voir elle — je voulais vérifier tout de suite ce que la saleté de mère Gâteau m'avait dit – alors je demande – j'arrête les gens – et tu te prends l'accent en pleine face – ton accent – le tien — notre berrichon – ils te redemandent – tu dis Sainte-Anne – Sainte-Anne – rue Cabanis – Denfert – Quatorzième – quartier Montsouris – Glacière – c'est ce qu'on me dit – mais j'y connais rien – tu penses – alors le métro – l'odeur d'huile – de suie – de pisse – je ne regardais pas – je ne voyais pas autour de moi – je n'essayais pas de voir – je n'étais pas là – à Paris – pour voir Paris – je m'en foutais – dans le fond – non – je voulais la voir — elle ——

—— j'arrive là-bas — je longe – je longe un mur blanc qui ne veut pas finir – je longe encore et encore et tu te dis que c'est ce qui te sépare – il ne reste plus que ça – un mur blanc – il ne reste plus qu'une petite frontière avant de la voir – elle — de lui dire — de lui demander ——

—— j'y avais pensé – dans le train – parce que j'ai eu le temps – tu penses – c'est long – je voulais lui demander pourquoi – pourquoi elle n'avait pas écrit – pourquoi elle n'était pas rentrée – pourquoi ——— tu penses comme j'étais con – tu penses bien que la réponse je la savais – au fond du ventre – là – là – juste là – tu le sais non ? – on sait les choses – le silence – la mère Gâteau – la mère – tout – l'hôpital – tu sais – tu te dis que ça tourne pas rond – que ça sent mauvais – que je marchais vers du noir – vers quelque chose qui n'allait pas être bien – qui n'allait pas faire du bien – tu vois ? – alors je marche – je longe – et j'y pense – j'y pense à ce qui m'attend – à ce que je vais voir – et j'enrage – j'enrage tu peux pas imaginer – j'suis pas calme – j'suis pas heureux – non – pas du tout – j'enrage parce que je leur en veux – à l'autre truie – et – et – et – et aux autres – à moi – parce que je sens bien que je ne suis pas clair – que je suis con – que je n'ai rien à foutre là – parce que je sais bien que je n'ai pas un rond – que je suis perdu – que Paris est trop grand – je le sais – je le sais mais je longe – je longe encore —— et —— — et t'attends — t'attends des plombes – on me laisse sur un banc – là – à Sainte-Anne – on me laisse dans un coin – et j'effrite la peinture – toute la peinture blanche du banc – avec les ongles – je gratte – je gratte – j'écaille tout leur bazar tellement j'attends – et pendant ce temps tu les vois – bien sûr que tu les vois – les fous – parce qu'ils sont là – ils sont dehors – ils passent – ils sont là – alors que toi t'attends – il y a une fille qui t'a laissé là – pendant ce temps elle ouvre des tiroirs – tout un tas de trucs – elle farfouille – et – tu les vois – là – avec la bave aux lèvres – le cul à l'air – je te jure – tu les vois – ils sont plus loin – là-bas – dans des couloirs – dehors – mais tu les vois – y en a qui bougent pas – pas du tout – ils sont assis – ils regardent l'air – le vide – rien du tout – ils sont ahuris – ils sont ailleurs – tu sais – et puis d'un coup – comme ça – sans rien

– ça gueule – il y en a un qui se met à gueuler – il hurle le type – mais il hurle comme si on lui arrachait le ventre – il crie à faire péter les carreaux ——— alors tu penses que ma tête elle part – un jour que j'avais pas mangé en plus – ça tourne – et je pense au Naudet – au vieux – je le revois gueuler sous le lit – je le revois faire ses moulins avec sa canne – tu te souviens ? – je revois ça – c'est les mêmes cris – c'est pas du cri normal – c'est du cri d'animal qu'on frappe – c'est la douleur – la peur – l'horreur de quelque chose – de quelque chose de noir – de noir noir noir – d'au fond – et je me dis Sainte-Anne – je pense soudain à Sainte-Anne – je comprends —— là —— seulement – les ongles pleins d'échardes – de peinture blanche – je pense hôpital – Sainte-Anne – et je comprends où je suis – où je suis arrivé – et là – là – ça part – je pars complètement – je pense à elle ———— à elle ———— à ma mère quoi ——— ——— j'y pense – et je me dis – non – non – c'est pas possible ça – déjà le vieux – non —— non —— faut pas —— s'il vous plaît non —— et je tombe ——

——— je me suis réveillé – pas longtemps après – et il y avait un grand type – et y me donnait des baffes – paf – une – paf – et de deux – ah – il n'y est pas allé de main morte – paf – encore une – des baffes de sergent – tu sais – des bonnes baffes – *alors gamin* qu'il me dit – *qu'est-ce qui t'arrive ?* – un grand verre d'eau là-dessus – et une bonne femme me met dehors avec un bout de pain – et une pomme – et elle s'est foutue de moi – gentiment hein – en me donnant la pomme – parce que j'avais fait le malaise – tomber dans les pommes – tu sais – *mieux vaut en manger* – des pommes – qu'elle m'a dit – j'étais cassé – écroulé – faiblard – et l'autre – là-bas – qui farfouillait encore dans ses papelards – et elle fouille – et elle papote – et elle disparaît – et elle revient – et elle marmonne et farfouille encore – je te jure – des plombes —— oh – elle était pas désagréable à regarder – ça c'est sûr – mais c'est que j'attendais – et que je ne savais pas quoi foutre de moi —— et elle m'a fait un signe – derrière la vitre – ça tambourinait – j'en menais pas large – ça – je peux te le dire – on est allés dans un petit bureau – pas grand —— par la fenêtre — on voyait la cour – c'était plutôt calme – enfin —— et elle m'a dit qu'elle était pas là —— d'un coup —— elle a dit qu'elle avait vérifié – que tout était en ordre – qu'elle n'était plus là – votre mère n'est plus dans nos services qu'elle m'a dit – mais alors elle est où ? – je lui dis – je devais avoir l'air complètement chamboulé parce qu'elle s'est mise à être douce – tout d'un coup – elle a dû voir que j'étais tout drôle – enfin – oui —— je devais sans doute un peu pleurnicher aussi – j'étais secoué – tu t'imagines – elle me dit ça – *elle n'est plus là* – mais elle est où ? —— le calme —— dans le bureau – un calme de messe – tu sais – un calme de dalle

– froid – je me souviens – je me répétais – elle est où alors ? – et puis j'arrivais pas – j'arrivais pas à comprendre – à me dire – à m'approcher de ce que c'était – de ce que je vivais là – elle avait ces yeux – là – tout gros – plantés vers moi – et je comprenais pas – je comprenais pas que c'était à la fois vrai et pas vrai – tu vois ce que je veux dire ? – vrai – elle était pas morte – vrai elle était à Sainte-Anne – vrai elle était pas morte dans le train – la mère Gâteau avait raison – c'était vérifié – il y avait cette femme – là – devant moi – qui disait *votre mère* – elle me parlait à moi – alors c'était vrai – elle n'était pas morte – je pouvais la voir – la voir – tu vois ce que je veux dire ? – tu te rends compte ? – et en même temps – pareil – dans le bureau – à Sainte-Anne donc – on te dit – *elle n'est pas là* – elle était là mais elle n'est plus là – elle est partie – elle est partie – la même rengaine que celle de la mère Blanche quand j'étais môme – elle est partie – on ne peut pas beaucoup vous aider qu'elle me dit – *votre mère est partie d'elle-même* – elle dit ça – d'elle-même – elle est partie d'elle-même – *madame votre mère a décidé de partir l'hiver dernier* —— l'hiver dernier —— non mais tu penses que la mère Gâteau je vais me la faire – l'hiver dernier – on était en été – en juillet – l'hiver dernier ! – elle pouvait pas se renseigner – écrire – demander quelque chose – elle pouvait pas se demander si ce qu'elle disait – comme ça – à moi – elle pouvait pas se demander si c'était encore vrai – non – bien sûr que non – parce qu'elle cancane – parce qu'elle parlote à tort et à travers – alors elle m'a dit *ta mère est à Sainte-Anne* – et elle est retournée à ses torchons ——— des mois qu'elle était partie – des mois – et moi j'arrive là – à Sainte-Anne – et je mets du temps à comprendre – à comprendre ce que ça veut dire – mais alors elle est où ? – je demande – elle est où ? – où est ma mère ? – la bonne femme était pas méchante – elle était emmerdée à dire vrai – elle me regardait avec ses gros yeux – des gros yeux tristes – elle était jeune – des yeux doux – elle soupirait – elle tressait ses doigts – et elle me dit ——— simplement ——— elle me dit ——— elle me dit sans trop de son dans la voix ——— elle me dit —— —— *nous avons perdu sa trace* – elle me dit ça ——— —— nous avons perdu sa trace ——— *je suis désolée* —— elle a ajouté —— je suis désolée ——— *votre mère a échappé à notre vigilance l'hiver dernier – et elle est sortie de l'enceinte de l'établissement* ——— *nous avons signalé sa disparition aux autorités – comme le demande l'usage – il y a eu un signalement – mais nous avons perdu sa trace – je suis désolée* ——— elle ne bougeait plus — moi — assis là – cané – je ne comprenais pas tout – je devais avoir l'air complètement idiot – comme les autres – là – dehors – un ahuri ——— c'est après ——— les jours d'après – c'est après que j'ai remis les choses dans l'ordre – un peu – c'est après que j'ai commencé à comprendre – ce qu'elle me disait – ce qu'elle voulait dire – et puis – là

– dans le bureau – elle m'a tendu le dossier qu'elle avait devant elle depuis le début – ce qu'elle avait cherché – là – pendant des plombes – elle l'a retourné – le dossier – pour le mettre dans mon sens – vers moi – elle m'a dit qu'elle n'avait pas le droit – qu'elle ne le faisait pas – ça – d'habitude – que c'était pas dans leurs habitudes – quelque chose comme ça – je ne sais plus – enfin – elle m'a dit – *je veux bien que vous regardiez – quelques minutes – je vous laisse seul – mais vous le laissez là – et quand je reviens* – elle me dit – *vous devrez partir – c'est entendu ?* – elle a laissé un sourire – un vrai – un sourire de confiance – elle m'avait à la bonne je pense – alors elle est partie – je l'ai vue passer derrière les carreaux – puis je me suis retrouvé seul dans le bureau – avec ce dossier gris – pas épais du tout – il y avait des papelards dedans – des papiers tapés à la machine —— ————————————————————— et ———————————————————————— eh —— ——————— dis ——————————————————————————————— ——————— Nicole ——————————————— —— tu dis rien —— hein —— d'accord ? ——————— —— oh ——————————— je suis sérieux Nicole ——————— je rigole pas ——————— ——————————————————————— si tu parles de ça à quelqu'un je peux être méchant ——— hein ? ——————— oh ——— Nicole ———————

——————————————————— je rigole pas ——————————————— tu gardes ça pour toi ———— je te le dis parce que ———— je sais pas — c'est comme ça —— toi et moi c'est pas pareil —— tu vois ——— et parce qu'on est là et —— et —— et que je me dis que tu juges pas – toi ——————————————————— bon ——————— ———— alors ——— voilà ——————— j'ai pas tout compris parce que ça se brouillait – je lisais mais ça se brouillait – alors – d'abord – dans le dossier – dans un trombone – en haut – y avait une photo d'elle ——— et ——— et ——— je ne sais pas comment dire – mais moi ça m'a fait peur ———— elle avait l'air brûlée ——— mais pas vraiment brûlée – elle avait la peau – son visage – fripée – de la peau de lait – mais noir – enfin sombre – du linge sale – et les cheveux tout court – garçon – rasés on aurait dit – toute tondue —— enfin je voyais un visage qui ne me disait rien – rien du tout – à part qu'elle faisait peur – vraiment – un visage terrifiant – la peau épaisse – sombre – ses cheveux comme ça ——— la mère Blanche – elle avait dit – une fois – je m'en souviens – elle avait dit – *ta mère était très belle* – elle était belle qu'elle avait dit – moi je savais pas – rien du tout – mais là – sur la photo – elle était juste – juste – enfin – elle avait l'air de – de ne pas – de pas pouvoir – enfin – et son regard – bon sang – ses yeux – des globes bouffis – des yeux de bœuf – morts – au bord du

champ – tu sais – ça regarde rien – ça fixe on sait pas où – mais c'est mort – c'est tout triste – y a pas de vie – y a rien du tout – et puis elle avait une chemisette – sale aussi – enfin pas propre quoi – c'est tout – ça s'arrêtait à la taille – là – on voyait rien d'autre – juste ça —— et puis dans le reste – dans le dossier – des papelards – des certificats – le certificat d'admission – là – à Sainte-Anne – des observations – avec des tas de mots que j'ai pas tous retenus – qui disaient son état – démence ça je m'en souviens – hystérie – ça aussi – et puis des trucs pas clairs comme – amnésies – perturbations – névrose — tremblements – troubles de la tête – marche avec fatigue rapide – des phrases comme ça – mais – enfin – surtout – enfin – il y a une chose qui – une chose qui reste – là – qui – une chose que je n'arrive pas – qui est – enfin – que – une chose d'elle – tu vois – d'elle – de qui – enfin – de qui elle était quoi – de ce qu'elle – de ce qu'elle faisait – enfin – de sa vie – de sa vie à Paris – enfin – après l'accident – parce que ça – après l'accident de train – je ne sais pas – c'est flou – y a rien de sûr ——— il y a une chose – dans le dossier – quand je le lisais – enfin j'allais vite – je sais pas – je lisais vite – je ne savais pas combien de temps – combien de temps j'avais pour lire – pour être là dans le bureau – alors j'ai lu vite – je feuilletais – je tournais les papelards – mais il y a une chose – une – qui fait que – que tout cela – que c'est pas trop possible ——
———————— c'était marqué – sur un – sur un papier

– c’était marqué – en haut – internement médico-judiciaire ——— en haut — t’avais – *madame* – et tu avais son nom – en haut – Léontine Sanzach – née Naudet – et après – internement médico-judiciaire – et juste en dessous – Infirmerie spéciale de la Préfecture de police – Sainte-Anne – et encore en dessous – t’avais – motif ——————— motif : —— —————— et deux mots ———————————
——————————————————————
y avait marqué – vagabondage et – à côté ——————
———————————— vagabondage et ——————
——————————————————————
——————————————————————
—————————————— prostitution ——————
——————————————————————
————————————— y avait marqué ça – prostitution – vagabondage et prostitution – y avait d’autres trucs ensuite – des tas de notes mais je ne voyais plus rien – enfin si – ça disait qu’elle avait été arrêtée – et puis ensuite internée – là – à Sainte-Anne – et que ça – tout ça – c’était en vingt-cinq – en mille neuf cent vingt-cinq – sur le papelard c’était marqué 1925 – tu te rends compte – en mille neuf cent vingt-cinq – le train c’était en vingt-deux – le père il est mort en vingt-deux – et elle – alors – alors que je pensais – enfin c’était ça qu’on m’avait dit – qu’elle était morte avec lui – dans le train – dans le feu – dans l’explosion – la mère Blanche elle disait ça – qu’ils avaient pris le train

– et qu'ils étaient partis – j'avais compris – j'avais vu le journal – je savais le train – l'accident et tout – je savais – mais elle – alors – Léontine – elle a survécu – tu comprends – elle n'est pas morte là – dans le tunnel – elle a survécu et après – après elle a fait quoi ? – on sait pas – personne ne sait – juste ça – bon sang – ça – elle a fait ça – ça – bon sang – elle a fait le trottoir – voilà – elle a fait le trottoir – mais c'est en vingt-cinq ça – trois ans après – après elle a été internée – à l'hôpital – timbrée – comme le vieux – Sainte-Anne – pendant tout ce temps – plus de dix ans – et nous on allait à la rivière – je vivais en pensant que – que tout cela était comme ça – le train – que c'était ça – que je pouvais plus faire autrement – que c'était comme ça – le feu – le train – leur disparition – et puis qu'il fallait avancer – vivre ———— enfin tu connais ——————————————————— je te jure ———————————————————— ———— après ———— je l'ai cherchée pendant deux semaines —— dans tout Paris ———— je l'ai cherchée partout ———————— avant que la bonne femme ne revienne – là – dans le bureau – à Sainte-Anne – j'avais piqué la photo – dans ma veste – je l'ai foutue dans ma veste – elle a peut-être vu – je m'en fous – en tout cas elle a rien dit ——— je montrais la photo – comme ça – aux gens – on m'avait dit où il y avait les endroits – là où les filles – les filles comme ça – là où elles sont – alors oui – à Pigalle aussi – tu me fais marrer toi – Pigalle – tu vois ce que c'est Pigalle ? – non – alors m'en parle pas ——— je montrais la photo – personne savait – tout le monde faisait la moue – là – comme ça – avec leurs grosses lèvres – on me disait – je sais pas – *va voir par là – demande à Machine – va voir la mère Machin – elle sait peut-être quelque chose* – j'errais – personne savait – rien – rien du tout – je marchais toute la journée – on me jetait – on me disait d'aller voir ailleurs – de foutre le camp – et puis Paris te rejette – ça te mâche – ça te broie – ça te laisse pas tranquille – quand tu t'installes dans un coin on te dit de te barrer – y a des endroits louches – pas clairs – ça pue – j'ai dormi dans le métro – une fois – l'huile de moteur – bon sang – l'odeur de cette satanée huile de moteur – je l'ai encore collée – là – dans le nez – dans les narines – je ne supporte pas cette odeur – parce que j'avais peur – oui – je te le dis à toi – j'avais peur – la nuit – mais je continuais – je demandais – dès que je causais un peu avec quelqu'un je demandais – je montrais la photo – et tout le monde faisait une sale gueule – *non – jamais vue – non – désolé gamin* – elle avait disparu – complètement – personne ne la connaissait ——————————————————— je suis resté là – à Paris – j'ai vivoté – j'ai rencontré une fille – un peu plus vieille – elle m'a aidé – enfin je te passe les détails – les mois ont passé – je continuais à chercher – mais rien – rien du tout

——— et puis ça avait commencé ———
la guerre ——— et tout est allé vite – très vite ———
——— alors j'en sais pas plus – je n'en sais rien – je sais juste que je sais pas —— que je sais pas si je préfère —— je sais pas si c'est mieux comme ça ou avant – si – pour qu'elle soit disparue – morte – ou j'en sais rien – si j'aurais pas préféré le tunnel – dans le fond – pas savoir – parce que c'était bien – aussi – c'était bien de me dire ça – elle et lui – mon père – dans le tunnel – l'un contre l'autre tu sais – pas savoir le reste – savoir ça – et me dire – que – dans le fond – me dire qu'elle a fait ça – je sais pas – et je saurai sans doute pas – je saurai sans doute rien – en fait – où elle est – si elle a voulu me retrouver – en partant – si elle était vraiment cassée – timbrée – folle quoi – je saurai pas où elle partie – où elle est ——— si elle est morte ——— vraiment morte – maintenant – pour de bon ——— — ou qu'on va me dire encore – comme l'autre saleté de mère Gâteau – comme ça – en fait non – ta mère – tu sais – ta mère est vivante ———
je sais pas ——— faut pas chercher ——— faut pas chercher à savoir plus je crois ——— c'est pas nécessaire ——— parfois —— parfois c'est mieux sans —— sans savoir ——— mais ——— mais bon – tu me diras j'ai fouillé – j'ai voulu – hein – j'ai voulu savoir ——— et maintenant ——— maintenant – bah – maintenant je suis pas plus avancé – elle est toujours pas

là ——— c'est même pire – même – quand t'y penses ————————————— elle a disparu – ça change pas – c'est pas différent qu'avant – sauf qu'elle est peut-être quelque part – encore – quelque part encore en vie —— —————————————— et depuis – depuis ce moment – depuis je la vois partout — son visage —— celui de la photo — je crois le voir partout – tout le temps – dans la rue – partout – tout le temps – ça me hante —— ———————————— alors ————— —— je peux pas te dire pourquoi ——— mais —— avant de revenir ici —— là ——— eh bien —— la photo —— ———————————————————

— par la fenêtre du train – je l'ai jetée.

Le corbeau m'invitait à penser aux cimes, à la hauteur, au survol des arbres, à l'écorce ; je le regardais taper du bec, se battre avec un morceau filandreux de viande que je venais de lui apporter ; et je fixais l'aspect ancestral de ses pattes, son équilibre tendu tirait vers moi un banc placide, étrangement, sur lequel je pouvais m'arrêter, penser, réfléchir ; sa nervosité, étalée, longue, dans les crocs de ses serres, le reflet de ses écailles, du blanc de fenêtre, des brisures pilées de coquillages, tout cela me donnait un sursis, dansé, balancé, entre les tempes, une impression de transfert ; il portait à lui seul la violence de l'affamé et je lui opposais, à cet instant, un calme mou de prince, repu, absorbé par un épuisement d'eau – un écoulement. Il tapait du bec et les coups répétés finissaient par laisser des traces, des marques, des rayures sur le bureau. Il cherchait un aplomb, un moyen de saisir les muscles de la viande sans glisser ; il luttait

contre le plat lustré, verni, du bureau et ses pattes en devenaient presque dérisoires, les doigts cherchaient une prise ronde, une branche pour reprendre leur forme de griffe. Il commençait à m'agacer. Il avalait en laissant pendre des fils blanchâtres et il me fixait, de temps à autre, pour interroger ma morgue, mon silence, mon absence totale ; je le lisais comme cela car j'avais besoin d'une confrontation, j'avais besoin qu'on me dise quelque chose, que l'on me rentre dedans, que l'on s'oppose à mon propre manque – j'avais besoin d'Alice. Où était-elle à cette heure-ci ? J'aurais voulu qu'elle entende la voix, brisée, à la fin, de Nicole ; j'avais besoin de son avis, de ses doutes, de sa façon de soulever l'écoute, de la peser, de la mener dans des dérives qui sèchent le poids, rassurent parfois – j'aurais voulu qu'elle voie la façon dont Nicole s'était levée pour sortir, ses yeux enfermés ailleurs, disparaissant à force de parler, et qu'elle me dise pourquoi elle s'était tue, d'un coup, pourquoi elle avait passé la porte en m'offrant son dos écrasé et pourquoi, avant de passer le portail blanc de l'impasse, de loin, elle avait simplement dit, sans se retourner
On parlera de la veste une autre fois.
Le corbeau picorait sa viande hachée par à-coups. Il m'agaçait sérieusement. Je me retrouvais seul, assis face à lui et mon silence vibrait, littéralement. Je labourais le bureau avec ma cuisse qui, à force de remuer, de frapper, de faire trembler le bois, faisait reculer, craintivement, les saillies

de son bec. Je voulais lui faire peur, le gêner, jouer un peu, retrouver ma force. Il n'y a pas à dire, je sentais monter une vague poussive, grise, quelque chose au fond, une frustration lente ; l'absence d'Alice, mes trois derniers messages qui étaient restés sans réponses et qui me faisaient présager le pire, c'est-à-dire l'éloignement définitif, la séparation franche, sans trêve ; le flot niché, percé, de Nicole, les bords glissants, huileux, de sa parole et de la vie d'Onésime ; toutes ces questions qui s'accumulaient, qui restaient là, qui grossissaient à mesure que mon propre silence s'épaississait, tout ce qui paraissait nécessiter une virulence, un corps plein, aux aguets, prêt à se battre, à accueillir, à endurer, tout cela me renvoyait à mon impuissance, à cet arrêt morne, là, dans le bureau face à cet oiseau noir ; je me prenais dans les os, au fond du ventre, un présent buté, dépassé et sans attache ; la vie d'Onésime m'assiégeait de plus en plus, jour après jour, et je n'y pouvais rien ; je ne me débattais pas, je ne cherchais pas à fuir les murs de la maison de l'impasse ; non, bien au contraire, j'entrais en eux comme on descend dans une cave, je me laissais absorber, guidé par l'aspérité, l'humidité ; l'absence d'Alice, sa distance, sa fuite, son désir intraitable, clamé par son silence, de ne plus me voir, de ne plus entendre parler de moi, tout cela m'amenait à m'enfoncer plus loin encore, à descendre un peu plus, à écouter le contrepoint de la vie d'Onésime ; non pas pour y chercher une piste de mon inconfort, pour y puiser un lien sanguin, lointain, généalogique, qui me permettrait de renouer avec mes armatures ; non, j'avais besoin d'une histoire, d'une fiction, d'un moyen de combler l'attente et le vide, la peur du vide – du vide boulimique qu'Alice avait laissé derrière elle, qu'elle était en train d'installer en moi, qui commençait à m'assaillir chaque jour un peu plus, me laissant nivelé, aplani par la défaite. Je me mis à taper un peu plus fort sous le bureau, avec le pied, cherchant cyniquement la zone d'inconfort, de déséquilibre, du corbeau. Je cherchais la vibration, le léger tremblement sous le bois qui ne serait pas loin, pour lui, de la torture, une gêne nerveuse, impossible, qui ferait battre plus férocement son cœur, mitiger sa pompe, le forcerait à bouger et à abandonner la viande. Il y avait quelque chose de sadique, du jeu de môme, d'écartèlement de grenouille, une envie d'explorer à nouveau ma puissance, ma supériorité, cette façon déroutante d'asseoir ma taille, de lui donner du poids, de la mesure, de l'audace ; cette façon que l'on a de ne pas abandonner les muscles frêles, trop incertains, de l'enfant. Je faisais trembler le bureau, je souriais un peu, sournoisement, faisant semblant de ne rien sentir, moi, de là où j'étais ; l'enfant encore qui jouait à tordre les choses, avec sa force brève, tout en jouant l'indifférence. Le corbeau ouvrait le bec pour me montrer son impatience, sa nervosité ; et je continuais de plus belle, je le martyrisais un peu plus, tapotant encore, plus fermement pour transformer le tremblement en séisme, l'inconfort en danger. Je voulais qu'il baisse la garde, que l'on renverse la norme, la peur, la vibration de la chasse, être rapace et qu'on se vole dans les plumes, une bonne fois pour toutes. Mais il a fait un pas de côté, puis un autre ; et il s'est envolé vers la fenêtre, la viande gisante, volée, dans le bec ; et je ne l'ai jamais revu.

SECONDE PARTIE

Onésime, 20 ans, tremblait. Ses mains étaient presque bleues à force d'être comprimées sous la table, et il fixait la vitre. Devant lui, une miche de pain et un œuf plat, baveux, gras. Au loin, derrière le carreau sale, la cheminée de l'usine d'aviation crachait un panache de brume, de silence et d'indifférence. Il fallait attendre encore un peu, attendre en mangeant un œuf puis s'en aller, comme si de rien n'était. Onésime cherchait sa respiration, il devait réguler, souffler bas ; sa peur l'encombrait, elle le rendait mou, joufflu, gros, elle lui collait une forme pouponne de gosse et ça lui donnait des vertiges noirs ; il n'avait pas fait ça pour avoir l'air d'un môme ; c'était justement tout le contraire, il venait de prouver que, désormais, il était bel et bien un homme ; mais pour cela, il fallait attendre encore un peu, attendre le son ; celui qui éclatera derrière le rond penché des Trois Croix, là-bas, derrière le vallon ras où l'usine chavirait la perspective avec son ventre en cube, ses câbles hirsutes, ses transformateurs et ses cuves. Il jurait entre ses lèvres : si les crayons allumeurs fonctionnaient correctement, il restait environ une heure à attendre ; bon sang, ça lui paraissait une éternité. À côté de l'âtre, ici, dans la cuisine de la Mémène, il y avait une horloge violon, gaine sapin, corniche droite, debout ; Onésime y revenait sans cesse mais le balancier lyre ne bougeait plus, la Mémène l'avait arrêtée en signe de deuil depuis la mort de l'Épine, son jules, une semaine plus tôt. Alors, dans la pièce, le temps était plus lourd qu'à l'accoutumée, il prenait des tons de pétrole épais, d'impossible mesure ou de masse écrasante et le silence de l'horloge pétrissait le tout en y ajoutant une volée d'impuissance ; Onésime cherchait à faire avancer les minutes en changeant d'axe, de point de vue, passant de la fenêtre à ses mains bleues, de l'horloge immobile à son assiette froide. Il n'avait pas faim. Son ventre était aigre, fermé, cimenté ; il n'était pas question d'avaler quoi que ce soit avant d'entendre le son qui viendrait redresser sa présence, sa joie, sa force d'homme accompli, rescapé de lui-même, une bonne fois pour toutes, après tout ce qu'il avait fait et subi ; il était temps, selon lui, de savourer l'expression d'une victoire. Il se leva d'un trait, fatigué d'être immobile, il jeta une cigarette entre ses dents et commença à la fumer en fixant l'horizon, il rageait contre le temps trop long et il ne supportait plus de voir, là-bas, l'abdomen encore trop vif de l'usine, son panache, sa marche insatiable. Il y avait de cela, dans son impatience : l'impression douloureuse que chaque minute comptait, que chaque bouffée d'usine était une mesure de la guerre elle-même, qu'il se jouait là, dans la somme des brumes noires, invasives, de chaque cheminée d'usine, le vol entier de l'occupation du sol, de la main-d'œuvre et de la production elle-même ; et qu'il fallait y mettre fin le plus vite possible, qu'il était temps d'empêcher la marche des chaînes et d'enrayer définitivement le cours des choses. Depuis la première explosion, tout à l'heure, plus rien ne bougeait ; mais il ne se passait rien de plus, et Onésime attendait, l'impatience nouée comme une corde. Le temps lui paraissait douloureux, long ; il voulait entendre le son détonant d'un éclair, il voulait voir l'usine éventrée, suffocante ; à l'horizon, pour le moment, un calme insolent. Chaque jour, comme une insulte, il voyait s'entasser les moteurs flambant neufs qui venaient garnir le Reich, farcir la panse des avions de la Luftwaffe ; ces mêmes avions qu'il avait vus tirer sans sommation sur les routes, pendant la fuite, la débâcle, sur tous ces pauvres gens qui fuyaient en s'accrochant aux sommiers, aux baluchons et aux dernières malles. Il fallait attendre. Onésime fumait et la Mémène était silencieuse, derrière lui, assise comme une souche, les mains occupées à rapiécer la veste en cuir d'Onésime, déchirée de haut en bas, sur la hanche droite. La Mémène était une grosse fermière qui avait passé ses premières années à être très jolie puis qui avait laissé tomber le charme, les formes et les guipures pour s'occuper de la cuisine, des gosses et des bêtes, ce qui l'avait rendue large, ferme, charnue puis essoufflée en juin, quand l'été chaud pointait son nez. Sous la couche épaisse de son corps, elle avait gardé des mirages de jeune femme ardente, souriante au jour, prête à l'audace, aux petites fantaisies – au rire éclaté, gras, aux accents de table et de guinguette. Certains la disaient simplette ou pas très fute-fute parce qu'elle avait le sourire facile ; mais il suffisait de voir ses yeux droits, vissés sur le tour possible des événements, son calcul vif, implacable, pour comprendre qu'elle jouait le rôle principal de son existence : elle savait pertinemment ce qu'elle faisait ; et ses airs débonnaires lui laissaient toujours une longueur d'avance face aux hommes qui, avec constance, restaient dirigés par l'exercice de leur simple présence, leur seule certitude molle, lasse, fainéante, d'être là, un point c'est tout. Depuis la disparition de l'Épine, elle avait choisi d'être celle qui rendrait service sans rien demander, sans arrière-pensée ni jugement, silencieuse comme une nonne ; elle aiderait tous ces jeunes qui avaient décidé, eux aussi, de désobéir ; elle serait celle qui ouvrirait la porte, tendrait une poule, des œufs, du lait, elle était décidée à leur donner tout ce qu'ils voudraient tant qu'ils pouvaient rendre la vie impossible aux Boches. Lorsque Onésime était entré dans la ferme, tout à l'heure, elle n'avait pas posé de question.

Dans le cadre de la porte, il était apparu avec un visage en peau de lait, les dents sonores, tremblotantes. Elle avait tout de suite vu l'entaille sur la hanche, sur la veste en cuir, la déchirure large. Elle s'était levée dans un souffle pour lui retirer ses manches en lui disant

Pose-toi donc là – je vais te faire un œuf.

Elle lui avait donné une tape sur la joue pour espérer y puiser du sang ou roussir sa détresse, lui donner un peu de feu ; mais Onésime était resté sourd un moment, se laissant faire, assoiffé. L'usine rugissait encore dans son torse. Il ressentait, là, assis à table, le bruit infernal de la mécanique, les vrombissements, les saccades, les forces répétées, le galop ininterrompu, les notes acides de rails, de fer, d'étincelles ; et les cris cachés des manœuvres, leurs signaux sonores, enfouis mais rauques, blottis sous le tumulte, leur voix française qui en disait long sur la répartition inaudible des forces, de la lutte en cours ; car le paradoxe était là, sous les yeux, la tablature inversée des sons ordinaires : on pouvait parler la même langue, hurler français, rouler des mécaniques et, par la force des bras, farcir le Reich. Onésime ressentait encore, de long en large, à travers corps et fluides, l'alchimie irréelle qui nivelle l'adrénaline, ce qu'il avait éprouvé de si neuf lorsqu'il était entré dans l'usine après des semaines d'embauche et de repérages. Il pouvait encore toucher par les sens ce sentiment vif d'une puissance ébahie, gueule ouverte, qui peut rugir, mordre et forcer le temps lui-même, le briser, arrêter le cours des choses ; ses seules mains pouvaient désormais fondre le métal des transformateurs et des cuves, les faire sauter et, au loin, derrière la ligne bleue des Vosges et du lit tumulte du Rhin, là-bas, au loin, il pourrait enfin, comme il le répétait à Nicole, faire chier Hitler. Le rouge vif, luisant noir, du cou scié d'une poule : c'est comme cela, par cette image claire, qu'Onésime, tous âges confondus, décrivait le sentiment ferme de la peur mêlée à l'adrénaline, mais aussi au pouvoir, à cette prégnance diffuse de la pâte molle argile, ce plastic explosif, que l'on modèle, roule, façonne selon son propre désir ; cette matière noire qui gonfle la totalité nerveuse du corps, qui lui donne son axe, sa droiture et, quelque part, coincée, cachée, sa vigilance. La couleur rouge vif, le cou scié d'une poule : il y avait, dans la palette d'Onésime, ce portrait étrange d'un sentiment qui lui appartenait tout à fait, cette image blottie ailleurs, sans doute dans son enfance, qui avait refait surface dans l'usine puis dans d'autres circonstances, le rouge vif et le cou scié d'une poule pour dire cette alchimie fauve, ce sentiment substance, absorbé, qu'il cherchera à retrouver sans cesse ; l'odeur du sang, peut-être, mais surtout le bout de chair luisant, faible, caoutchouteux, humide ; ce petit organe mince filandreux que l'on peut tordre avec une seule main. Lorsqu'il était entré dans l'usine, ce jour-là, il avait peu mangé et son ventre se tordait, tirait pour lui rappeler autant la crainte que le manque de pain. Il était entré comme les jours précédents, le visage fermé, sans intention, sans sourciller, répétant les gestes mécaniques, injonctifs, obligatoires, devant l'occupant. Dans son sac, cuir rabattu, sous son casse-croûte, Onésime avait disposé trois briques de plastic et trois détonateurs. Le matin même, une aube de sapin, avec Matriolet, ils avaient malaxé la pâte molle, comme des mômes, ils avaient fait des petites briques avec leurs paumes, silencieux et concentrés ; il y avait, dans la pièce, une odeur cuivrée de première sueur, de poils frais, un arôme adolescent d'épine. Ils étaient partis tous les deux, camarades, après s'être donné une simple tape virile, sur l'épaule ; casquettes écrasées et sacs en bandoulière, ils étaient partis rejoindre la lisière des sapins où avait disparu l'aube et où, derrière un téton de karst, se dessinait le dos de l'usine. Ce jour-là, comme les autres jours, il y avait eu une fouille distraite des sacs ; les actions terroristes étaient encore loin, éparpillées dans d'autres régions ; ici, paraît-il, les jeunes se tenaient à carreau, et tout ce petit monde se comportait bien, avec courtoisie, ça souriait, ça rigolait même ; il n'était pas rare de voir des gars du coin trinquer avec un Allemand, en fin de journée, au pied des vignes ; on disait même que certaines femmes étaient ravies de voir ces grands blonds, bien élevés, qui profitaient, certes, mais qui ne faisaient pas trop de mal, en fin de compte. Si ça pouvait durer comme ça jusqu'à la fin de la guerre, alors pourquoi pas ; mais c'était bien cette laque épaisse, bitumeuse, loin des sentiments intérieurs, des cous sciés, des rouges vifs, qui avait permis aux uns et aux autres, comme Onésime, de s'organiser en sourdine, passant des graffitis nocturnes aux croix de Lorraine, aux tracts, aux briquettes d'argile, à la pâte molle, aux explosifs. Quelques jours plus tôt, Onésime avait tout de suite dit à Alias

Je vais le faire – tu peux compter sur moi —— pour sûr je vais le faire.

Il avait dit cela sous le pont épuisé, cassé sur la Grande Sauldre, il avait dit cela à Alias ; il pleuvait des trombes de film noir, un rideau tiré de pluie épaisse, le tout éclairé au bleu lune, et un long glouglou d'épandage ; Matriolet était là aussi, ainsi que Jus de Chique, les mains dans les poches, qui donnait toujours l'impression de sourire devant un porc qu'on égorge. Alias dirigeait le secteur, il répartissait les tâches, commandait, ordonnait. On savait peu de chose sur lui mis à part qu'il était allé à Londres, qu'il était aviateur, qu'il en connaissait un rayon en la matière, qu'il connaissait du monde, du beau monde, et qu'il n'était pas question de se mettre à dos un type de sa trempe. Un matin, alors que Matriolet, Onésime et Jus de Chique rentraient de l'usine, un intendant d'Alias, un type froid, attendait devant la ferme de Matriolet ; un type inconnu, fin, la trentaine confite, il fumait sans bouger sur le banc, devant la porte. On était rentrés dans la cuisine. Matriolet avait ouvert un pinot noir et le type avait simplement dit qu'Alias savait ce que ces trois-là magouillaient, qu'il savait pour les tracts et les graffitis et qu'il voulait les rencontrer. Tel jour. Sous le pont de la Grande Sauldre. Par l'effet de l'eau vive et de la nuit en dentelle, Onésime avait été surpris par le visage d'Alias, sa beauté américaine où glissaient un sacrifice, une jeunesse achevée, déjà en cortège, une assurance d'homme du monde, façonné, kilométré, il était allé loin, très loin, il avait mesuré son épaisseur pour mieux revenir à l'essentiel, à la mesure, à l'uniforme taillé d'un homme ; face à ce visage, Onésime s'était pris une gifle d'orgueil, un contrepoint en miroir. Tous les trois, là, Matriolet, Jus de Chique et lui, paraissaient être des combattants de fond de cale, des pirates de province, sans esprit ni élégance, engourdis dans leur adolescence paysanne, jeunots dans leur sourire, un peu niaiseux, armés d'une audace godiche ; Onésime avait été piqué au vif car oui, Alias l'impressionnait, il lui renvoyait la précision imparfaite de la vie d'homme, mêlée de pouvoir et d'ombre ; et c'est ça, se disait-il, qui devait tant plaire aux femmes. Onésime, 20 ans, venait de vivre son premier effet de diffraction, cet écart de palais des glaces, une de ces rencontres qui mènent à entasser des bris de miroirs pour coller un portrait de soi-même ; d'un bond, en lui, une évidence se dessinait, claire : il voulait être cet homme-là, il voulait être Alias, et il y arriverait. Sous le pont, nappé de pluie, ça sentait la boue et une odeur féroce de cuir, un mélange de vache, de goudron et d'huile de vanille. La densité inconsciente des rencontres se joue parfois au nez sauvage des attirances : Alias, au gré de ses mots et de ses gestes, amples à force d'ordres, dégageait cette odeur de cuir brun ; il saturait la voûte du pont d'un souffle gitan, de savane, qui venait se loger dans la partie inviolable d'un non-dit, dans un tréfonds nivelé d'Onésime, cryptique, piqué d'alvéoles, où se jouait une alchimie mêlant désir, rage et un appétit vorace, inconsidéré, de posséder le corps d'un autre ; d'habiter la texture de sa peau comme on enfile une tunique de soie ; ou de jouir de son corps et d'en profiter, sans ménagement, sans arrêt, jusqu'à l'éteindre pour le remplacer, littéralement. Alias portait une veste de cuir d'aviateur trois-quarts réglementaire balafrée, ceinturée d'un charognard ; sous le bleu filtré par la pluie, ça le rendait lustré, luisant, ciré au clair de lune. Il s'exprimait avec précision, à coups de phrases économes, courtes. Il connaissait le coin, il pouvait citer les villages, les lieux-dits, les fontaines, les routes, les chemins de traverse, les bois, les églises ; il parlait sans cartes mais il pouvait tracer, à l'air libre, la topographie et les reliefs, suivre du doigt les obstacles. Tout ce qu'il disait était limpide, indiscutable ; on entrait dans le giron de sa voix sans forcer, avec calme et assurance, on aurait pu le suivre, sans broncher, dans un désert. Onésime était saisi par sa confiance. Alias leur parlait directement, à eux, comme à des camarades : il leur

proposait une mission lourde, difficile, périlleuse, il leur proposait d'en être, de faire sauter l'usine, d'en être pour de bon, de faire leurs preuves, de montrer leur courage – pour ensuite serrer les rangs, entrer de plain-pied dans la lutte et, qui sait, être comme lui.
Qu'est-ce que tu regardes petit ?
Quoi ? – ah non – rien ———— rien du tout.
Onésime – c'est bien ça ?
Oui – c'est ça —— à tes ordres Alias.
On m'a parlé de toi —— en bien ——— il paraît que tu gères bien ces deux-là —— alors c'est toi qui vas t'en occuper ———— de l'usine —— tu vas t'en occuper – tu vas le faire ———————————— on veut savoir si on peut te faire confiance ——— si tu peux commander.
Je vais le faire – tu peux compter sur moi ——— pour sûr je vais le faire.
Sous le pont, il y avait eu un silence d'eau vive, et le dégagement d'un sourire, d'une décontraction – quelque chose de cour de récréation, d'enfantin ; cette suspension des mains qui se serrent après avoir exposé les règles avec sérieux, cet instant glissé, excitant, où le jeu peut enfin commencer.
Alias sortit de l'intérieur de sa veste un paquet de Woodbine qu'il tendit aux trois garçons qui, à force de faire du surplace, grelottaient un peu. La flamme bavée, forte, du Zippo mit un terme aux contours anonymes, chacun pouvait enfin voir les arêtes, aléas et tracés des visages. En allumant la

cigarette d'Onésime, Alias se plongea dans ses yeux océan, gris, presque translucides ; ils se fixaient tous les deux dans un étrange face-à-face ardent, chaud, sans plisser, pour finir la jauge, appuyer l'un et l'autre leur rencontre et sceller le jeu de mort dans lequel, indéniablement, ils consentaient à entrer en silence. Derrière le paravent de pluie, dehors, il restait bel et bien leur enfance, à eux quatre – les champs couverts de pollen, de printemps, de joie, ces mêmes lieux où chaque été ils espéraient croiser Nicole, pétrir l'air, voir bondir ses seins, ces espaces dont ils étaient garants, architectes, barons d'imaginaire, ces vallons qu'ils façonnaient en fonction de Jules Verne ; quelque part, tout cela était désormais terminé, les lieux se transformaient en carte d'état-major et les bâtons en fusils-mitrailleurs – ils venaient de décider, tous les trois, Onésime et les autres, qu'ils pouvaient mourir pour rien, là, en pleine jeunesse. Ils ne mesuraient sans doute pas les risques virulents des pinces et des tortures, des barbelés étalés du Reich, ils n'imaginaient sans doute pas, Matriolet et Jus de Chique, courbés sous le pont, ce jour de pluie, qu'ils allaient finir gelés, morts l'un contre l'autre, noués dans un amas d'hommes, vitrifiés, sur une palette d'un train jeté sur les rails, entre Auschwitz et Bergen-Belsen.

Eh —— c'est ma veste que tu zieutes comme ça depuis tout à l'heure ?

Alias avait simplement retiré sa veste en cuir, accompagné par la sonate d'eau et par le silence des trois jeunes hommes qui le regardaient faire ; Onésime attendait, le regard planté sur l'effeuillage, inattendu, d'Alias – il y a des gestes dont on se souvient ; le son cintré du cuir, le visage ferme, dirigé, du jeune chef de la Résistance ; Onésime n'apprendra qu'à la fin de la guerre le vrai nom d'Alias, Roland, et c'est après le conflit, sur les ruines chaudes, qu'il comprendra à qui il avait eu affaire ce jour-là ; le grand Roland, celui qui quelques mois plus tard se fera appeler Chemin et qui frôlera à plusieurs reprises le sort des martyrs, de ceux de l'école normale de Nevers, ceux qui prirent l'apparence d'un mort, tordu, déformé, hanté par la douleur, la torture, avant d'être fusillés dans une cave, la tête mordant les copeaux, le sable, ratissés là, étalés par couches pour absorber le sang incessant, vif, ruisselant de la Nièvre. Ce geste du don, tendu, de la veste, Onésime y pensera souvent, tous âges confondus, cette marque intime de confiance brouillée par la pluie, l'obscurité bleue, la suspension quasi picturale de la scène – cette origine de la résistance d'Onésime, ce moment où tout était en train de poindre, de commencer, de prendre forme ; ce basculement que l'on peine, après coup, des années plus tard, à mesurer tout à fait ; et qui trouvait pourtant là, sous le pont, le long des manches découvertes d'Alias, un condensé d'architecture, d'assise, de fondation : Onésime endossait son premier uniforme.

Tiens – prends-la – j'en ai une autre ———— je te laisse le paquet aussi.

——— – – – – *grésillement* – – – – ——— c'est là —– c'est là que nous avons reçu l'ordre de faire sauter la SNAC – l'usine – c'était en septembre – en septembre quarante-trois – on avait étudié l'affaire – avec Matriolet et Jus de Chique – après la rencontre avec Alias – sous le pont de la Grande Sauldre – et on avait tiré les conclusions suivantes ——— puisqu'il n'y avait pas moyen de faire sauter l'usine avec de gros effectifs – trop risqué – par une attaque en force – de nuit – on allait tenter la chose – de jour – avec un petit commando ——— – – – – – *grésillement* – – – – ——— mais faire sauter l'usine – c'était bien gentil – un beau projet – mais encore fallait-il savoir utiliser le plastic – or personne – personne d'entre nous ne savait comment ça fonctionnait – personne ne savait ce qu'était une amorce – ce qu'était un crayon allumeur – personne ne savait ce qu'était – dans son emploi et résultat – un pain de plastic – et bien entendu – personne ne savait ce que cela pouvait produire en vrai – comme dégâts ——————————————— comment on a appris ? – eh bien – on s'est informés – on bricolait —— dans mon sous-sol – j'avais installé un établi – je faisais un peu de travail au noir – en plus de l'usine – comme tout le monde – et on a fait des essais – ça s'est passé un jour – en plein midi – rue du Quatre-Septembre – dans la courette – je n'avais pas mis de plastic – j'avais simplement tenté l'expérience avec un crayon allumeur – et une amorce – pour savoir – pour voir – alors on a amorcé le crayon – on a contrôlé l'heure – et on a contrôlé comment ça marchait ——— on avait convenu – avec Matriolet et Jus de Chique – qu'on ferait le sabotage en plein jour – à midi – au lieu de sortir de l'usine – pour déjeuner – comme tout le monde – on se laisserait enfermer à l'intérieur —— Bétin – qu'était un brave type – devait être dans le coup – mais déception pour lui – deux jours avant – en déplaçant une machine – il a attrapé un tour de reins – si bien que le pauvre gars n'a pas pu nous accompagner ———— – – – – *grésillement* – – – – —— je dois dire aussi que dans l'usine – au réfectoire – il y avait Nicole – notre agente de liaison – elle travaillait au réfectoire – elle devait servir à table – aussi bien les Allemands – que les autres – et ensuite – elle avait à faire la vaisselle et le ménage ——— ce jour-là – le jour du sabotage – elle avait pour ordre de rester chez elle – elle n'a pas participé à la mission —— car elle sortait de l'usine – à cause du réfectoire – plus tard que les autres – son emploi du temps l'obligeait – tous les jours – à sortir après l'heure du couvre-feu ———— alors il ne fallait pas qu'elle soit encore là – au travail – alors qu'on allait faire sauter l'usine – après le travail —— enfin —————— d'ailleurs – pour justifier sa présence – dans les rues – après le couvre-feu – les Allemands l'accompagnaient – dans la rue – jusque chez elle ——— c'était difficile – pour elle – la compagnie de ces messieurs n'était pas agréable – elle nous le disait – et puis ça prêtait à des commérages – des rumeurs – alors qu'elle travaillait pour nous ———————— ———— – – – – *grésillement* – – – – ——————— —— le matin – on s'est rendus au travail – comme à l'accoutumée – le plastic était dans ma musette – sous les casse-croûte – à midi – midi moins le quart —— au lieu de sortir – on est restés sur place – et on a attendu la sirène – que la sirène fonctionne – enfermés dans les W.-C. – on a laissé partir tout le monde – et après – quand tout le monde est parti casser la croûte – on est sortis ——— quand on avait établi notre plan – notre plan d'action – il s'était révélé que Matriolet connaissait parfaitement le poste – le petit poste où se trouvaient les clefs du local – du local des transformateurs – car c'était là – dans le plan – qu'on avait décidé d'agir ——— il faut encore préciser que dans cette usine – à la SNAC – ces transformateurs étaient répartis en deux locaux – l'un était à côté des bains – l'autre dans le fond de l'usine – du côté des tours – des grosses machines —— donc ces transformateurs étaient en somme le cerveau de l'usine – ce n'était pas la peine de frapper ailleurs – alors qu'il suffisait de faire sauter ces postes-là – ces deux postes-là pour tout arrêter —— l'un des locaux en contenait trois – et l'autre quatre – cela faisait donc sept – sept transformateurs au total à neutraliser —— on avait bien entendu préparé une charge pour chacun d'eux —— ainsi – pendant cette heure de midi —— on est allés – tout simplement – décrocher les clefs au tableau – sans nous faire trop de soucis – Matriolet et Jus sont restés à l'extérieur – à l'extérieur du premier local – pour monter la garde – tandis que – tout simplement – grâce aux clefs – je pénétrais à l'intérieur – avec le plastic – et les allumeurs ————– – – – *grésillement* – – – – ———————————— j'avoue que je n'avais jamais vu de transformateurs d'aussi près – et je dois dire que c'est dangereux – tellement dangereux que je ne sais pas si – aujourd'hui – je recommencerais – mais à l'époque on faisait pas attention à tout ça – c'était quand même des transformateurs immenses – chauds ——— en me glissant en dessous – en tendant la main – j'ai placé une charge – sur chacun d'eux – et – bien entendu – je me suis arrangé pour qu'elles ne soient pas visibles —— au premier poste tout s'est bien passé – avec précaution – on a refermé la porte derrière nous – et tout s'est retrouvé tel quel – qu'avant – qu'avant notre arrivée ——— on avait placé des crayons avec un retard d'allumage de huit heures – car on voulait que l'explosion se produise après – quand l'usine serait à l'arrêt – et surtout – quand tout le monde – tout le personnel – serait hors de danger – à la maison —— ainsi – en écrasant le crayon à midi – on avait calculé que huit heures plus tard – l'usine serait vide ———— à ce sujet – il faut que je précise qu'au départ – on n'avait aucune notion sur le rapport – le rapport qui existait entre la couleur du repère – sur le crayon – et le retard – le retard auquel cette couleur correspondait – nos essais avaient porté sur une seule couleur – une couleur qui déclenchait l'explosion huit heures après – je me souviens – c'était le jaune – j'avais donc pensé – on va prendre tous les crayons de la même couleur – le jaune – voilà le pourquoi des huit heures de retard —— théorique —— de mise à feu ——— donc – le premier poste de transfo étant prêt – on s'est rendus vers le deuxième – pour procéder à la même opération – nous avons pris les clefs au tableau – j'ai ouvert la porte – j'ai pénétré à l'intérieur – j'ai placé mes charges – bien – mais alors cette fois-là – j'ai eu un drôle de pépin – qui aurait pu avoir de graves conséquences ——————— en écrasant les crayons – eh bien – il y en a un qui est parti tout de suite – heureusement que je n'avais pas retiré la goupille – la goupille de sécurité – sinon je ne serais pas là – plus là pour vous parler ——— alors – à ce stade – ne pouvant plus la retirer – la goupille – sans provoquer une explosion immédiate – j'ai été obligé de mettre un deuxième crayon —— après une bonne suée – j'ai placé mes engins où il fallait – sous les transformateurs ——— je me souviens – je suis resté accroché à une tige de métal – en dessous d'un transformateur – ma veste est restée accrochée – et – dans la précipitation ——— déjà agité par cette histoire de crayon —— je me suis sorti de là d'un coup – et j'ai laissé une balafre dans le cuir – de haut en bas —— c'est un détail – mais c'était pas n'importe quelle veste – c'était celle d'Alias – donc de Roland Champenier – chef FTP à ce moment-là – donc c'était pas la veste de n'importe qui —— enfin —— j'ai refermé la porte – et on est allés ranger les clefs à leur place – sur le tableau — inutile de préciser qu'au repas de midi – on n'avait guère d'appétit —— si dans l'action on avait gardé notre sang-froid – au calme – autour de la table – la tremblote nous empêchait d'avaler une bouchée ———————————— – – – – *grésillement* – – – – ———————————— – – – – – ——————— lorsque les sirènes de l'usine ont annoncé la fin de la pause – on s'est mêlés aux autres – pour nous rendre au travail – comme si c'était normal – pour éviter de nous faire repérer ——— de temps en temps – dans l'après-midi – Matriolet – ou Jus – ils allaient rôder – vers les transfos – pour voir s'il se passait rien d'anormal – si rien n'avait été découvert – si tout le monde était à son travail – et comme y avait rien d'anormal à signaler – y avait plus qu'à attendre vingt heures – rentrer chez nous – et attendre les explosions ——— ce bruit nous indiquerait que la mission était réussie —— —— seulement – il y a – comme on dit – des impondérables —— ce qu'on n'avait pas calculé – ce qu'on n'avait pas pensé – c'est qu'un transformateur – en marche – il dégage de la chaleur – beaucoup de chaleur – et de cela – par ignorance – on n'avait pas tenu compte dans notre programme — ce chauffage a accéléré la marche des crayons – elle a été si bien accélérée que ça a déclenché le système prématurément ——— tout à coup — au lieu de vingt heures – comme prévu – à notre grande surprise – vers dix-sept heures trente – on a entendu une explosion – soit une demi-heure avant la fin réglementaire du travail ———— nos regards se sont croisés – on était atterrés ———— heureusement pour nous – le poste qui explosa – le premier donc – c'était le plus petit – celui qu'on avait préparé en premier – toute la devanture – le tableau – tout a été projeté – violemment – sur le mur d'en face —— et par chance – personne ne se trouvait là – et il n'y a pas eu de victimes ————— par contre – cette explosion attira du monde – beaucoup de monde – tout autour – y a eu un grand rassemblement d'ouvriers – de cadres aussi – on entendait les discussions – autour de nous – j'ai entendu certains qui disaient que c'était un sabotage – par des parachutistes anglais – chacun expliquait la chose à sa façon – nous on se taisait – on pouvait rien faire d'autre – on disait rien —— — le directeur de l'usine est venu – en personne – avec les responsables – pour voir – pour voir ce qu'il en était —— et ils ont conclu que le transformateur avait été saboté – alors ils ont déclenché le dispositif de sécurité – pris des mesures —— avec Matriolet et Jus – on était là – comme les autres – comme tout le monde – mais pleins d'angoisse – on pensait que – d'un moment à l'autre – le deuxième poste pouvait sauter à son tour —— si une nouvelle explosion se déclenchait – avec toute cette foule – on se disait – quelle boucherie ça va être ———— en raison de l'arrêt du courant – dans l'usine – la direction – avec les Allemands – a ordonné la fin du travail —— ils ont fait sonner les sirènes – et tous les gars ont commencé à partir —— j'étais sacrément chamboulé – je dois dire —— on s'est séparés – comme prévu – un peu plus loin – sur la route —— et je suis allé – comme prévu aussi – chez la Mémène —— Germaine Pasquet – qui nous aidait – nous cachait – nous filait un coup de main de temps en temps ——— son mari – l'Épine qu'on l'appelait – il venait de mourir —— je suis allé chez elle – et puis — à ce moment ————————————————— – – – – *grésillement* – – – –

L'explosion venait de gifler la vitre. On ne mesure pas ce que cela fait de retourner un paysage, de lui imposer le timbre hurlant de son propre cœur ; que ce soit lui, là, en face, qui vous réponde, qu'il se mette à battre la cadence à votre place, qu'il vienne débarrasser le poids de l'attente, l'inquiétude et les doutes ; Onésime venait d'assister à un renversement brutal : soudain, grâce à lui, l'horizon était en flammes. La Mémène leva le nez, sidérée ; elle laissa tomber la veste en cuir qu'elle avait étalée sur ses genoux de tuiles, et elle se dirigea vers la fenêtre où, comme un gamin débordant, intenable, Onésime hurlait sa joie. Il avait les bras levés, droits, il faisait le V de la victoire sans s'en apercevoir ; debout devant la vitre roussie par la perspective, l'horizon en feu, il répétait – Haha – Haha – un cri joyeux aux accents amérindiens, un rire aux mots pleins, prononcés distinctement – Haha – qui sonnait autant comme un jeu d'enfant que comme un cri de guerre – Haha – et ça venait ponctuer l'ultime défi, le commencement d'une force, d'un pouvoir presque démiurge : il pouvait faire sauter l'horizon, retourner un paysage, faire chier Hitler ; lui, gosse de ferme, il pouvait réformer l'Histoire ; ils allaient voir, tous, ils allaient voir ce dont il était capable, tous, ils pouvaient déjà le sentir, l'entendre aux quatre coins des champs. Onésime s'imaginait distinctement, les deux mains désormais posées sur le crâne, les regards de tous les fermiers des alentours, leurs visages tournés vers l'horizon rouge, il les entendait se retourner vers leurs femmes et dire que quelqu'un – *quelqu'un* – avait saboté l'usine d'aviation. Au fond d'Onésime s'installait l'aplomb d'une première certitude : il pouvait être *quelqu'un*, il pouvait malaxer la pâte molle des paysages, changer le cours épuisé des choses et déplacer les pauvres drilles qui les peuplent en silence – et, raclé sur les parois d'une confusion, d'un sentiment diffus presque timide, Onésime ressentait à cet instant un choc modelé, esthétique ; son regard s'ouvrait à la texture neuve du décor étalé contre la fenêtre ; oui, pour lui, c'était beau. Le mois de septembre avait déjà roussi quelques poignées d'arbres et la nuit tout juste tombée, bleue encore, offrait une vision picturale. Il ne regardait plus le paysage de la même manière. Face à lui, son paysage natal prenait des notes inversées ; ce qu'il voyait n'était plus seulement la terre mère, celle qui l'avait vu naître, celle qui l'avait nourri, elle n'était plus seulement la terre à défendre, à protéger, le champ de bataille ; elle devenait la toile possible d'un repentir, d'une retouche, un moyen de se reprendre, de recommencer, de modifier, d'inverser la courbe terne des couleurs. D'ici, de la fenêtre, on pouvait voir les vallons couchés où, en son cœur, l'usine paraissait être un feu de camp démesuré, elle se consumait, et on pouvait voir une longue traînée ardente. Onésime tendit les mains vers la fenêtre, ses paumes ne tremblaient plus et, par le jeu de la perspective, il fit mine de se réchauffer, de se frotter contre la chaleur de l'horizon. Bien plus loin, derrière les bois, les explosions successives, lointaines, sourdes et rythme diable, avaient fait trembler le front de Naudet qui, à moitié ivre, léchait le fond de son assiette. Blanche avait levé le nez, silencieuse depuis des lustres ; elle avait fixé l'œil du Naudet, face à elle, craignant qu'il ne se retourne comme le paysage, qu'il ne se laisse ronger par la démence ; mais il restait léchant, lapant le fond de soupe, affamé, fatigué par l'attente et la vieillesse. Depuis le départ d'Onésime à l'été trente-neuf, ces deux-là ne parlaient plus beaucoup, ils étaient comme figés par le sort, par l'absence du garçon. Onésime leur avait écrit quelques lettres lacunaires, un ton de carte postale ; Naudet et Blanche ne savaient rien de sa présence dans la région, ni de ses activités ; ils vivotaient en oiseaux rares au milieu de la fatalité basse des campagnes, de ce qu'elle offre de temps subi et d'écarts de lunes ; ils n'avaient pas vu venir la guerre, elle était arrivée plaquée sur le seuil en l'espace de quelques nuits, imposant son lot de lois, de couvre-feux, d'obligations et de rationnements ; à leur âge, il fallait suivre, ils n'avaient pas d'autres choix, suivre le courant des corps ennemis, jeunes, qui venaient imposer leur contre-courant et leur vision de l'Histoire ; Naudet sombrait jour après jour dans un silence malaxé, consistant, qui terminait sa structure, délimitait les contours de son ossature morne de vieux paysan ; en quelques années, le temps avait taillé sa dernière silhouette promise au cercueil, une allure basse, mincie, courbée, hébétée, sans doute sidérée par les à-coups ininterrompus des décennies qu'il avait vues passer sur son corps ; cette guerre-là, arrivée de loin, poursuivait la chronologie des ruptures et des bassesses, cette façon hasardeuse dont la vie, selon ses dires, avait cherché à le laisser intranquille ; alors que le corps large de Naudet, s'il avait pu, si on lui avait laissé le choix, c'est-à-dire si on l'avait tout à fait sorti des contingences, si on l'avait accroché à une forme d'immanence, alors le corps de Naudet aurait pu suivre la tranquillité des gestes, la reprise sonore de la surprise, d'être là, de vivre ici et pas ailleurs, de nourrir les siens pour perpétuer la terre ; Naudet n'avait rien demandé à personne, et encore moins de subir la poigne de l'entre-deux-siècles ; il était donc, au bout du compte, à ras de son assiette creuse, de la soupe, Naudet était écrasé par le déroulé des choses, par tout ce qui lui avait été imposé ; il avait une jambe en moins, une femme sifflée par le silence, un gendre brûlé vif, une fille disparue et un petit-fils absent ; il n'avait plus rien, rien qui pouvait appeler une résistance, il ne lui restait, au fil des jours, qu'un semblant de somnolence. Naudet venait d'entendre, au loin, l'explosion de l'usine et la démence n'était plus au rendez-vous, le corps avait lâché prise, il attendait la paix, épaisse, bitumeuse et liquide, la paix dernière, celle qu'il désirait depuis les premiers coups de faux, la paix d'exister en se dirigeant sciemment vers un rien brassé, doux, ancestral, qui sonne comme la terre. La guerre, comme tout ce qui concernait autre chose que le creux de son assiette, n'était plus son affaire. Il attendait, un point c'est tout. Blanche, quant à elle, avait décidé d'avaler sa langue, pour de bon. Elle parlait par gargouillis, des petits mots tout serrés entre ses dents, un ton en dessous des mouches, on ne l'entendait presque plus, elle parlait pour servir le Naudet ou pour négocier une miche ; mais sa voix se perdait dans les murs, les dalles, son désespoir, elle n'atteignait plus personne ; elle n'était plus allée se confesser depuis des mois ; le père Brûlis était venu la visiter mais Blanche lui avait servi un café translucide en l'accompagnant de son silence. Certains jours, à force de parler pour les pierres, Blanche aurait pu cracher du sable. Elle ne se souvenait plus du jour où elle avait pu aligner quelques phrases, tenir une conversation ; tout cela s'épuisait au fond d'un passé à jamais fermé à double tour. Blanche avait fini par aménager l'angle de la pièce principale de l'impasse, sans conscience, elle y avait posé jour après jour des objets qu'elle pouvait saisir au moindre geste, en tendant la main ; certaines vieilles femmes du village finissaient collées au carreau, le visage sale, un air de blatte, l'œil tendu vers le retour d'une vague pensée printanière ; Blanche, elle, avait décidé sans trop le savoir vraiment de se mettre là, dans l'angle de la pièce, chauffée par la pénombre, invisible aux rares passants qui allaient au bout de l'impasse, Brûlis, le facteur, la mère Gâteau, Nicole ; elle y avait laissé une chaise, assise en paille, et une sorte de carré de laine, épais, rapiécé, qu'elle posait sur ses cuisses. Le long de la chaise, contre le mur, elle avait disposé un fuseau tordu et une quenouille ; posée là des heures durant, elle travaillait le fil quand il y avait assez de lumière. Le reste du temps, elle marmonnait du silence. Il arrivait que, selon les échos, les allées et venues des courants d'air ou en fonction du son égaré, pente mirage, de ses seules pensées, il arrivait qu'elle dresse l'oreille ou qu'elle décolle ses fesses de l'assise pensant entendre Onésime, ses pas, sa voix d'enfant, sa main frappée contre la porte, le ton du portail blanc de l'impasse ; elle arrêtait un instant son ouvrage pour contraindre le rêve, en vider l'illusion et, au bout du passage, à l'épuisement final de l'espoir, son visage prenait une ride de plus ; et elles étaient nombreuses, funèbres, innombrables à force de vieillir à coups de grisaille ; Blanche sentait la mort, de loin, elle la voyait s'approcher de jour en jour, elle savait que tout était terminé, son corps s'embaumait de lui-même, la peau prenait des textures fibreuses de bandelettes, elle fondait à force de soupe, de viandes maigres, de privations d'hivers, elle se ratatinait accordéon, elle s'enduisait d'une enveloppe vitreuse comme pour empêcher les mots restants de prendre corps, de trouver une caisse de résonance – tout devait dépérir pour ne plus laisser de place ; ou, à la rigueur, un cantique dans le creux de l'estomac. La seule faim, terminale, que Blanche pouvait connaître était celle qui menait directement aux vers, à la terre glaise, épaisse, cette même terre dont se nourrit la vigne et qui peut donner la sensation sidérante, à nous restés vivants, de boire l'intestin des morts. Autant dire que ces deux-là avaient pris le tournant du cimetière. Blanche et Naudet vivaient dans leur dernier décor, résumant les scènes accessoires à quelques parades alimentaires ; le reste de leur vie dépendait de leurs songes et des visites de Nicole qui, une à deux fois par semaine, venait apporter un délice du marché noir et les aider à faire ceci ou cela, en fonction de leurs besoins. La plupart du temps, Nicole passait comme un courant d'air ; elle était souvent pressée, souriante comme le sont toutes les personnes qui taisent l'objet réel de leur visite ; elle s'arrangeait toujours pour tendre un drap à l'étage ou pour aérer les chambres, et elle montait quatre à quatre les marches de l'escalier pour entrer dans l'ancienne chambre d'Onésime où, sous le lit, dans une valise bouffie de journaux anciens, elle glissait parfois un Parabellum, des faux papiers, des documents, des plans ou des effigies format carte postale à liseré tricolore du Général.

– – – – ça se ——————— – – – – *grésillement* – – – – ——— ça se léchait comme un timbre-poste – y avait plus qu'à passer la langue dessus et on les placardait – en passant – comme ça ——— Nicole nous aidait grandement – on cachait pas mal de choses – à ce moment-là – chez mes grands-parents – Blanche et Bernard Naudet – ils n'ont jamais su – je veux dire qu'ils n'étaient pas dans le coup – ils ne savaient pas que mon groupe venait cacher des armes chez eux – ici dans cette maison – c'était ici – là où nous sommes aujourd'hui pour cette interview – impasse du Champ-des-Cris ——— après plusieurs voyages – c'est ici que je me suis installé avec ma famille ——— mais pendant la guerre – ce n'était pas tout à fait comme maintenant – c'était encore une ferme ancienne – et ils vivaient ici – mes grands-parents ——— enfin – ça ——— je vous l'ai déjà dit tout à l'heure ——————— alors ——— Nicole – qui habitait au bout de l'impasse – elle habitait chez son père qui était boulanger – c'est une banque maintenant – mais elle y vit toujours – au-dessus – Nicole venait voir mes grands-parents pour les aider – pendant la guerre – ils étaient vieux et malades – tous les deux – Bernard Naudet était invalide – il a fait partie des vieux soldats de quatorze – mais c'est une autre histoire ——— je dois dire – donc – que je prenais un risque – important – en donnant l'ordre à Nicole d'utiliser la maison de l'impasse du Champ-des-Cris comme une des cachettes de notre réseau ——— mais c'était stratégique ——— cela faisait presque quatre ans que je n'étais pas revenu dans le coin – et j'avais donné l'ordre à Matriolet – Jus de Chique – et Nicole – de ne rien dire à mes grands-parents – pour les protéger bien entendu – et pour éviter qu'ils me cherchent ——— ils ne devaient rien savoir ——— et je le souligne – à l'époque – nous n'étions pas nombreux – il n'y avait personne d'autre – et ce fut là ma meilleure protection ——— après l'usine – j'avais gagné la confiance d'Alias – et on a continué nos actions dans tout le secteur – on a attaqué un – je ne sais plus comment ça s'appelle – un laminoir peut-être ? – bref – un engin de deux mètres de long – je ne sais pas si c'était un laminoir – ou une raboteuse – enfin – une énorme machine ——— on en a saboté sept ou huit à l'aide de petites charges – on y mettait – là aussi – du plastic et des crayons – on avait placé tout ça de nuit mais – manque de chance – rien n'a sauté – ou presque rien – une seule charge avait fonctionné – quand on a repris le travail – le lendemain matin – les Allemands avaient tout retiré — quand les ouvriers ont trouvé les machines sabotées – ils ont levé les bras en l'air en disant – alors on ne peut plus travailler ! – les Allemands sont venus – il y en a un autre qui est venu voir la grande machine – il a vu l'explosif – il a sorti triomphalement le crayon et sa charge – mais alors qu'il examinait le crayon qu'il avait entre les mains – l'engin a détoné – et l'Allemand a eu deux doigts dc coupés —— on a ensuite poursuivi nos attaques par le sabotage des lignes électriques à haute tension passant aux alentours – de nuit – ou à l'aube – je dois dire que je n'ai jamais vu – de toute ma vie – des étincelles aussi extraordinaires – nous placions nos charges explosives – avec Matriolet et Jus – à la base des pylônes – le long des tiges en acier – et lorsqu'on faisait sauter le tout – le pylône se pliait – littéralement – avant de s'écrouler dans les champs – il tombait très lentement – enfin c'était l'impression que ça donnait – parce qu'un pylône – c'est une sacrée masse – et en tombant – tous les fils étaient embarqués – et ils s'emmêlaient – et alors quand tout ça tombait – quand ça touchait le sol – il faut imaginer – des gerbes de feu – bleues – violettes – des jaunes incroyables – des arcs électriques comme des éclairs – c'était un feu d'artifice en pleine nuit – je n'ai jamais rien vu de tel – ça durait quelques instants et on repartait comme on était venus – on redescendait par les bois – on connaissait le coin par cœur ——————————————————————— – – – – *grésillement* – – – – ——————————— les lignes électriques alimentaient – entres autres – l'usine – alors après cette attaque – elle a été arrêtée une dizaine de jours – on s'est aussi attaqués à la grande presse – à une fraiseuse qui servait à découper des tôles – puis on s'est attaqués aux cadrans qui servaient au comptage des engins – enfin – à tous les points vitaux – mais – à force de faire – il a fallu qu'on se calme un peu – il fallait se mettre au repos – digérer —— Alias nous avait conseillé – par message transmis à Nicole – d'attendre un peu – de nous faire oublier un temps – chacun est reparti chez soi – moi je me suis installé – à ce moment-là – chez la Mémène – Nicole continuait à faire des allers-retours – à faire du renseignement – elle m'informait de ci ou de ça —— à ce moment-là – pour notre petit groupe – sans action ni mission – nous avons repris – si je puis dire – une vie relativement normale —— il n'y avait donc pas de raison valable – a priori – pour qu'un jour les Boches surgissent chez mes grands-parents ——— y a-t-il eu une fuite ? – quelque chose ? – d'où cela a-t-il pu venir ? —— à dire vrai – je ne l'ai su qu'après – dans le maquis ——————————————————————— ——————— – – – – *grésillement* – – – – ——————— ——— Nicole – qui a tout vu – m'a prévenu – la maison de l'impasse était cernée – les Boches étaient là – partout

– il y avait des Allemands sur le pas de la porte – dans les couloirs – partout —— ces buses n'ont rien trouvé – mais ils ont quand même embarqué mon grand-père – Bernard Naudet – invalide je le rappelle – et ils l'ont emmené à la kommandantur – rue Jeanne-d'Arc – à Nevers —— le malheureux a été relâché le lendemain —— mon plan avait fonctionné – si je puis dire – étant donné qu'il n'a rien pu dire sur moi aux Allemands – ne m'ayant pas vu depuis un certain bout de temps – et – en plus – le pauvre homme était sacrément diminué – les Boches ont dû constater rapidement qu'ils avaient affaire à un vieux paysan – un peu sénile ——— je dois dire que – à ma connaissance – il n'a pas été maltraité – qu'il est rentré silencieux —— on était en octobre —————— – – – – *grésillement* – – – – ——————————— en octobre quarante-trois – c'était le mois de la grande rafle – par la police spéciale de Vichy – contre la Résistance en général – et contre les formations sous contrôle FTP – en particulier – contre les francs-tireurs et partisans français – dont on faisait partie – par lien – avec Alias – nous avions tous signé – après la soirée sous le pont de la Grande Sauldre – le Code d'honneur des FTP ——— alors ce mois-là – il y avait eu une grande rafle – dans tout le secteur – les Boches étaient au courant de tout un tas d'informations – ils savaient que la maison de l'impasse servait à cacher des armes – et ils avaient identifié notre petit groupe —— fort heureusement – ils ne savaient pas pour les activités de Nicole – elle n'a pas été inquiétée à ce moment-là — par contre —— Matriolet et Jus de Chique – qui s'appelait Roger Tiphaine – il faut dire son nom – on l'appelait comme ça parce qu'il chiquait – qu'il crachait sans arrêt – mais c'était amical – on s'en rendait plus compte à force – on disait Jus – d'ailleurs – la plupart du temps —— c'était un garçon formidable – un peu rustre – mais il était sacrément courageux – ça je peux vous le garantir – et Matriolet s'appelait Paul – Paul Matriolet – il faut le dire aussi – leurs noms sont écrits sur le monument maintenant —— ils ont été arrêtés tous les deux – chez eux – au même moment – ils avaient été dénoncés – comme moi —— Matriolet et Jus ont été embarqués – puis torturés à Nevers – à l'école normale – et ils sont morts tous les deux – en déportation —— ça je ne l'ai su qu'après la guerre – bien entendu —— je dois vous dire que – encore aujourd'hui – leur disparition est quelque chose de très douloureux pour moi ———————— et j'ajoute que je ne regrette pas ma vengeance —— je n'ai jamais regretté ça —— voilà – c'est dit —— quant à moi – à ce moment-là – je devais déguerpir – je me suis retrouvé tout seul dans la nature – je voulais retrouver la liaison avec Alias – je savais qu'il devait se trouver du côté de Chaulgnes – et j'ai tenté d'aller le rejoindre – je me suis d'abord réfugié à Garchizy – je me suis planqué quelques jours chez un vieux monsieur – un vigneron – le Parme qu'on l'appelait —— de là – je suis reparti avec un gars qui – en voiture – devait me faire traverser Fourchambault et la Loire – pour m'amener à un point de rencontre – dans le Cher – où je devais retrouver une liaison d'Alias —— cependant – mon conducteur a pris peur – sur la route – je ne sais pas exactement pourquoi – il m'a laissé au bord du chemin – et il fallait que je me paye le reste du chemin en vélo —— me voilà donc parti – et c'est là qu'en cours de route – le long des graviers – je crève une roue —— il faisait gris – mais il faisait encore bon – il était tôt – et je ne sais pas pourquoi – je n'ai pas réfléchi – mais j'ai décidé de réparer ma roue – là – sur le bord de la route ————————————————————— – – – – – *grésillement* – – – – – —— et soudain – j'ai entendu des voix – derrière moi – c'étaient des gendarmes français – ils venaient à ma rencontre – pour un contrôle d'identité – il faut dire que j'avais des faux papiers – bien entendu – au nom de François Barbier – et dans ma sacoche – agrippée au vélo – mon revolver – un Parabellum 9 mm – et des cartouches – ils n'étaient pas vraiment suspicieux mais – étant donné qu'ils ne m'avaient jamais vu dans le coin – ils ont décidé de m'interpeller – sans me fouiller – ils m'ont conduit à un bureau de poste – à la recette des PTT de Torteron – un petit village – dans le Cher – et j'ai été enfermé dans une petite pièce – seul – la porte ouverte —— et – alors qu'ils tentaient de se renseigner à mon sujet – par téléphone —— par chance – enfin par chance – je ne sais pas – j'ai pu entendre la voix – au téléphone – dire qu'il fallait m'arrêter – que j'étais recherché —— comme je vous l'ai dit – il faisait bon – et la fenêtre était entrouverte – alors ni une ni deux – quand j'ai entendu ça – j'ai sauté par la fenêtre – sans réfléchir – on était au premier étage —— j'ai sauté d'environ trois mètres – je me suis mis à courir à travers champs – à une vitesse dont moi-même je ne pensais pas être capable —— et les deux gendarmes sont sortis du bureau de poste – et ils se sont mis à me tirer dessus —— je dois dire ici que j'ai failli y rester ————————————————————

—————— – – – – *grésillement* – – – – ——————

—————— je me souviendrai toujours de la sensation des feuilles mortes – des feuilles qui volaient – à mes pieds – je courais et je voyais les feuilles sauter – là – à mes pieds – elles volaient sous les tirs des gendarmes – c'était une sensation terrifiante parce que vous entendez les balles siffler – et il y a ces feuilles qui volent – à côté de vous – de vos chevilles —— je suis arrivé au niveau de l'Aubois – le cours d'eau – j'ai sauté sans réfléchir – et – arrivé de l'autre côté – j'ai sorti mon revolver – et j'ai riposté à mon tour – j'ai vidé la totalité d'un chargeur —— mon vieux —— ça rigolait pas —— les gendarmes se sont mis à plat ventre – dans les champs de luzerne – et j'ai pu regagner la forêt – par chance ils ne m'ont pas poursuivi —— j'étais tellement essoufflé – apeuré aussi – que j'ai failli m'évanouir en arrivant dans les bois — j'ai aperçu – à ce moment-là – sous les arbres – des fabricants de charbon – ils étaient en train de travailler – je leur ai demandé à boire – et – très gentiment – ils m'ont donné une bouteille d'un litre —— —— eh bien je dois dire que — dès que je me suis éloigné — entre deux arbres — j'ai bu le litre d'une traite – sans m'arrêter —— – – – – *grésillement* – – – – ————————

Face à Onésime, un défilé de brume, et du vent. L'aube était encore collée aux arbres, Onésime peinait à avancer sans trébucher et il jurait, entre ses dents, la mâchoire serrée. Il était traversé d'une énergie contraire, amère, et le jour qui ne venait pas le mettait en rogne ; ses idées sombres traînaient avec lui dans la forêt, bien que gonflé d'orgueil, fier de son fait d'armes, de sa fuite de roman de gare, il ne pouvait s'empêcher de penser froidement à sa solitude ; Matriolet et Jus de Chique étaient désormais loin, hors jeu, fauchés, et leur absence faisait face à Onésime comme la brume grise, là, entre les arbres ; il n'arrivait pas à s'y résoudre, il butait contre l'injustice et contre leur bêtise, à eux trois, leur ignorance, leur légèreté ; seul entre les bois morts, Onésime prenait soudain conscience, pour la première fois, du risque, de la réalité de leur engagement qui, somme toute, avait été avant tout une partie de campagne, une continuité de leurs jeux d'enfants, de gosses de ferme. Il pensait à la maison de l'impasse, à l'arrestation de Naudet, il se remémorait des morceaux d'enfance qu'il faisait bondir d'un tronc à un autre, en passant ; Onésime aurait aimé, à cet instant, passer le portail blanc, entrer sans frapper pour y trouver Blanche, un bol à la main, la table mise, une miche épaisse et du beurre, jaune d'œuf, il aurait aimé sentir le laurier, l'odeur de bois fumé de Naudet, sa chaleur de branche, ancienne, tremper le couteau dans la confiture, il aurait aimé s'asseoir à table, simplement, ressentir à nouveau les allées et venues du service de Blanche, de son attention, la voir chiffon, aux petits soins, penchée sur son front ; sentir les brassées de pipe ; mais seul le vent lui répondait, des bourrasques d'aube, une rosée froide, humide, glaçante jusqu'à l'os. Onésime marchait le long d'un tracé hasardeux, entre les feuilles, les branches, une odeur de bolets frais et de mousse ; dans la poche de sa veste en cuir, il titillait une mèche de tabac, qu'il tressait en marmonnant ; une idée suivait la pente, reposante, de l'abandon : après tout, il avait déjà beaucoup fait pour la Résistance, il s'était mis en danger plutôt deux fois qu'une, alors que tous les ouvriers de l'usine, les gars du village, des vignes, tous les tire-au-flanc qui n'en foutaient pas une, tous ceux-là restaient bien tranquilles en fin de compte, quand lui était recherché, qu'on avait failli lui trouer la peau et que ses deux copains étaient sans doute en train de passer un mauvais quart d'heure. Ils étaient même peut-être morts à cette heure-ci. Cette idée, éclair, l'arrêta un instant. Onésime était au milieu d'une éclaircie ; les arbres, au-dessus de lui, s'étaient ignorés poliment, laissant une ouverture de ciel, et une première trouée de jour. Qui avait bien pu les dénoncer ? Onésime pensait au déroulé des choses, à ce qui pousse certains de ces tire-au-cul à chuchoter dans l'oreille des Boches, à se déplacer, à écrire sur un bout de papier, à le poster, à aller à la kommandantur, à Nevers – pour ça il fallait se déplacer, se lever de bon matin, être déterminé, sûr de soi, sûr des noms que l'on donne, sûr de ses informations ; il fallait se raser, se regarder dans le miroir, enfiler une veste, monter dans une carriole ou prendre son vélo, voir le paysage défiler ; on avait le temps d'y penser, de penser à ce qu'on était en train de faire, de commettre, il fallait être bien sûr de soi pour, un matin, vouloir entrer dans le bureau d'un Boche et faire une liste, à haute voix ; puis repartir, mettre son feutre sur le crâne et partir en sens inverse, revoir le paysage, retirer sa veste ; puis attendre, en silence, dans le fond chaud, crasseux, de l'anonymat, attendre et voir les conséquences, les arrestations, entendre les camions et les hurlements, les mains levées, les yeux hagards ; mais jusqu'où va l'imagination, le cynisme, la sensation effilée, aiguisée, d'un pouvoir, d'une mainmise sur les choses ? Imagine-t-on l'homme que l'on dénonce, prend-il corps dans l'esprit des dénonciateurs ; pensent-ils à nouveau, dans le reflet du miroir, en retirant à ras la mousse et les poils de nuit, pensent-ils aux corps qui, par la seule force, audible, distincte, de leur voix, basculent en déchéance, disparaissent, pourrissent au fond des fosses communes ? Qui avait bien pu les dénoncer ? Qui avait décidé de les supprimer ? Qui voulait les voir morts, pendus, déportés ? Qui était ce faux patriote mou, béret lunaire, qui voulait tant plaire aux Boches ? Dans sa solitude, au fond de ses doutes et de ses envies contradictoires, cette colère qui prenait des épaules de vengeance commençait à s'imposer ; tant pis pour la France, se disait-il, c'était bien trop grand pour lui, il n'était plus question de grandiloquence, non, Onésime voulait se venger, venger Matriolet et Jus de Chique ; il allait se battre pour les venger jusqu'au bout, jusqu'à ce qu'il découvre qui, qui avait voulu les dénoncer, à cause de qui il se retrouvait là, seul au milieu des bois, froidi par l'aube, il était prêt à se nourrir de cette colère pour continuer encore un peu, pour ne pas se laisser faire. À force de marcher, Onésime pouvait entendre le flot de la Loire. Pour rejoindre la liaison et espérer retrouver Alias, il savait qu'il devait passer le fleuve, continuer vers l'est puis se rendre à Chaulgnes. Le contretemps des gendarmes lui avait fait perdre des heures précieuses mais il était encore possible de retrouver des camarades ; et il avait faim, il n'en pouvait plus de marcher le ventre vide et les idées plates, il fallait agir, retrouver de l'élan ; le jour prenait des contours vifs, prononcés, soulignés, il allait faire beau. En contrebas, un homme ramait sur le fleuve. Onésime sortit du bois et regarda à droite et à gauche ; il n'y avait aucun mouvement aux alentours mis à part le flot confus de la Loire, l'homme et sa barque et le son de l'appétit cogné, éclatant, de quelques pics-verts. Porté par le jour naissant, comme précipité par le découvert, Onésime siffla l'homme sur le fleuve. Ils se firent signe et l'homme fit demi-tour. S'ensuivit un silence de coups de rame et de flottaison, de ballottement, d'embrun timide ; et un face-à-face de rouille ; l'homme était épais, musculeux, en capuche, et seule sa barbe d'automne, rousse, mousseuse, qui s'étalait partout, sur son manteau ciré, ses épaules et le ciel en contre-jour, ressortait ; il fixait Onésime, l'œil en giboulées, tantôt calme, fluvial, puis ballotté, houleux. Arrivés sur l'autre rive, il aida Onésime à sortir de la barque puis, d'une voix ferreuse, presque paternelle, il lui conseilla de ne pas suivre cette route-ci, là, celle qui longeait le talus, deux patrouilles allemandes y étaient passées hier, et ils étaient encore dans le coin, paraît-il. L'homme ajouta qu'il pouvait passer à travers bois, dans cette direction ; qu'il ne risquait rien s'il ne prenait pas la route principale. Onésime le remercia, tout en ayant le sentiment, désagréable, d'avoir été démasqué trop facilement. Hé. L'homme lui lança une pomme comme une balle, et lui fit signe de déguerpir.

———— – – – – *grésillement* – – – – ———— le poème a toujours un sens – Adolf boira un Pernod – Aglaé fait la lessive et le négus viendra voir le linge sécher – Aimez-vous le vieux kirsch ? – Rien n'est vraiment perdu quand tout serait désespéré – Amédée déteste le vinaigre – Après les fraises les framboises – Archibald aura dix ministres – Athalie est restée en extase. Nous disons deux fois : Athalie est restée en extase – Attention à l'œuf dans l'omelette – Attention, elle mord, nous disons trois fois – Vous avez le bonjour de Mic Mic – Aux audacieux les mains pleines – Belle mère est ivrogne – Ce soir, la bergère est prête – Cendrillon aime les citrouilles – Clarisse a les yeux bleus, nous disons : Clarisse a les yeux bleus – Clémentine peut se curer les dents – Comme une banane sur une banquise – D'Auguste à César : nous ne vous oublions pas mais Icare ne voit pas clair en ce moment – Jean et Georges embrassent bien leur famille et saluent Bichette – Le chat de Mimi est sur le mur – Le beaujolais est fruité et sera bu avec le lièvre – Les écrevisses marchent de travers – Un mégot a été trouvé place du marché – À nos amis de Corse nous disons : confiance, la Corse restera française. Je répète, la Corse restera française. Gaston a mangé le saucisson et son ami viendra manger la coppa – Les hérons sont sur l'armoire du bureau – La maman de Léontine a fêté ses vingt-huit ans – De Pythagore à Archimède : les citrons ne sont pas mûrs – La sirène et ses amis veulent entendre la voix de Puce, demain à partir de neuf heures – Baron et monocle. Le roi aime la bergère. Chapeau et zozo – Le serpent chauve devient zazou – Le singe mange du savon – Ce soir le coiffeur rasera gratis – D'Auguste à César : levée de bon matin, Gertrude s'en alla au marché acheter des carpes, des anguilles, des dorades, des tanches et des carpes – Ernest a trop bu, nous répétons, Ernest a trop bu – Le facteur se lave les pieds et les Teutons aiment le beurre – Nicole verra bientôt sa grand-mère Céline – Bob ira au bal avec Cendrillon, deux fois – C'est par temps calme que Françoise et Florence iront faire un rêve d'or – Le sucre est entre deux tasses – En définitive, les petits bateaux n'ont pas de jambes – Chabichou part en Afrique – Catherine aime la vanille – Robert signale qu'il a perdu un bouton – L'infini les hante, le néant les appelle – Gertrude achetait du brochet. Toto a embrassé sa maman – La fauvette a bâti son nid – Les pingouins volent bas cette année. Nous répétons : les pingouins volent bas cette année – La perruque du mouton est frisée – Six amis trouveront qu'elle mord ce soir. Nous disons : six amis trouveront qu'elle mord ce soir – De César à Pompée : les langoustes sont fraîches – De la Chouette au Merle blanc : au lieu d'envoyer votre lettre par Alfred, faites de la fumée – Éros rêve de corps nus – Essayez les radis au chocolat – Étienne est un vieux motard – Fifi a une bouche en cerise – Flora a le coup rouge – Grand mère mange nos bonbons – Gribouille porte un monocle – Henriette à Jeanine : bravo, d'accord pour les deux autres – Il faut avoir des pipes pour trier les lentilles – Le radiateur tient bon – La marmite bouillonne en spirale – De Patrick à Marguerite : trois Maoris viendront ce soir, avec trois Mahoneys, prendre trois noix de coco – Notre ourson est beau, une fois – Raminagrobis est un rond matou – La belle fille a de jolis citrons – Du Cheval à Polydore : nous mangeons toujours de la purée de pois, mais nous aurons du dessert – Grandclément est un traître, méfiez-vous de Grandclément – Émilienne a une belle montre, la gargouille vomit à pleins jets – Le lampadaire a l'air oblique – La cafetière a le bec tordu – C'est la foire à Neu-Neu, Perlette part à la campagne – Os et moelle et tranche de melon – Les truites ne toussent pas – L'autre côté de la lune est plein d'éléphants verts – Onésime a une belle bobine – Le pharaon fait du ski, nous disons : le pharaon fait du ski – Mets de l'eau dans ton ersatz – Il a une chaussette comme cravate – Roland a retrouvé sa veste, deux fois – Les cannibales bouffent les esquimaux – Le pistolet est en carton – Marguerite aime toujours les grosses carottes – Le barbu aime les petits pois – La vieille momie a pris un coup de froid – Son œil saigne bleu – Le brocanteur est somnambule – Il faut dire Métropolitain et non pas Pétain mollit trop – La princesse Karnak lévite, trois fois – L'escargot ne connaît pas la crise du logement – La puce a giflé l'éléphant – La tortue vend de la parfumerie – Le bruit de la mer empêche les poissons de dormir – Le chimpanzé est protocolaire, nous disons, trois fois – Le cochon d'Inde est constipé – Le coq est anémique – Le cormoran parle tous les trois jours – Le diable garnit sa grotte. Nous disons : le diable garnit sa grotte – Le hérisson ne veut pas aller chez le coiffeur, deux fois – Le mille-pattes attend son bon de chaussures – Le sous-marin n'aime pas les méduses – Le ver à soie est au chômage – Les crêpes brûlent à Paimpol – Les girafes ne portent pas de faux col – Les grenouilles miaulent dans le poulailler – Moïse ne savait pas nager sur la carte Michelin – Nous attendrons les sept nains – Nous sommes sans nouvelles de la cigogne et nous voudrions qu'elle joue du piano le plus vite possible – Robespierre se rasera six fois – Sa robe est couleur d'un tapis de billard – Turlupinpin a mis son chapeau bleu – Le ciel est plein de boue – Le père d'Oscar est bien arrivé, d'accord pour marcher à l'envers – Le langage de la nuit sera sublime – De

Manicoco à Bamboula : l'abbé Pellegrin visitera ce soir l'anatomie de Bamboula – Le kangourou a perdu sa poche – Elle s'épile les poils du cou – Le caniche laisse pousser sa barbe – Les ondes ont immortalisé le papillon – Le toboggan glisse sans bruit – Raclez vos gorges pour chanter. Deux heures plus tôt que d'habitude – La luciole viendra dimanche – Le mammouth a perdu ses défenses – la mouche est dans le vinaigre, deux fois

La mouche est dans le vinaigre. Deux fois. Nicole n'en revenait pas. Sous le plancher, comme chaque soir, un son étouffé de rires, de voix allemandes, de portes, de verres qui tintent, des mouvements inconnus, cachés sous les étages ; Nicole était assise dans le coin de la chambre de la comtesse de Terline et elle n'en revenait pas. Des jours qu'elle attendait d'entendre ce message ; des jours qu'elle devait traverser de bout en bout cette littérature en mots de passe, incompréhensible, vomitive à force de ne rien vouloir dire ; et elle venait enfin d'entendre le message, la mouche est dans le vinaigre, deux fois ; elle avait bien entendu, elle n'avait pas rêvé, c'était leur tour, c'était pour eux, on s'adressait directement à eux ; elle était assise là et elle se retenait d'éclater de rire, de hurler, de se lever et de sauter de joie ; elle devait être silencieuse, ne pas se manifester, car sous le plancher, comme chaque soir, il y avait des voix allemandes, l'ennemi était tapi sous elle, couché là, rouge et souriant d'ivresse, mais il pouvait à tout moment déchirer le message et couler ses espoirs – plus loin, à une poignée de kilomètres, Onésime et les autres l'attendaient. La chambre de la comtesse était épaisse, c'est le mot qui venait à l'esprit de Nicole à chaque fois qu'elle venait s'asseoir dans le coin de la pièce ; on y entrait et, soudainement, on y rencontrait une épaisseur de chaleur, de soie, de touffeur, le papier peint aux motifs asiatiques encombrait les murs, leur donnait une voracité chaude de jungle, un velouté dilaté, bouffi, presque gras aux narines ; les parfums combinés de camélia, de jasmin et de mimosa, les odeurs moites des toilettes, de l'acajou ciré, la délicatesse lourde des draps, des édredons, le capiton du lit, les linges tassés et les robes, parfois jetées sans ménagement sur la méridienne, tout cela saturait les sens, donnait un vertige inhospitalier, un relent de classe, de noblesse, de hauteur de vue, de vie, de corps, de nature ; Nicole ressentait d'autant plus cette chambre comme un sanctuaire d'Ancien Régime, chauffé par des effluves antiques, des braises roussies de noblesse, qu'elle y entrait en clandestine et à la nuit tombée. Les rideaux étaient tirés par la domestique qui faisait entrer Nicole par la porte de la cuisine de l'imposante demeure ; arrivée dans la chambre de la comtesse, Nicole vivotait dans la touffeur d'un lieu semi-obscur, interdit, intouchable, et pourtant autorisé, offert par la comtesse elle-même ; elle ne distinguait pas grand-chose, elle ne pouvait y reconnaître l'amas inconsidéré des meubles, des bibelots, les tableaux noirs collés aux murs, elle pouvait sentir la masse abondante, odorante, du lit, mais le reste se perdait dans un mélange d'épaisseur, de consistance lourde – Nicole ressentait le poids de la pièce, il venait s'écraser contre elle à chaque fois qu'elle y entrait ; s'y mêlait un sentiment de presse, de pesanteur, fatalement battu, répété, scandé par la peur qu'elle ressentait. Le risque était grand. La comtesse de Terline connaissait Nicole depuis l'enfance, et Nicole avait toujours eu l'impression que cette vieille dame était prête à mourir ; c'était une grande femme maigrichonne sans âge, à la voix basse, cassée, presque discrète, que l'on surnommait Âge du Bronze, tant son corps était écrasé, couvert de pied en cap par un bruit assourdissant de quincaille et de bijoux sonores qui se fracassaient les uns contre les autres ; ses bras maigres ne retenaient rien, ses poignets avaient l'épaisseur d'un brin de paille, son cou paraissait fondu et ses oreilles dégoulinantes, élastiques, étirées sous le poids des boucles ; tout cela lui donnait un air fatigué de momie hurlante, comme si le poids cagneux de ses colliers tentaculaires lui tirait le menton à lui faire tomber la mâchoire ; elle trimballait une bijouterie de boulevard d'une pièce à l'autre de sa demeure et on l'entendait venir à des kilomètres avec tout ce trésor pendu à sa chair molle ; de jour comme de nuit, elle s'ornait ainsi de tout un tas de bracelets, de bagues, de chevillères, de pendentifs et de médaillons ; avec ça, elle couvrait sa peau de couches incalculables de poudres, de fonds de teint, de parfumeries en tous genres, de fards, de rouges à lèvres ; elle sentait lourd, l'ancien, une odeur gothique qui prenait jour après jour une pente âcre, rance, qui l'amenait droit au cimetière. Mais les couches internes, intimes, de la comtesse de Terline demeuraient un mystère pour tout le monde ; on la savait aventureuse et volage, elle avait vécu aux colonies, en Asie et en Afrique, elle avait survécu à ses trois maris qu'elle avait enterrés, paraît-il, avec pompe et tristesse, et qu'elle avait regrettés avec franchise ; elle avait vécu à Paris, longtemps, dans un hôtel particulier sur une avenue passante, puis elle était revenue ici depuis plus de vingt ans, sur d'anciennes propriétés viticoles ; elle vivait d'une fortune incomprise, sans contours, aux racines désertes, comme toutes les fortunes sans archives ; elle vivait d'attente, de divertissements courts, de petites sauteries et de plaisirs variables, elle accumulait les livraisons de bibelots et d'objets en tous genres ; ce qui faisait jaser dans les alentours parce qu'on lui imaginait une ancienne vie de courtisane, de fille facile, de parvenue, de vieille femme recevant encore, du monde entier, des cadeaux d'admirateurs, de vieux amants. Souvent, devant sa porte, on voyait une caisse tamponnée, ficelée, emmaillotée, que l'on imaginait voyageuse, provenant d'un navire ayant traversé le golfe de Suez ; elle vivait de ce déballage, de ce plaisir de l'ouverture des gros cadeaux qui tombaient du ciel, elle aimait le bruit du bois de la caisse qui cède sous la pression d'un pied-de-biche, la quantité de copeaux, les boules de coton, les papiers de soie de protection, elle déballait sans cesse, dénudant les paquets pour enfin saisir la faïence, un vase de Chine, un paravent en papier de riz, un miroir en palissandre, un *kagami* japonais ; elle déballait pour saisir, contempler, puis pour se désintéresser au bout d'un temps ; seule la domestique mesurait la poussière neuve qui, invariablement, s'entassait à chaque gros cadeau de Madame, et lui donnait du travail supplémentaire, harassant, inutile. Par on ne sait quel chemin intime, la comtesse de Terline avait choisi de revêtir un double jeu qui semblait beaucoup l'amuser et la satisfaire. Alors qu'elle avait ouvert, depuis le début de l'Occupation, sa demeure aux Allemands, qu'elle aimait y organiser des soirées, des bals timides, des repas arrosés de grands vins et de champagnes, elle avait décidé de soutenir ces quelques jeunes gens qui s'étaient mis à désobéir et résister. Personne, dans les alentours, n'a jamais connu les motivations de la comtesse de Terline. Nicole lui plaisait. Elle la trouvait belle, d'une beauté qui lui rappelait, quelque part, l'attirance de la couche, du lit, des plaisirs vivants du corps, elle lui offrait un écho d'âge, de jeunesse perdue ; des retrouvailles insoupçonnées avec son désir de femme. Pourquoi la comtesse de Terline a-t-elle proposé à Nicole de lui laisser sa chambre, chaque soir, pour qu'elle y écoute Radio Londres ? Pourquoi a-t-elle décidé de jouer de son sourire, sous le plancher de la chambre, avec les Allemands ; quel était ce jeu qui lui donnait un regain de frime, dans le salon, lorsqu'elle posait sa main sur la vareuse d'un soldat de la Wehrmacht, un verre à la main, riant, criarde, les lèvres trop rouges ; d'où provenait cette force reposante, presque juvénile, qui la faisait jouir sèchement, au fond d'elle, de tromper tout ce petit monde qu'elle accueillait chez elle ; de quelle audace, de quelle matière ancienne, plongeante, était la couleur de sa vengeance ; car au-dessus, là-haut, dans sa chambre où elle couchait ses vieux souvenirs, chaque soir, il y avait Nicole, là, assise dans le coin de la pièce, en train d'espérer entendre la mouche est dans le vinaigre ; et la comtesse de Terline, elle, pointue avec son sourire et sa carcasse de sarcophage, servait des verres, sciemment, à l'Allemagne, pour faire diversion. Les réponses à ces questions insoumises, perdues, gisantes ailleurs, dorment encore dans un méandre niché dans les draps de la chambre de la comtesse, nous ne les connaissons pas, car les destinées doubles se jouent parfois à ce simple degré vibrant des corps, à un accord tacite, scellé à jamais, où quelqu'un projette ce qu'on ne sera jamais capable d'être pour lui : ce que la comtesse de Terline avait vu en Nicole, nous ne le saurons jamais. Lorsqu'elle arrivait dans la chambre, la domestique refermait la porte derrière Nicole, sans un mot, les joues tremblantes, obligée d'aider, de faire, d'obéir, de se retrouver dans une situation qu'elle ne désirait sans doute pas ; puis Nicole, par habitude, longeait le papier peint, garni, pommelé sous la paume, au toucher, et elle ouvrait l'abattant du secrétaire pour y allumer le poste de radio qui l'attendait là. En quelques minutes, par balancier et mesure, elle pouvait s'asseoir contre le mur et écouter, volume bas, et attendre, attendre la mouche est dans le vinaigre. La phrase était passée à travers toutes les bouches depuis quelques jours ; elle avait traversé, habité, hanté les maquisards ; elle voulait dire, au fond, qu'il était possible de gagner la guerre, ici, à l'échelle d'un bois ; la mouche est dans le vinaigre voulait dire qu'ils existaient, eux, tous ces hommes qui avaient choisi de désobéir et de prendre les armes, ça voulait dire que là-bas, à Londres, à l'état-major, ils savaient, ils savaient qu'ils étaient là, qu'ils se battaient et qu'ils avaient besoin d'aide, d'armes, d'argent, de soutien. Pour Nicole, assise dans la chambre de la comtesse, ça voulait dire, avant tout, qu'Onésime avait gagné, qu'il avait réussi, qu'il était devenu un résistant reconnu, que son maquis était référencé ; entendre la mouche est dans le vinaigre dans cet amas de mots grésillés, mâchés par les ondes, c'était pour Nicole un gage de reconnaissance, de succès. Leur engagement était enfin considéré dans le camp des vainqueurs, car la victoire, depuis le Débarquement, personne ne voulait en douter.

À cette heure où le message traversait l'espace des ondes, Onésime plantait une souche d'arbre avec son canif. La nuit déplaçait les ombres et les hommes se mêlaient aux arbres, donnant un décor vertical, pointillé, où les deux points chauds, de feu, couverts de feuillages, saupoudraient le tout d'un voile, d'une résille, de panaches fantômes ; jusqu'aux narines, le bois habitait tous les corps ; à ces heures nocturnes, on pouvait croire que la respiration des hommes jetait des spores, tout le monde avait cette odeur de cèpe cuit au feu, cette couche de fumet, de brindille, de mousse spongieuse. Onésime taillait dans l'écorce humide, friable ; il n'y avait aucun effort à faire, il lui suffisait de gratter avec la pointe du couteau, de mettre une mesure de pression, de force, pour que le bois cède en copeaux, en tuiles complètes ; il répétait le geste mécaniquement, pensivement, nerveusement car il n'avait pas encore, à cette heure, la réponse à sa question. Depuis qu'Alias lui avait confié le secteur de la forêt des Bertranges, Onésime avait pris le commandement d'une cinquantaine d'hommes ; et il en arrivait tous les jours un peu plus. Ils étaient tous autour de lui, là, certains dormaient, d'autres faisaient leurs tours de garde, d'autres encore discutaient à voix basse – au maquis, l'attente nocturne remplaçait bien souvent le sommeil ; on bondissait d'un ordre à l'autre, se levant aux ordres, s'équipant aux ordres, se déplaçant aux ordres. Onésime commandait tout ce petit monde avec une assurance que lui-même découvrait et savourait chaque jour. Alias n'avait pas eu besoin d'asseoir la réputation d'Onésime ; nombreux étaient les gamins qui savaient pour l'usine et les transformateurs, qui savaient pour les sabotages, les tracts, la rafle et pour sa fuite rocambolesque ; au moment où l'on prend l'habit du commandement, les galons s'ébauchent au gré des premières rumeurs et Onésime appréciait cette mythologie courante, véloce et ordinaire, qui installait autant sa confiance que son pouvoir, lui donnait du cran, lui permettait de jouer de son silence, de ses mots renflés, coincés dans sa mâchoire, qui rendait les ordres plus cinglants encore, plus droits, indiscutables ; il jouait de son corps qui, invariablement, à force d'être vu, écouté, admiré même, avait forci de l'intérieur, lui conférant une allure prometteuse de chef de guerre. Onésime, 21 ans, avait pris un semblant de carrure assemblée par les regards de ses hommes, il avait endossé les fils ininterrompus des costumes qui mènent aux rôles variables que l'on joue à des instants précis de l'existence ; là, en ce temps-là, Onésime portait sa veste en cuir balafrée sur le flanc, comme une empreinte, une cicatrice de guerre qu'il savait visible, reconnaissable ; il lissait ses cheveux en arrière avec un peigne qu'il gardait dans sa poche intérieure, il ne se couvrait pas, jamais, pour laisser sa coiffure vivoter à l'air libre et prendre le vent ; il fumait en mordillant le bout de ses cigarettes ; pointait souvent l'air, les objectifs, les hommes et les cartes d'état-major avec son canif ; il gardait à la ceinture un Parabellum 9 mm et, en bandoulière, un pistolet-mitrailleur Sten ; comme tous les maquisards, avec quelques chargeurs dans les poches ou contre la poitrine, il avait certes une dégaine de combattant, mais l'aspect général respirait le mercenaire ; et il jouait férocement, habilement, de son regard perçant-gris, qu'il ajustait au fond des yeux de ceux qui, comme ces deux-là, cette nuit-là, venaient lui faire un rapport. Onésime brutalisait la souche morte et il les écoutait ; les deux hommes étaient encore des gosses, l'un portait des lunettes rondes et les cheveux ras et l'autre avait le visage pointilliste, moucheté de taches de rousseur ; ils se tenaient droits, scolaires ; Onésime avait instauré, sur ordre d'Alias, des comportements militaires dans le maquis ; on s'adressait au supérieur avec déférence, précision, dans un semblant de garde-à-vous car chacun avait fini par rejoindre un imaginaire d'armée, de corps et d'esprit, sans que toute cette mise en scène ne quitte les embarras de l'enfance ; tout était gauche, un peu surjoué, empesé, il n'était pas rare de voir chacun se rentrer dedans, buste contre buste, après un appel, ne sachant pas s'il fallait tourner le pied à gauche gauche ou à droite droite ; les saluts étaient désordonnés, chacun y allant de son improvisation intérieure ; la main était parfois droite sur la tempe, pour certains, quand elle était molle et écrasée sur la joue, pour d'autres ; l'apprentissage des armes, graissage et chargements, avait laissé des doigts dans l'herbe, des blessures, des brûlures, des accidents graves avaient été évités de pas grand-chose ; bien sûr, aux heures fatiguées, éreintantes, à la nuit tombée où la solitude et les doutes brisaient le courage, il y avait des moments de fuite, de découragement où il suffisait de passer en revue, du regard, tous ces mômes gauches et inexpérimentés pour se dire que le salut de la France dépendait d'une poignée de pieds nickelés. Celui qui parlait le plus à Onésime, ce soir-là, c'était le garçon aux lunettes rondes. Marcel n'avait pas dix-huit ans et il allait mourir deux jours plus tard d'une balle dans le front. Carré, musculeux, Marcel était un enfant du pays, une enfance de gosse de ferme, de braconnage, il était sportif, il pouvait parcourir de grandes distances à pied ou à vélo, à travers bois, il connaissait tous les chemins, les coins, les recoins, il était malin, perspicace, et rigoureusement communiste.

Il pouvait déblatérer des heures, parler à n'en plus finir, convaincre sans s'arrêter, il avait cette langue qui crache, qui fatigue, qui éreinte, qui mord l'esprit d'en face ; il ne lâchait jamais tant qu'il n'avait pas vu, perçu un instant, au fond de l'œil crevé de son interlocuteur, qu'il avait enfin renversé le rapport de force, qu'il avait insinué irréversiblement l'idée capitale de la lutte des classes. Dès son arrivée au maquis, Onésime lui avait confié une mission de renseignement ; entre sa force physique, sa connaissance du terrain et sa gouaille, Marcel était la personne idéale. Quand Onésime l'avait vu revenir, le visage grave mais clair, averti par la conviction, il avait commencé à abîmer la souche.

Tu es sûr – sûr de toi —– sûr de ce que tu avances Marcel ?
Aucun doute – chef – les trois sources se rejoignent – ça se recoupe dans tous les sens – pour sûr c'est lui.
Bien — et qu'est-ce que vous avez fait du milicien ?
On l'a laissé sur place — dans le puits de la ferme ——
—– il est raide.
Alors qu'est-ce qu'on fait ?
Oui – qu'est-ce qu'on fait ?
Rien — on ne fait rien pour le moment ——— et pour Matriolet et Jus de Chique alors ?
Le gars savait pas – il a dit qu'à Nevers – ils avaient fusillé pas mal – dans la journée – à l'école normale — mais on n'en sait pas plus.

Oui – ou qu'il les déportait à l'Est – il a dit qu'il savait pas — et – Marcel est parti voir – tout à l'heure.
Comment ça —— parti voir – parti voir quoi ?
Je suis allé voir à l'église chef – j'ai voulu voir si ce salopard était là – j'aurais rien fait hein — mais je voulais voir s'il était là.
Et alors – tu l'as vu ?
Ouais – il balayait les dalles — comme ça — comme si de rien n'était — ah – ça – il a pas l'air d'avoir faim le cochon – il est pimpant comme tout – il sifflotait même – alors ça m'a énervé – c'est vrai – ça m'a chauffé les oreilles – et puis moi les curetons – j'te jure – c'est comme ça – c'est du nerveux – ça me prend là et ça me lâche pas – alors le voir siffloter le balai à la main – comme ça – alors que j'avais encore l'autre gars qu'avait tout balancé – qui nous avait dit tout ce qu'il avait dit aux Boches – oui – ça m'a soufflé dedans – je lui aurais bien foutu son balai droit dans le derrière.
Marcel —— j't'arrête tout de suite – si t'as fait quelque chose – qu'on soit bien clairs – si t'as fait quelque chose à Brûlis – tu me le dis tout de suite – maintenant – ou c'est moi qui vais te foutre mon pied au derrière.
Non rien – pas de malaise – j'l'ai pas touché – c'est juste que je voulais qu'il doute – qu'il sache qu'on savait un peu – qu'on l'avait à l'œil – alors – bon – j'ai pris un bout de papelard que j'avais dans la poche —– j'ai dessiné une

croix quoi – une croix de Lorraine – j'ai roulé tout ça autour d'une pavasse et paf – je lui ai envoyé dans son vitrail de curé – là-haut – ça a fait du boucan mais – au moins – il allait arrêter de balayer pour rien —— j'ai pas vu comment qu'il a réagi parce que j'ai foutu le camp mais – au moins – tiens —— il est prévenu.

Un son de nerf, le plat d'une main. Onésime venait de frapper la souche avec toute sa colère. En l'espace d'un instant, il s'était rapproché de Marcel, de son visage goguenard, et il lui crachait son haleine contre ses lunettes rondes. Onésime tremblait, il était hors de lui. Il tenait son canif dans la main, il le serrait à s'en imprimer la paume ; le gamin tacheté de rousseur avait posé la sienne contre la veste en cuir d'Onésime, il sentait que les choses tournaient au vinaigre.

Je te savais con —— mais pas à ce point Marcel —— qui t'a donné l'ordre de faire une connerie pareille — hein — qui bon sang — dis-moi qui ? —— c'est moi qui donne les ordres – tu entends ? —— c'est moi qui te dis quoi faire ——— tu les connaissais – toi – Matriolet et Jus – hein – tu les connaissais ? —— ils ont fait plus – à eux deux – en trois jours – que toi en un mois – bougre d'âne —— qui t'a dit de lui faire peur —— d'envoyer une pavasse – non mais on rêve – abruti —— tu crois qu'il va rester dans son église maintenant – t'es assez con pour penser ça – que quand tu reçois une pavasse dans la gueule tu restes sur place toi – qu'il va rester là à attendre qu'on le refroidisse – tu crois ça toi —— ça fait des semaines que j'attends – t'entends – des semaines que je veux savoir – et toi parce que tu peux pas blairer les curetons – tu fais ça – tu penses pas – tu réfléchis pas ——— je t'en foutrais des rouges moi – communiste de mes deux – vous avez rien dans le falzar – pas de jugeote —— rien du tout – tu crois tout savoir alors que rien du tout ——— c'est moi qui commande – est-ce que c'est clair – est-ce que c'est bien clair ça dans ta petite tête – Marcel ——————————— allez barrez-vous —— faut que je réfléchisse.

Onésime fumait en silence, le dos posé contre la carrosserie ; il regardait face à lui l'étendue noire, la clairière dégagée, ample, qui lui donnait l'impression d'un bourrelet de terre puis, à force de regarder, il y voyait un pubis de vieille femme. Aujourd'hui, c'est un hangar cubique blanc, vitré en éventail, un centre commercial avec ses allées et venues de voitures, son rond-point et sa station-service. Cette nuit-là, c'était encore un plateau sans encombre, venteux, cerné d'arbres où se liguaient trois forêts domaniales dont deux appartenaient à la comtesse de Terline ; elle avait donné son accord en faisant hocher sa quincaille, sans trop d'effusion ni plaisir, elle avait fait comprendre qu'elle laisserait faire, sans un mot, une simple évasion des mains, tout en ajoutant que les bottes de paille devaient être remboursées tôt ou tard. C'était une façon de se dégager, de ne pas trop en donner quand même ; alors qu'elle savait très bien,

finalement, qu'elle ne demanderait jamais un seul centime à la Résistance. La nuit était claire, ouverte, on pouvait compter les étoiles et les cimes des bois alentour, la lune descendante étalait une lumière d'opéra, de dernier acte ; tout le monde se retrouvait bleuté, cerné, fantomatique, bordé de nuit, d'opacité de gouache, on pouvait voir les maquisards se faufiler dans la clairière, sans un mot trop haut, par signes ou murmures, ils avançaient par groupes de trois ou quatre. On entendait, seuls : les pas froissés, quelques cliquetis d'armes et le son comprimé de l'impatience. Onésime regardait ses hommes attendre et il serrait les dents. Il les distinguait par grappes de taffes et bouffées de pipes ; lui fumait contre le ciel et les astres morts qui lui renvoyaient leur quiétude et leur indifférence ; il fixait la nuit et plus les minutes passaient, plus le doute lui donnait une envie féroce de tabac. Une forte odeur d'essence volait dans la clairière, on avait déversé plusieurs litres sur les six bottes de paille alignées dans l'herbe. Ils allaient arriver, ce n'était pas possible autrement, Nicole avait entendu le message ; ils avaient eu un contretemps, c'était aussi simple que ça, mais ils ne les laisseraient pas tomber, ce n'était pas possible.
Ils vont arriver – ne t'inquiète pas.
Nicole avait parlé à haute voix pour briser la solitude d'Onésime ; au lieu de lui donner un semblant de tendresse, elle avait préféré choper le mégot chauffé, mordillé, dans sa bouche. Elle se mit à le fumer en regardant ce jeune

homme inquiet qui sentait le cuir, la vache brune, les nuits dehors, le feu de camp et la poudre ; Onésime avait pris une odeur quelque peu sauvage, presque indomptée, dangereuse. Nicole le regardait adossé contre le camion et elle savait au fond d'elle-même, depuis son retour, qu'elle avait dépassé l'émoi confus des premières nuits, des baisers de bal ; elle savait qu'elle était amoureuse de cet homme-là, de ce garçon incertain, inquiet qui cherchait à s'endurcir pour mieux croire en lui-même, la mâchoire close ; son courage d'enfant, d'âne bâté, cette maladresse diluée dans de l'inconscience qui le poussait à des audaces de roman, tout cela plaisait, quelque part, à Nicole et elle s'imaginait que c'était de l'amour ; elle se l'expliquait comme cela. Pourtant, ils vivaient là, sans le savoir, le dernier soir où ils seraient ainsi côte à côte, complices, comme accompagnés par les restes de leur enfance. Après cette nuit-là, ils ne revivraient jamais plus ce semblant de sentiment d'amour, cette façon qu'ils avaient de se croire mariés par la terre. Soudain, derrière la plaque silencieuse de l'horizon, les maquisards entendirent l'arrivée mesurée des moteurs, petits pas nocturnes, une pluie de tôle lointaine, comme si l'on faisait vibrer la nuit, le ciel entier ; les avions s'approchaient de la clairière. Onésime se redressa d'un bond et Nicole ne put s'empêcher de lui saisir le bras, de serrer le cuir, de lui donner toute sa paume ; dans cette prise, un dernier lien se jouait, Nicole lui donnait sa présence et peut-être, noyé quelque part, un baiser d'adieu. Onésime siffla à en perdre la langue et, en quelques secondes, les six bottes de paille se transformèrent en boules de lave ; l'embrasement était tel que tous les maquisards se regardèrent comme des mômes, apeurés par la démesure des flammes, l'intensité soudaine de l'incendie, pris un instant par le doute ; autour, la forêt semblait fragile, elle pouvait prendre feu à son tour, à tout moment.

—— je ne ———— - - - - *grésillement* - - - - ————

———— je ne sais pas comment vous dire ça – il y a quelque chose de magique – oui – je dirais ce mot – ce moment où – enfin – comment dire – ce moment où l'enfance reprend le dessus – disons ça comme ça —— je crois que – ce soir-là – on était tous ébahis n'est-ce pas ? – les deux avions sont arrivés – ils étaient deux —— parce que le message – la mouche est dans le vinaigre – deux fois – ça voulait dire deux parachutages – donc on les a vus arriver – là – dans la nuit – et en quelques minutes – car tout cela est très rapide – il faut imaginer l'urgence – on a vu dix containers tomber du ciel – c'étaient des sortes de gros cigares en métal – et – à l'intérieur – quand vous les ouvriez – il y avait comme des compartiments ———— ça me fait quelque chose encore – d'en parler comme ça ———— alors que les containers flottaient – tombaient dans la nuit – les deux avions ont donné un coup d'aile – comme ça – pour nous saluer – et on ne les a jamais revus ——— alors la scène – quand vous y êtes – c'est quand même quelque chose —— je veux dire c'est un spectacle – il y avait le foin en feu – la nuit – la forêt aux alentours – tout – mes gars qui regardaient le ciel ——— et ces gros cylindres – le poids de ces cylindres – parce que faut imaginer – c'était rempli d'armes – de vivres – de tout un tas de trucs pour le maquis – on ne savait même pas – je veux dire – avec précision – on ne savait pas exactement ce qu'il y avait dedans – c'est pour ça que je vous dis que c'était un peu magique cette affaire —— tous ces engins qui dégringolaient lentement – ça prenait le vent – personne ne disait rien – on regardait tout ça nous tomber dessus —— et faut dire qu'on n'en revenait pas – c'était du sérieux —— toute l'opération se passait au mieux – le foin continuait à flamber mais c'était sous contrôle – et les containers descendaient dans l'axe – ils arrivaient droit sur nous ————— mon vieux – c'était quelque chose —— quand ils ont touché le sol – allez hop – ni une ni deux – j'ai fait signe au gars qui était dans le camion – Marcel qu'il s'appelait – un tout jeune type qui est mort juste après – et il est allé se garer en plein milieu du champ ——— et alors là fallait être rapide —— parce que déjà – les avions – ça avait fait un boucan pas possible – mais alors là le camion en pleine nuit – c'était pas très discret non plus ——— on a chargé tout ça dans le camion

– les dix containers – on les a empilés un par un – je dirigeais tout ça et personne ne bronchait – c'était même la liesse – enfin la liesse —— c'était joyeux – les visages des gars étaient chauds —— tout le monde souriait – y avait de la fierté dans tout ça – quand vous attendez longtemps – des jours – des semaines – que vous balisez tout ça – que ça vous prend des jours et des nuits – et puis après – que vous attendez encore – que vous espérez – eh bien je dois dire que – quand ça marche – quand ce moment arrive pour de bon – et que ça fonctionne – que les avions débarquent – que vous avez ces gros machins entre les pattes – enfin – que vous tenez le poids de tout ça entre les mains – oui – c'est un sentiment formidable —— ça rend fier – tout le monde était fier – mes gars souriaient – ils étaient heureux – parce que aussi – dans le fond – faut se dire que – pour nous – pour le maquis – ces containers – ça voulait dire qu'on allait gagner pour de bon ———— vous savez – on dit ça – on dit *se battre à armes égales* ———— je dois dire que – souvent – dans la forêt – c'est ce qui m'enrageait le plus – que cette question me posait problème – ça me travaillait en tant que chef d'équipe —— parce que la Résistance – c'est bien beau – je veux dire – les actes que moi et d'autres on a fait en ce temps-là – c'est important – on a été récompensés pour ça – sans nous les Américains n'auraient jamais pu avancer aussi vite – tout le monde sait cela maintenant ———— mais nous faisions de la guérilla

– c'est-à-dire que notre travail – si je puis dire – consistait à harasser l'ennemi – à l'empêcher de faire ceci ou cela – alors on faisait sauter des trains – on sabotait – on tirait sur des convois —— et on retournait se cacher dans la forêt — et je dois dire que cette façon de faire – sans face-à-face véritable – sans véritable guerre si je peux dire les choses comme ça – c'est quelque chose qui m'enrageait – parfois — j'avais parfois envie d'armer mes hommes et d'aller me battre en rangs réguliers – tirer vraiment – faire tomber l'ennemi – à armes égales – justement ——— peut-être que c'est générationnel ce que je vous dis là – parce que nous on avait grandi avec quatorze – avec les tranchées – la bataille de Verdun – toutes ces batailles avec deux camps – encore les Boches – et nous en face ——— et puis peut-être que je dis ça avec le recul n'est-ce pas ? —— avec les autres guerres – ensuite ——— que j'ai faites aussi ——————— – – – – *grésillement* – – – – ——————————— mais la guérilla – comme ça – je ne sais pas – je ne sais pas quoi en penser voyez-vous ———–—— alors bon – ce soir-là – au moment où on chargeait les containers dans le camion – qu'on les savait remplis d'armes de guerre – que j'allais pouvoir armer mes hommes – qu'on allait pouvoir se battre directement – aller au contact – quand il le faudrait ——— — parce que c'était cela l'enjeu — on a parlé de la bataille de France – mais nous ne savions pas encore – je veux dire concrètement – nous ne savions pas encore comment tout cela allait se terminer – s'il allait falloir mener de vrais combats —— en tout cas nous y étions prêts – et je dois dire que c'est ce que nous voulions – c'est ce que je voulais – profondément —— j'entraînais mes hommes – tous les jours – pour cette guerre-là ——— – – – – *grésillement* – – – – ———————————————————— si ————— si je vous dis tout cela – c'est pour essayer de faire comprendre – si cela est possible – la suite des événements – pour exposer la situation qui – au bout du compte – a été très douloureuse – pour moi et mes hommes – pour toute la région d'ailleurs ——— et en tant que chef de groupe – je prends ma responsabilité – si vous voulez – dans cette affaire ———————— nous avons roulé de nuit – feux éteints – le petit Marcel conduisait le camion – Nicole et moi avec lui – à l'avant – et deux autres gars étaient derrière – les autres étaient repartis par les sentiers – à travers bois – pour rejoindre le maquis ————— nous avons garé – comme prévu – notre camion dans un ensemble de granges – à Ariot – un petit village qui était à mi-chemin entre le terrain de parachutage – et notre maquis —— nous avions nos informateurs dans le village et aux alentours —— de ce côté-là – tout était en ordre – nous avions prévu de venir récupérer le chargement dès le lendemain – avec une autre équipe – d'un autre maquis – dirigé lui par un gars qui s'appelait Méandre – ça ne s'invente pas – enfin si – c'était son surnom – bien entendu —— je ne sais plus son vrai

nom d'ailleurs ——— nous avons dormi – comme prévu là aussi – chez un type qui rendait tout un tas de services à la Résistance – lui s'appelait Petit – nous avons créché chez lui ——— enfin on n'a pas beaucoup dormi ——— avec une petite bougie sur sa table – je m'en souviens —— on a cassé la croûte et on a pas mal trinqué – cette nuit-là – avec les gars – et Nicole ——— faut dire que pour ça – dans le coin – on trouvait toujours un moyen d'avoir de quoi — et puis on devait se lever très tôt — ça – faut dire aussi que — à ce moment-là – on dormait pas beaucoup ——————— je fais une petite parenthèse si vous le voulez bien —— mais après la guerre – enfin en France – parce que la guerre continuait ailleurs ——— donc dans les jours qui ont suivi la Libération – je suis parti vivre un temps chez la Mémène —— eh bien je dois dire que – à peine arrivé – j'ai dormi presque trois jours de suite ——— mon vieux —— impossible de me lever — on accumulait de la fatigue – de la tension – des nuits courtes – très courtes – et pas toujours réparatrices ——— enfin ——— fallait être sacrément en forme quoi ——— parfois quand je me réveille d'une sieste – encore maintenant – quand je dors d'un sommeil lourd – profond – eh bien j'ai l'impression de me réveiller de ces trois jours-là ——— je n'ai jamais autant savouré – à ce moment-là de ma vie – ce qu'on appelle si bien *le repos du guerrier* ———————————————
——— – – – – *grésillement* – – – – ——— c'est le fils de

Petit – un jeune gars un peu simplet – tout essoufflé – qui nous a réveillés en hurlant – il avait vu une longue colonne allemande – avec des side-cars – des camions – se diriger droit sur Ariot – là où on était —— on avait été dénoncés – je ne sais pas comment – mais à ce moment-là de la guerre – les Allemands faisaient pas dans la dentelle si vous voyez ce que je veux dire – les parachutages étaient nombreux – surtout dans la région – ils avaient aussi leurs informateurs – enfin – en tout cas – ils ont su qu'on avait caché le parachutage ici – à Ariot – et ils venaient nous rendre visite ———————— encore maintenant je ne sais plus pourquoi – pourquoi – exactement – il avait été décidé d'attendre une nuit à Ariot – toujours est-il qu'on a déguerpi le plus vite possible – par les champs – puis par les bois – et on s'est retrouvés un peu plus haut – en surplomb – à la lisière des bois – on voyait le village de là où on était —— on ne savait pas encore – bien entendu – s'ils venaient pour nous ou pas – ou s'ils ne faisaient que passer – dans ce cas – on serait redescendus pour récupérer le parachutage ———— mais ——— malheureusement ——— ça ne s'est pas passé comme ça —— ils venaient bien pour nous – enfin pas seulement – et ils étaient nombreux – armés – déterminés — et ça n'a pas chômé – ça c'est le moins que l'on puisse dire ———————— de là haut – de là où on était – on a pu tout voir ——————————— il y avait au moins une centaine d'hommes – des mitrailleuses lourdes – des mortiers — il faut dire aussi – qu'avec eux – il y avait deux voitures de miliciens français ——— mon vieux —— tout ce monde-là n'était pas venu pour rigoler —— ce n'est que quelques jours plus tard qu'on a su qu'ils se préparaient depuis plusieurs jours – qu'ils avaient quadrillé tout le secteur – et qu'ils savaient pour la plupart des maquis aux alentours – et ce jour-là – ils venaient surtout pour le maquis Melnick – pas très loin – qui avait reçu – lui aussi – un parachutage – et tous les gars de ce maquis – qu'on connaissait – étaient liés aux habitants d'Ariot – le village était connu pour son aide – pour son lien avec la Résistance —— à l'été quarante-quatre – il faut bien imaginer – beaucoup de petits villages étaient passés dans le camp de la Résistance – y avait tellement de gosses qui étaient partis au maquis – chacun avait un frangin – un cousin – un copain – qui était quelque part dans les bois —— alors beaucoup de gens – beaucoup – parce qu'on peut pas dire tout le monde – faisaient des petites choses pour nous —— y avait de l'entraide – disons les choses comme ça ————— et les braves gens d'Ariot étaient de ceux-là ————— mais avant de parler de ça – de finir cette histoire-là – de cette journée dramatique – qui a changé beaucoup de choses – il faut dire qu'elle avait très mal commencé pour mon équipe ————— parce que alors qu'on était à la lisière – là haut – dans les bois – on se regarde tous les yeux crevés de peur – et on se rend compte que le petit Marcel n'est pas avec nous – on était quatre – Nicole – moi et les deux autres qui avaient chargé le camion avec nous – deux braves types aussi – deux gars qui avaient fui le STO – qui étaient avec nous depuis un mois ou deux – ils étaient frères – les frères Tachon —— alors on se regarde —— on était partis comme des balles – j'avais sifflé un bon coup – et – pris dans l'action – comme on dit – on avait oublié que Marcel créchait au pied du camion ———— j'ai oublié – je précise – car c'était de ma responsabilité – en tant que chef d'équipe – de prévenir le petit Marcel ——— de là où on était – on voyait tout – Ariot n'était pas un gros village à cette époque-là – quelques fermes – une rue pleine de terre – c'était plus un hameau si vous voulez – alors la grange avec le camion – on la voyait d'ici —— et la colonne qui s'approchait —— —— je dois dire que – parfois – je préférerais ne pas – ne pas raconter cela —— mais je comprends ce que vous faites —— et l'histoire de la région – de la Résistance – n'est pas – vous vous en doutez – toujours évidente ——— ou glorieuse ——— ce que je peux vous dire — d'abord —— c'est qu'après – dans ma carrière – et Dieu sait si j'ai eu des hommes sous mon commandement — je peux vous dire que je n'ai pas – jamais plus – abandonné un seul homme —— sur le champ de bataille ou ailleurs ———— à ce moment-là – nous étions confus – nous venions d'être surpris – c'est le moins que l'on puisse dire – et la situation était extrêmement critique —— ce jour-là – entre les arbres – dans ce sous-bois qui surplombait le village d'Ariot – nous avons failli en venir aux mains – entre nous —— — j'ajoute que – parce que dans la vie – je trouve – nous sommes parfois autant confrontés à des situations terribles qu'à des noms – des appellations – des mots – qui vous restent – qui font presque diversion – si je puis dire – et qui vous habitent – vous hantent – ou parfois même qui semblent se foutre de nous —— eh bien —— et je vous jure que c'est vrai – vous pouvez vérifier sur une carte —— ça fait sourire quand je raconte ça – mais la petite route qui relie Ariot et le bois – où nous étions à ce moment-là – une petite route de terre à cette époque-là – eh bien elle s'appelle la « route des Soucis » —— ma parole —— alors vous voyez —— elle portait bien son nom cette route-là —— parce que mon vieux – c'est tout ce qu'elle m'a apporté dans la vie —— alors —— à ce moment-là —— il est possible que – à cause de la tension – de la confusion – de la peur aussi – je ne mesurais plus les risques mais aussi – bien entendu – les conséquences —— car si nous étions tués – si nous étions arrêtés – il y avait le risque de tout perdre – de mettre en danger – de mort – des dizaines et des dizaines de personnes —— et nous n'étions même pas armés – dans la confusion – on avait laissé nos deux sacs chez Petit – avec nos chargeurs —— si bien que j'avais mon Parabellum – avec deux balles dedans —— c'était tout —— – – – – *grésillement* – – – – —— et – là – dans le sous-bois – eh bien – sans réfléchir – je me suis levé – sans réfléchir – je m'étais mis à découvert – en disant que j'y allais – que j'allais chercher Marcel ——— et ni une ni deux – les trois me sont tombés dessus – Nicole la première – ils m'ont pris par le falzar et hop – ils m'ont remis sous les arbres ——— alors ça gueulait – parce que je ne voulais rien entendre – et que je dirigeais voyez-vous — c'était moi qui décidais —— encore maintenant – vous voyez – je ressens de l'injustice ——— ils avaient raison – sans doute – mais ils ne m'ont pas laissé faire – alors que je commandais —— c'était à moi de décider – ils m'ont plaqué au sol – et j'étais hors de moi – ça oui – je peux le dire ——— les frères Tachon étaient un peu distants – finalement – je veux dire que si Nicole n'avait pas été là – ils auraient obéi – ils m'auraient laissé faire – mais eux aussi avaient peur —— c'est bien normal ——————— – – – – *grésillement* – – – – ——————— alors quand Nicole a commencé à me houspiller – à me dire que j'étais fou – que Marcel allait s'en sortir – qu'on ne pouvait pas prendre le risque de redescendre —— eh bien mon vieux on s'est un peu étripés ——— oui —— ça on s'est fâchés ————— et je lui en ai voulu – longtemps —— très longtemps ——— parce qu'on aurait peut-être pu le sauver le petit Marcel —————— mais – alors qu'on se chamaillait – on a entendu plusieurs coups de feu ——— les Allemands – et les miliciens – commençaient leur affaire

—— nous on s'est mis à couvert – et on ne pouvait rien faire – à part attendre ——— attendre comme ça —— l'honneur dans les poches – et voir —— voir ce que ces salopards allaient faire ———— je l'ai raconté plus tard – d'ailleurs – pour un autre bouquin ————— en dix minutes – je dis bien en dix minutes – ils étaient partout – ils avaient fait sortir tout le monde – les hommes – les femmes – et deux enfants – tout le monde ———— ils ont rassemblé les habitants sur la place – ce qui servait de place disons – là où il y a le monument maintenant —— il y avait quelques cris – des ordres – mais dans l'ensemble – c'était relativement calme – les gens étaient terrorisés – bien sûr – mais surtout déterminés – je ne sais pas comment dire cela ——— il y avait de la haine – sourde – brute – quelque chose – à cette époque-là – dans les derniers mois de la guerre – il y avait une tension réelle – quelque chose qui nous faisait tenir tête aux Boches – tous – quelque chose qui rendait les uns et les autres froids – silencieux ——— je l'analyse comme cela – maintenant – avec les années —————
de l'autre côté du village – au même moment – on a vu les miliciens fouiller la grange ———— je pense que Marcel avait réussi à se cacher quelque part —— mais on l'a vu revenir entre deux types – et puis – vous savez – être résistant – à ce moment-là – ça se voyait sur nos trognes – enfin ça pouvait aller vite – ils l'ont agenouillé – ça parlait fort – à ce qu'on pouvait comprendre ———— de là où on était

——— et —— à côté – d'autres types avaient trouvé le chargement – le parachutage – dans le camion ——— —— vous ne pouvez pas imaginer la tension – là – entre Nicole – les frères Tachon – et moi —— alors une fois encore —— voyant la situation nous échapper complètement —— voyant que ça allait barder —— une fois encore – je n'ai pas réfléchi – j'ai dégainé mon revolver – voulant tirer – tirer dans leur direction – faire diversion – en abattre un —— même si —— bien sûr —— du fait de la distance — il était impossible de toucher quelqu'un —— mais je n'ai pas réfléchi —— c'est comme ça —— enfin si — si – j'ai réfléchi — je veux dire que je voulais agir —— changer la situation —— parce que ça devenait insoutenable ———— et au moment de tirer ——— Nicole me voyant faire —— à ce moment-là —— rebelote —— elle m'a sauté dessus – elle m'a pris le bras —— et tout cela allant très vite —— le temps qu'elle me chope le bras —— qu'elle face dévier le tir —— je me suis retrouvé le bras en l'air – et la balle est partie dans les feuilles ——— ça a évidemment alerté les Allemands – et les miliciens ——— — et on a été obligés de déguerpir encore plus loin —— voyant les Allemands pointer dans notre direction ———— ————————————————

——— que pouvions-nous faire —— c'est vrai ——— ———— que pouvions nous faire ? ———— ———————— j'y ai souvent pensé ———

——— plus tard ——————— quelles étaient nos options ? ————— à nous ———— comment ——— comment pouvions-nous faire *autrement* ——— ——————————— à dire vrai j'ai toujours pensé qu'il ne fallait jamais laisser l'avantage du temps à l'ennemi – et j'ai suivi cette leçon toute ma vie ——— — nous avons beaucoup trop tergiversé —— nous avons trop attendu —— nous avons été beaucoup trop *pris* par la surprise ——— vous savez —— vieillir — je pense ——— c'est ——— selon moi ——— finir par entendre les expressions —— comprendre leur cœur ——— ces expressions avec lesquelles on grandit — qui nous habitent ——— je me souviens des leçons – à l'école – des lignes de phrases et d'expressions toutes faites – mais elles sont là – elles parlent pour nous – alors oui – en vieillissant – elles prennent enfin du sens —— eh bien —— je comprends pourquoi on dit – en général – être *pris* par surprise – je le comprends – parce que c'est exactement ce que nous avons vécu là-haut —— —— nous étions captifs – enfermés – pris – par la surprise — et nous ne pouvions plus rien faire ——— et ce que j'ai fait —— moi — n'a servi à rien ————— et nous n'avons pas pu éviter le massacre ——————— ——————— - - - - *grésillement* - - - - —————

Il y avait cette image qui lui sautait aux yeux, qui s'imposait d'elle-même ; elle prenait soudain toute la place ; au fond de son œil, comme révulsée, inversée, projetée en souvenir, l'image était là, césarienne ; des éclats contours, quelque chose qui faisait front, sortait de nulle part, elle brouillait toute la scène. La cendre comme une coque ; de la lave sèche, grise par endroits, une croûte de sel chauffée au charbon noir. Onésime, 21 ans, voyait cela, au milieu des ruines du village d'Ariot, un jour de septembre quarante-quatre. Face à lui, au milieu des dernières flammes, des bûches effritées, au son crié, de cire coulante sur de l'eau, de fusion pluvieuse, de braises lingots, Onésime voyait un corps carbonisé dans sa dernière lutte, arrêté par le feu ; et ce face-à-face effroyable était voilé par l'image des corps pétrifiés par le Vésuve. Le corps de cette femme d'Ariot le renvoyait à sa propre enfance ; et sa douleur se brisait ailleurs, éclatait par le feuilleté confus d'un imagier, de ses souvenirs de contes et de faits divers, de couches imperceptibles qui font resurgir le capiton de l'enfance et, peu à peu, rendent le réel mouillé, trempé de réminiscence, suintant, sidérant ; ce qu'il avait vu, enfant, dans les livres et les journaux, avait permis la contagion lente du contrepoint, d'un possible face-à-face ; il pouvait bel et bien être confronté à la réalité d'une image entraperçue dans son enfance. Onésime, 8 ans, passait de longues heures, attablé dans la cuisine de l'impasse du Champ-des-Cris, à soulever les feuilles imposantes de *L'Illustration* ; il étalait ainsi les pages devant lui, posait son menton sur ses deux poings et entrait littéralement dans les images ; le silence se faisait autour de lui, les casseroles de Blanche pouvaient se fondre dans la carlingue fendue d'un avion de chasse, l'eau brassée des lessives sombrait dans des images de naufrages, de houle ou de tempête ; et la croûte de sel au four, craquante, odorante, venait assaisonner les images des corps fondus par Giuseppe Fiorelli, dans les décombres de Pompéi. Les photographies de ces moulages fascinaient Onésime ; il pouvait les regarder de longues minutes sans un mot, passant d'un bras à un autre, longeant les courbes des os pourtant invisibles, étonné de ces visages imprimés, captés, piégés vifs, saisis dans leur effroi ; il y percevait, non sans une fascination morbide, son rapport à l'Histoire, ce qui lui faisait aimer les récits guerriers et les batailles médiévales, son désir féroce d'imaginer les corps imprimés dans leur ultime tourment ; à quoi pouvaient-ils bien ressembler, tous ces hommes qui s'étaient battus les uns contre les autres, à quoi pouvaient-ils bien ressembler lorsqu'ils succombaient sous les coups de haches et les flots d'huile chaude ; il cherchait à poings fermés, sous les paupières, à imaginer les morts hasardeuses des conquérants et des explorateurs, ces hommes vitrifiés par les froids polaires ou rongés par des sables mouvants, brûlés par le sable, les chaleurs inconnues des déserts, du Sahara, de Gobi. Onésime jouait avec son imaginaire, il le tordait en tous sens, il posait les décors comme un metteur en scène, choisissait l'esquisse d'un malheureux et le plongeait dans la gorge d'un boa, d'un python, d'un anaconda, l'imaginant ensuite se battre sous la glu cintrée, sans oxygène, se débattre sous la constriction des replis de l'animal, voyant sans peine la peau tirée, les macules gonflées, sombres, laissant apparaître les contours harassés d'un corps au supplice, dévoré vivant, hurlant d'horreur, vivotant par derniers à-coups avant d'être figé puis digéré. Onésime pouvait maintenir ou suspendre une image, la malaxer avant de dormir, la faisant rouler sans cesse pour nourrir un chiasme, en lui, qui prenait chaque jour plus d'ampleur, entre oubli d'un imaginaire cruel et désir d'en voir toujours un peu plus, pour comprendre, s'approcher, ramper vers l'irréconciliable, le caché trou noir qui dévorait la plupart de ses instants de vie, de respiration d'enfance ; au fond de lui, éloigné par un couloir de raisons closes, il désirait par-dessus tout voir les visages mortuaires de ses deux parents, brûlés au fond du tunnel des Batignolles ; leur masque ultime, à l'instant même de leur abandon. Cela, bien sûr, il n'en avait pas encore conscience. Il allait à la rencontre de ces images pour mieux combler les vides, les impasses et les absences ; les silences de Blanche avaient laissé place à un besoin irrépressible d'imaginer la mort en acte ; les corps qui gisent, hurlent, se débattent, se morfondent, crachent, râlent, avant de jeter leur dernier souffle. Onésime s'était ainsi forgé une étrange galerie de morts, de scènes macabres où les images des corps pétrifiés de Pompéi tenaient une place de choix ; car il y en avait une qui lui ouvrait la voie d'une réconciliation heureuse, d'un réconfort où pouvaient se mêler le funèbre et l'amour, l'étreinte finale, celle qu'il n'avait jamais pu voir dans son enfance et qui manque, irrésistiblement, à tous les enfants qui mastiquent le nerf maigre, sans mots, de l'abandon. L'image des deux amants de Pompéi, enlacés, tannés de cendre, était venue combler l'album intime de sa solitude ; il n'avait rien dit à personne, ni à Blanche ni à Naudet, mais il avait découpé soigneusement l'image des deux amants et, après l'avoir collée contre un carré de carton, il l'avait longtemps gardée sous son oreiller pour, de temps à autre, avant de fuir le réel, la contempler au plus près du visage comme pour y puiser la force consolatrice d'une icône. Ces deux corps enlacés, courbés, fossilisés, couverts de pierres ponces, de laves, de cendres, ces deux corps empreintes qui n'avaient rien demandé à personne, ce funeste jour de l'irruption du Vésuve, ces deux-là incarnaient pour Onésime l'amour jeté aux flammes, ces deux parents fondus en enfer, balafrés par le sort, l'explosion irréelle des gaz du train puis la morsure sans fin de la fournaise ; le piège de l'étuve, volcanique, du tunnel ; l'image des deux amants de Pompéi remplissait la page blanche de son deuil comme les plâtres de Giuseppe Fiorelli garnissaient les vides laissés par les corps disparus, sous les couches de lave, de cendre, de lapilli et de nuées ardentes, près de deux mille ans après la catastrophe.

C'est le mot, sourd, qui tapait entre ses tempes : une catastrophe. Onésime regardait cette femme anonyme, brûlée, saisie rouge, morte à point, il fixait la coque de sel noir qui lui donnait cet aspect d'enfer, d'âme fauchée, damnée ou de viande à vers. La femme gisait au milieu des ruines de sa ferme ; son visage, invisible, était fondu à même le sol, dans la cendre figée par la bruine. Onésime la regardait fracassée là, écrasée entière, il fixait ce monceau de femme, ce reste brut d'un cerneau de corps, dénudé de pudeur, de retenue, de vie bouffante, il ne restait que le désastre insensé d'un dernier cri, de ce qui avait fait empreinte et emporté la mise ; elle paraissait tordue, plongée dans une torture de purgatoire, implorant un dieu lare qui avait bien décidé de l'abandonner, indifférent, à son sort. Absorbé ou abasourdi, incapable de muter ses pensées ailleurs, Onésime s'imprégnait de cette figure, elle s'inscrivait au fond de son œil pour mieux remplacer le leurre dérangé de la mort de Léontine ; le corps si souvent imaginé de sa propre mère, projeté, cauchemardé des nuits entières, le corps cendré du tunnel des Batignolles, ce corps-là n'avait été qu'un récit de foire, une diversion sans magie, qui avait pour seule conséquence, à cette heure précise de la rencontre avec la mort, le revirement d'une image, un effacement au profit d'une nouvelle catastrophe ; désormais, les amants de Pompéi quittaient la parure de la mort de Léontine pour venir rencontrer le cadavre de cette femme d'Ariot ; il n'était plus question d'image, de rêve, d'écran, le réel venait de fracturer son regard, de prendre toute sa place – il était question, ce jour-là, pour Onésime, d'un tracé sans retour possible, d'un traumatisme. La ferme, comme les autres maisons du village, avait rejoint le paysage, par transparence. Les flammes avaient suivi voracement les lignes du bois, des murs et des charpentes, laissant le tracé d'un plan d'architecte en plein air, comme inachevé, mordu par le ciel blanc ; ce matin-là, à Ariot, la nuit avait laissé la place à un crachin d'aube. Seule la cheminée de la ferme était encore dressée ; et si on suivait des yeux la ligne triste de sa quarantaine, dans le paysage, on tombait sur deux grosses tourterelles qui grelottaient, deux boules contrites, comme irréconciliables ; à elles deux, elles boudaient le monde entier. Onésime marchait au milieu d'un désastre, le regard pilleur, saisissant au vol tout ce qui pouvait maintenir un tant soit peu le goût du réel ; de là où il était, les pieds gluants de cendre, de boue noire, il pouvait voir les quatorze cadavres des hommes fusillés sur la place et, tout autour d'eux, les ruines fumantes du village d'Ariot ; les Allemands avaient tout enflammé avant de partir, condamnant les portes et les fenêtres, ne laissant aucune chance aux quelques personnes, comme cette femme qui gisait là, aux pieds d'Onésime, qui avait pu se cacher avant les fusillades. Les hommes exécutés, au sol, comme fondus eux aussi, mélangés, mélasse, presque affamés à se gorger de boue, d'eau, d'herbe fraîche, tous étaient en pyjama, en robe de chambre, les mains liées dans le dos, tirés du lit, tirés tout court, fusillés pour l'exemple, pour des représailles dira-t-on plus tard, contre les parachutages dira l'Histoire, mais ce jour-là, en ballottement à en vomir, Onésime se disait qu'ils avaient été fusillés *pour lui*, à cause de lui. Les dix maquisards qui accompagnaient Onésime semblaient fouiller des torchons sales, du linge souillé, des tessons d'amphores ; avec des outils trouvés là, pelles, râteau, canne, ils bougeaient des morceaux de bois noircis, soulevaient des loques de draps, de vêtements ; personne ne savait ce qu'on cherchait, au bout du compte, tout était dit par le silence, les fumerolles, les corps troués ; chacun cherchait peut-être, en farfouillant les ruines, un moyen de recueillir un morceau de dignité, d'audace, de reprise en main sur le cours des événements ; certains avaient peut-être encore l'espoir enfantin de retrouver le trésor que l'ennemi était venu voler, délibérément. Bien sûr, le camion avait disparu ; et, avec lui, tous les containers du parachutage. Un bruit mou, de vase, venait de réveiller Onésime, derrière lui. Alias était arrivé avec trois autres maquisards. Les deux hommes se saluèrent ; ils avaient tous les deux la gravité d'une fin de guerre, la conviction de l'inévitable, une blancheur de sale jour ; à travers leurs regards, ils pouvaient comprendre, tous les deux, qu'ils faisaient face à ce qui devait, pouvait, indéniablement, frapper leur conscience un jour ou l'autre. Pourtant, Alias venait de lui tendre un reste de sourire, caché loin sous le bois de l'enfance, de ce qu'il en restait du moins.

Alors tu as gardé la veste ?
Oui ——— comme tu peux le voir.
Nous avons peu de temps ——— enterrez les gars et fichez le camp – je m'occuperai du rapport —— il leur reste peu de temps – crois-moi – on les tient — tout ça va bientôt se terminer.
Alias —— je voulais ——
Je ne veux rien savoir de plus — faites ce qu'il faut — reprends en main tes gars – on va libérer le coin plus vite

qu'on le croit – on va vous faire parvenir ce qu'il faut – là – dans les prochains jours.
Il ne faudra pas oublier —— oublier le nom du petit Marcel ——— c'est tout ce que je voulais dire.
On n'oubliera personne.

Cette nuit-là, impasse du Champ-des-Cris, j'avais beau essayer de me laver les mains, il était impossible de quitter cette sensation de frottement ; je pouvais encore sentir, dans ma paume, le doigt mort d'Onésime. Avant de me coucher, j'avais essayé, pour le troisième soir consécutif, d'écrire une lettre à Alice. Je voulais lui expliquer, lui dire, retenir, trouver un moyen de lui tendre ce qui se passait ici, ce que je ressentais comme brûlure, jour après jour, l'inquiétude pénible, le possible tournant d'un drame ; je ne peux pas dire si, cette nuit-là, j'ai commencé à comprendre qu'il allait être impossible de faire marche arrière, que je ressentais que la maison de l'impasse commençait à s'écraser contre moi, de tout son poids, qu'elle avait décidé, comme les murs et les souvenirs de Nicole, de ne pas me laisser tranquille ni indemne. Cette nuit-là, pour la première fois depuis sa mort, je venais de rêver d'Onésime.

J'occupais la chambre du fond, à droite, celle qui donnait sur le jardin et sur le portail blanc. Un temps, cette pièce avait été le bureau d'Onésime puis elle était devenue, par la force des aménagements, des mouvements de linges, une chambre d'enfant. J'y avais laissé, contre le mur, mon sac à dos ouvert, comme égorgé, les vêtements empilés à l'intérieur ; je n'avais rien défait, je me glissais dans le lit, le soir, intrus des meubles, je regardais autour de moi les derniers plis des papiers peints, les lignes gondolées, le crucifix et son rameau sec au-dessus de la porte, la brosse à reluire pendue à la clef de la bonnetière, la Bécassine en tricot assise dans l'angle sur une chaise, comme un rappel cynique au destin de Blanche, je regardais les détails de la pénombre, le levain des intérieurs, toutes ces couches indistinctes, vibrantes, qui rendent une pâte molle, une atmosphère levée, ambiguë, où la familiarité d'un lieu se mêle à l'inconfort, à un sentiment d'adversité. Depuis ma première nuit passée ici, dans la maison de l'impasse, je dormais ratatiné, me défendant presque, cherchant inlassablement à me protéger contre ce rejet que les murs semblaient m'imposer ; la chambre aurait pu, à elle seule, me mâcher dans son ventre, me laisser crever dans ses draps, elle aurait pu se fermer toute seule, m'emmurer pour m'empêcher d'en sortir, me digérer ; elle avait ce caractère vénéneux des toiles, elle laissait planer une gêne de glu puis une densité collante, vorace, lorsque j'éteignais la lumière.

Avant de dormir, le plus souvent, je tentais de lire quelques pages d'un livre laissé là, ancien, couverture rigide faussement gravée ou ornée ; Onésime, de son vivant, avait été abonné à différents services qui offraient ces ouvrages pompeux, enluminés, patrimoniaux, allant de Hugo aux *Mémoires* de De Gaulle ; les livres reçus servaient avant tout à se serrer les uns contre les autres pour donner l'impression d'une bibliothèque bourgeoise, dans le bureau. Onésime confessait sans problème qu'il n'avait jamais terminé un livre de toute sa vie. Seule Simone, pendant ses longs mois d'attente et de patience, lorsque Onésime était à l'autre bout du monde, avait lu Zola, quelques livres de Hugo et avait aimé la comtesse de Ségur. Ce soir-là, massé contre un édredon vide, mou, piquant de vieilles plumes, je m'étais endormi sur *La Joie de vivre*. La lune, dehors, était ringarde ; le silence, lui, vivotait sous un goutte-à-goutte, et le premier lieu de l'absence, la chute au gré des ombres, du sommeil, avait soudain craché un cauchemar qui m'avait imposé de sortir d'un bond des draps, pour aller me rafraîchir les doigts, la paume, les mains ; car, indéniablement, j'avais senti une pression brève, moite, un effleurement d'haleine, de cave, un frottement ; bref, j'avais senti une présence. Dans l'écart fibreux du rêve, derrière un semblant de paravent, Onésime était apparu menu, coincé, un père courbé au tison, comme prêt à remuer les braises, l'œil saisi par la tâche, inconnu du reste de l'espace, détaché d'à peu près tout ce qui s'éloignait d'un feu imaginaire ; il était là, arrêté, l'âge certain, gris presque vieillard et tout autour de lui, par effet de calques, le salon de l'impasse, du moins ce que je savais être le salon de l'impasse ; une pièce au papier peint damier et des luminaires sculptés dans des pieds de vignes, des pots de terre, des dizaines de pots de lait contre le mur, et une fenêtre en verre soufflé. Onésime me regardait fixement et il me tendait le bras tout en faisant de petits pas frottés, paillasson ; il avançait à pas mous, tendu vers ce qui semblait être moi, et je me souviens distinctement avoir senti le papier peint, derrière moi, comme une sueur froide. Onésime avançait et la solidité féroce, dense, du mur m'empêchait d'aller plus loin, de reculer ; alors je lui disais de s'éloigner, de ne pas approcher, et plus il s'avançait, plus je sentais venir la transparence, sa substance fantôme, il ne pouvait pas être là, il allait disparaître, il devait disparaître ; je cherchais à me raisonner en attendant d'être traversé, parcouru par son absence, un air froid, neutre, que sais-je, quelque chose de brume, de spectral ; Onésime était mort, il allait me passer à travers, point à la ligne, je voulais retourner au calme, à la trappe du sommeil. Il y avait comme un grincement de chaise ou de dent, et la main d'Onésime se rapprochait de la mienne ; et c'est à l'instant du contact, lorsque son doigt vint gratter l'intérieur de ma paume, doucement, presque gentiment, avec application, comme souriant, c'est à ce moment précis que tout mon corps se mit à trembler d'horreur ; car la chaleur de son doigt, sa pression, sa force d'appui, je sentais tout, toute sa présence n'avait soudain plus rien de fantomatique ; Onésime me grattait la paume avec son doigt, c'était un geste sans caresse, plutôt un avertissement, un ver grouillant mobile, affamé, qui creuse la peau pour y pénétrer ; comme si, du fond de sa tombe, il venait mimer là, dans ma paume, les mouvements lombrics qui parcouraient son propre corps couché dans son cercueil, il bougeait son doigt de haut en bas, en forme d'aiguille sismique, il traduisait ainsi la grouille, les vrombissements de la terre, des vers et des charognes, il dessinait du bout de son ongle la piqûre de leurs rognures, de leur appétit le long de ses côtes ; par ce seul mouvement de sonde, il me mettait en garde ; sous terre, quelque part, la chair d'Onésime n'avait pas encore quitté ce monde ; il semblait vouloir me dire que son corps était encore chaud. Je me suis réveillé dans une flaque, paniqué d'eau, de sueur, le radiateur barbouillait un son de gravier mais la maison de l'impasse gardait son poids de nuit et de silence ; ma main gardait, elle, la pesanteur, la pression du doigt grouillant d'Onésime ; je vivais là une sensation de stigmate, l'impression d'un clou invisible, rouillé, qui m'aurait traversé la main de part en part. Dans la salle de bains, je laissai couler le robinet, longtemps, pour me rincer du rêve, frotter mes deux mains ; et dans le miroir, mon visage était épais, gonflé, cru, il n'y a pas à dire, cette nuit-là, je respirais la détresse et la solitude. Il faisait froid. Les murs de la maison semblaient vouloir conserver les morts. Il n'était plus question de dormir. Je me suis rhabillé, j'ai enfilé la veste en cuir d'Onésime pour descendre à la cave où, décidé à m'assommer, je me suis saisi de deux bouteilles de sancerre rouge. Dans la cuisine, le lecteur de cassettes était encore là où nous l'avions laissé avec Nicole ; depuis quatre jours, nous écoutions la voix d'Onésime. Elle avait apporté une boîte à chaussures, un matin, qu'elle avait posée sans cérémonie sur la table de la cuisine. À l'intérieur, une dizaine de petites cassettes sans inscriptions, sans rien. Elle m'avait raconté qu'un historien local, à la fin des années quatre-vingt, avait réalisé des entretiens avec Onésime et d'autres anciens du maquis. Nicole lui avait demandé si elle pouvait garder les cassettes et, après la parution du livre, l'historien lui avait confié les enregistrements. Nicole commentait peu notre écoute, le son grésillé des bandes, dans la cuisine. Elle s'asseyait, elle buvait son café, elle me regardait de temps à autre comme pour me prendre à témoin puis elle reprenait son face-à-face avec le vide. Je me suis assis à la table de la cuisine avec les deux bouteilles, un verre à pied, sans allumer la lumière. La nuit était complète. Le frigo Pontiac répondait au croassement lointain, dehors, d'un corbeau ; peut-être était-ce celui qui m'avait harcelé les premiers jours, ça n'avait plus d'importance, la nuit couvrait les quelques limites, fragiles, du présent, je n'avais

pas l'impression d'être là ; je vivais un instant souvent répété, pour moi, de dissociation lente, de déambulation dans le réel, sans autre signalement d'exister tout à fait que le poids déplaisant de mon corps, de sa masse inamovible ; c'est bien pour le lever un peu de sa charge qu'il pouvait m'arriver, de plus en plus régulièrement, de le faire boire. Au bout de trois verres, c'était le silence qui avait fini par me peser ; et, sans réfléchir, comme pour allumer la radio, je me suis penché sur le lecteur de cassettes et j'ai décidé de rembobiner vers l'avant ———— ————
———— ———— ———— ———— ————
———— ———— et encore, ———— ————
———— ———— ———— ———— ————
———— ———— ———— ———— ————
———— ———— ———— ———— ————
———— comme à la recherche du fin mot de l'histoire —
———— ———— ———— ——— avant d'appuyer n'importe où pour reprendre la lecture ————————
———— – *clac* – ———— – – – – *grésillement* – –
– – ——— – – – – – – – – – – – – – ———— – – – – au fond
———————— – – – – il ne faut pas que ————————
———————— – – – – *grésillement* – – – – ————————
———————————————— il ne faut pas imaginer qu'il n'y avait que de la liesse – non – il ne faut pas croire ça —— des gens heureux – bien sûr – il y en avait – beaucoup — je veux dire – c'était un moment que

l'on attendait tous —— de se sentir – comme cela – comme libres —— mais je dois dire qu'il y avait aussi beaucoup de confusion – beaucoup de – comment dire ça – beaucoup de —— d'appréhension – de l'inquiétude —— les gens étaient là – nombreux – sur les bords de route – sur les trottoirs – ça bien sûr – ils criaient parfois leur joie —— quand on passait — mais faut d'abord imaginer que – quand on a libéré Nevers – par exemple – eh bien – beaucoup de ces gens-là ne savaient pas qui on était – je veux dire – ils savaient ce que c'était – la Résistance —— mais nous – nous – sur nos bagnoles – avec nos armes – nos uniformes débraillés – tout ça – nos allures de mercenaires – personne ne nous connaissait – on ne pouvait pas savoir ce qu'on allait faire ——— je pense que certains d'entre nous n'avaient pas forcément l'air —— disons —— rassurant ——— ça j'y pense souvent – avec le recul —— avec toutes mes années d'active – dans l'armée – j'y pense souvent – vous savez —— à l'uniforme —— on était habillés un peu n'importe comment – avec des armes qui venaient de partout – de l'armée allemande – américaine – des Anglais – à la ceinture – y en a qui avaient des grenades prises sur des Boches – d'autres fumaient des Lucky – enfin – c'était divers — parce qu'il n'y avait pas que nous – c'était un sacré carnaval – il y avait des types – des maquisards – qui venaient de toute la région ——— après – bien sûr – après les Allemands – M. et Mme Tout-le-Monde – ils étaient heureux de nous voir – de voir des Français ——— mais tout le monde – justement – n'était pas blanc blanc non plus – et ça commençait à se savoir – enfin ça se savait ——— et je dois dire qu'on a vu – soudain – des tronches – dans nos rangs – qu'on n'avait jamais vues avant ——————— mais dans l'ensemble – ces jours-là – puisque vous me posez la question —— je peux dire qu'il y avait une ambiance – disons — différente – je n'ai jamais ressenti ça plus tard – dans ma vie – c'était joyeux – bien sûr – mais tout de même tendu — il y avait – si vous voulez ——— de la frustration ——— des rancœurs —— et – ces jours-là — les choses n'étaient pas encore très claires ——— je pense que – rarement – j'ai pu entendre – à la télé ou ailleurs – quelque chose de juste – sur cette question ——— on montre toujours les mêmes images – vous savez – avec les types qui applaudissent – les Ricains qui embrassent les bonnes femmes —— tous ces gens avec les drapeaux – les sourires – les gars qui reçoivent des fleurs —— quelque part – c'est vrai – bien sûr – la fête était de la partie ——— enfin le soir – quand vous aviez un hôtelier ou un gars qui ouvrait sa cave — et – à l'improviste – en une heure ou deux – ça trinquait ——— mais ça c'était sur le moment – c'est vrai – c'est vrai que – avec toute l'équipe qu'on était – à ce moment-là – on faisait pas mal la bringue – on était un peu les rois si vous voulez ——— mais – mais il y avait une méfiance – ou – comment vous dire ——— il y avait de la gêne —— voilà

—— une gêne ———————— – – – – *grésillement* – – – –
———— quand ———— quand il y a tout qui s'écroule – quelque part – et que – en quelques jours – parfois en quelques heures – il y a tout qui change – qu'il n'y a plus d'autorité – plus de règles —— que tout s'inverse – eh bien – croyez-moi – dans ces cas-là – on obéit à ceux qui ont les armes —— et ceux qui étaient armés – à ce moment-là – eh bien c'était nous – c'était toute cette ribambelle de gosses – d'ados – de jeunes gens – tous ces gars qui s'étaient battus pour ça – pour libérer leurs villages – leurs copains – leurs parents ———— alors – bien sûr – ça ne s'est pas passé partout de façon – disons – cordiale – et c'était le jeu —— nous qui avons libéré la quasi-totalité du département – je peux dire que parfois – quand on nous voyait arriver – sur nos bagnoles —— y en avait quelques-uns qui foutaient le camp —— parce qu'il y avait des rumeurs ——
—— mais ———— heureusement pour nous – pour mes gars et pour les villages qu'on a libérés – il n'y a pas eu d'incidents – et je peux dire que tout s'est bien passé ——
– – – – —— les choses sont rentrées dans l'ordre ————
– – – – *grésillement* – – – – —————— – – – – *grésillement*
– – – – ——————————————————
——————————————————————
——————————————————————
——————— – – – – *grésillement* – – – – ——————
——————————————————————

————————————————————————————————

————————————————————————————————

————————————————————————————————

————————————————————————————————

————————————————————————————————

————————————————————————————————

————————————————————————————————

————————————————————————————————

————————————————————————————————

————————————————————————————————

————————————————————————————————

————————————————————————————————

————————————————————————————————

————————————————————————————————

————————————————————————————————

————————————————————————————————

————————————————————————————————

————————————————————————————————

————————————————————————————————

————————————————————————————————

————————————————————————————————

————————————————————————————————

————————————————————————————————

————————————————————————————————

————————————————————————————————

—————————————————————————— *clac.*

Le gros doigt de Nicole, écrasé sur le bouton du lecteur de cassettes ; j'avais fini par m'endormir, il faisait jour, un blanc talc aux fenêtres. La nuit avait rejeté une aube de vase, de mauvais jour ; on aurait pu croire que tout était couvert de terre mouillée, visqueuse sous les bottes ; il restait, planant, insistant, un crachin bleu ; j'avais les yeux troubles et je peinais à la voir là, Nicole, debout toujours tassée, grosse boudine, la respiration matinale, chargée de quelque chose de chagrin, une moue de déception, de me voir ainsi, affalé aux verres vides ; je n'avais bu qu'une bouteille, l'autre pinot noir était encore couvert de la poussière de la cave, j'avais dormi le nez cassé contre mon avant-bras, à même la nappe, les narines à ras du bouchon infusé de rouge ; Nicole était là, le doigt final, sur le lecteur de cassettes, pour arrêter le son monocorde de la bande qui, depuis plusieurs heures, était arrivée au bout de sa course. Elle n'avait rien dit, ou peut-être un simple soupir de vieille femme ; elle avait débarrassé mon verre et la bouteille vide, elle avait posé l'autre sur le bord de l'évier et elle s'était mise à arroser les plantes pendant que l'air se remplissait d'une infusion de café. Je l'entendais faire ses allées et venues dans le salon, les chambres, je m'étais redressé, frotté le visage ; le stigmate de la pression du doigt d'Onésime, dans le creux de ma paume, avait définitivement disparu. Le ciel était blanc, de bout en bout, aucune variation, aucun contraste, aucune pointe de noir, de nuages, un seul déroulé tendu à la fenêtre qui tirait mon manque de perspective vers un jour monocorde, un de plus. Nicole était revenue dans la cuisine ; elle tenait son petit arrosoir en plastique vers l'avant, j'étais attendri par la façon dont elle tenait ce petit objet à bec long, comme un bâton de sourcier ; il semblait littéralement la guider dans sa tâche, la diriger, l'orienter d'une plante à l'autre ; lorsqu'elle l'avait entre les mains, Nicole paraissait incapable de faire autre chose que d'obéir au rythme de l'arrosoir. Elle avait décidé de s'occuper de moi, avec une tendresse que je ne lui connaissais pas ; même son silence était chaud, il était suspendu, tourné vers mon réveil ; elle fit griller des tartines de pain, elle me servit un café, un verre d'eau où fondait, effervescente, une aspirine ; elle posait les choses devant moi, sans un mot, des couverts, du beurre, un pot de confiture, une serviette en tissu ; je laissai venir, lui disant merci, des mercis étourdis, un peu répétitifs, ébouriffés, monocordes eux aussi, ils venaient ponctuer l'arrivée des objets, un par un ; elle se servit un café et, au bout d'un souffle, elle s'assit devant moi ; et c'est à cet instant, seulement, que je me rendis compte qu'elle portait des lunettes noires qui lui barraient les yeux d'une ligne sombre, sévère ; en la regardant ainsi effacée derrière ses lunettes, un pan de tendresse venait de s'évanouir. Le regard dissimulé, invisible, Nicole paraissait au bord du deuil, les lèvres soufflant sur son café noir. Elle commença par me dire qu'elle ne dormait pas depuis quelques jours, qu'elle n'y arrivait plus ; qu'elle prenait des *cachetons* pour essayer de se calmer, de se reposer, de s'apaiser, mais que ça ne marchait pas. Elle regardait le plafond, elle faisait le ménage, des lessives, me dit-elle, pour pouvoir repasser des heures sans réfléchir, que c'était le seul moyen, pour elle, de ne pas ressasser, de ne pas laisser ses idées tourner en rond entre les murs ; puis elle a retiré un instant ses lunettes noires, pour que nos yeux se rencontrent pour la première fois, sans filtre. J'ai eu le sentiment de ne pas les voir, de ne pas y avoir accès, ses yeux étaient comme absorbés par son crâne, un bout de tunnel, deux brûlures de pellicule, sans couleur autre qu'un fond troué, gratté par je ne sais quoi de douloureux, d'irréconcilié, d'impossible. Là, enfoncé avec elle, planté dans son regard, je l'ai fixée un instant sans bruit, cherchant sans doute à y sauter à pieds joints, puis elle m'a dit, en se tournant vers l'arrosoir

C'était la dernière fois que j'arrosais les plantes.
Nicole avait dit cela pour laisser tomber, en sentence, un silence de terre ; moi, j'avais suspendu ma mâche au vol ; la tartine, même humide, était encore sonore, craquante en bouche ; j'attendais donc qu'elle parle pour finir, avaler, puis déglutir.

et – tu vois ——— je me dis que ça fait longtemps que j'aurais dû les laisser crever ces plantes — c'est fou non ? —— il faut parfois attendre le bout – le bout du chemin – le bout du bout du bout – pour prendre une décision qui a du sens – c'est fou non ? ——————— —— tu t'en occuperas – des plantes – si tu en as envie – mais – pour moi – c'est terminé ——— je ne viendrai plus ici – il faut savoir arrêter – arrêter les conneries —— j'ai donné —— j'ai bien assez donné – crois-moi ——— —— il faut attendre d'être à bout – c'est ça qu'on dit non ? —— eh bien – je suis à bout parce que c'est terminé — je ne sais pas si ça m'a fait du bien – je n'en sais rien – je ne sais plus trop si – si ça me va – mais tant pis ——— ——— d'avoir parlé de tout ça – avec toi – d'avoir écouté toutes ces cassettes – ça fait repenser à trop de choses — et puis moi j'ai voulu oublier —— ça j'ai voulu oublier – beaucoup – beaucoup trop peut-être – je voulais oublier —— mais tu me fais tout le temps causer – ou c'est moi qui me mets à causer ——— tu me diras – c'est moi qui cause

– toi t'es bien gentil parce que t'écoutes – mais t'as rien d'autre à faire en même temps —— et arrête de boire —— arrête de picoler comme ça —— crois-moi – ça sert à rien — et puis ça te donne un genre qui te va pas —— enfin tu fais bien comme tu veux mais je trouve pas ça très malin —— enfin – oui —— c'est terminé tout ça —————— — peut-être qu'il fallait que tu viennes – que tu viennes ici – avec tes yeux gris – comme lui – comme Onésime – peut-être qu'il fallait cette rencontre-là —— on peut pas savoir ces choses-là – moi en tout cas je n'en sais rien – ce que je sais c'est que je ne dors plus depuis plusieurs jours et – et que me voir arroser ces plantes —— alors que tout le monde est mort – ça me troue le ventre – ça m'épuise – ça m'exaspère —— tu te rends compte que je fais ça – encore maintenant — parce qu'il me l'a demandé ? —— parce que Onésime me l'a demandé — il y a plus d'un an —— il m'avait dit ———— tant que la maison n'est pas morte – comme moi – tant que l'impasse n'est pas vendue ——— Nicole — laisse encore un peu de vie là-dedans et arrose les plantes ———— il m'a dit ça alors qu'il était allongé dans le salon en train de mourir – là – sur son lit qu'on avait mis là – pour lui —— alors tu te doutes bien – quand t'as sa main morte – toute molle – dans la tienne – et qu'il te dit ça à moitié mort – blanc comme tout – frêle – moribond – plus de cheveux sur le caillou – quand il te dit ça – eh bien ma foi tu ne dis pas non – enfin tu ne peux pas dire non – c'est plus fort que soi – tu dis bien sûr – bien sûr mon vieux que j'ai dû lui dire —— et je me retrouve à arroser toutes ces foutues plantes pour rien — en attendant quoi ? ———————— je ne sais même pas moi-même.

Nicole avait remis ses lunettes et elle ne bougeait plus ; ses deux mains superposées l'une sur l'autre, un amas de pognes sur son ventre. Il y avait, entre nous, un résidu docile de miroir, et je pouvais voir passer les oiseaux du ciel blanc, dehors, dans un jeu de reflets, dans le verre noir de ses lunettes ; ça donnait une suspension, une ponctuation abasourdie d'estampe, quelque chose qui entrait dans la pièce, une part projetée, qui me rappelait que l'impasse n'était pas un monolithe perdu sans monde mais bien une maison parmi d'autres, couverte de ciel, d'oiseaux, d'atours et de paysages, de vie réelle ; qu'il n'y avait rien d'exceptionnel en somme.

j'aurais dû tu sais —— j'aurais dû ————————————
j'aurais dû parler avec lui – j'aurais dû me fâcher – faire quelque chose pour sortir de moi-même ——— j'aurais dû m'adresser férocement – oui — férocement — à lui — je pense que je regrette que nous n'ayons jamais pu vraiment parler ———— j'ai toujours tout gardé pour moi – et puis la vie a fait ce qu'elle avait à faire — on a tous fait ce qu'on avait à faire – il s'est marié avec la Simone – je

suis restée ici – j'ai essayé de faire ce que je pouvais —— il est parti ensuite en Indochine – ailleurs – il a fait sa vie de militaire —— moi je suis restée – je me suis occupée – encore quelque temps — de Blanche et du Naudet — et puis ils sont morts — et puis il est venu s'installer ici – après l'Indochine – avec Simone —— et moi j'étais toujours là —— et puis – et puis – et puis ———————— on peut refaire cent fois sa vie dans sa tête avec tout ça —— ——— j'avais une bonne copine – à l'époque – bon elle est morte maintenant – mais à l'époque elle travaillait à l'hôpital – à Nevers – dans les services des soins palliatifs – tu sais – pour ceux qui vont mourir – elle a travaillé là pendant plus de trente ans si je me souviens bien – elle passait souvent à la maison les week-ends – quand elle était en retraite – on causait de tout et de rien – on prenait un petit café toutes les deux – et puis on papotait – mais c'était une bonne femme assez forte – je veux dire qu'elle avait du caractère – qu'elle ne se laissait pas impressionner – et puis t'imagines – elle avait passé une bonne partie de sa vie avec des types qui allaient mourir – alors bon – faut du caractère pour faire ça tous les jours – elle était souriante comme tout – pleine d'humour – elle s'arrêtait jamais – mais elle était forte – voilà – et ça j'aimais bien —— on était un peu les mêmes – on ne s'est jamais trop fait emmerder par les bonshommes – le foyer – et toutes ces histoires —— je dis pas qu'on était des femmes libérées

– comme on dit maintenant – mais on voulait pas se faire emmerder – un point c'est tout ———— alors – quand on se voyait – on causait pas mal de tout et de rien – et puis on philosophait – c'est comme ça qu'on disait – entre nous – on disait qu'on philosophait ——— ça nous amusait ———— quand on partait un peu dans nos discussions – et puis – c'est vrai qu'il arrivait qu'on passe à autre chose qu'au café —— surtout moi —— surtout quand je buvais un peu – alors – dans ces moments-là – on disait qu'on philosophait ———— je te dis ça parce que soudain je pense à elle – là – en disant *j'aurais dû* ———————— ———— un jour où on parlait toute les deux de son travail – elle m'avait dit que – avec les années – elle s'était rendu compte que c'était la phrase qu'elle avait le plus entendue —— elle m'avait dit que les gens – là – avant de mourir – dans leur lit de mort en quelque sorte – à l'hôpital – dans le dernier couloir – les soins palliatifs – eh bien – les gens disaient souvent ça —— ils disaient *j'aurais dû* —— elle m'avait dit ça —— avant de mourir – les gens disent ——— j'aurais dû ———————— j'aurais dû voyager ———————— j'aurais dû lui pardonner ———— —— j'aurais dû le quitter ———————— j'aurais dû partir ———————— j'aurais dû continuer mes études ——— ———— j'aurais dû la retrouver ———————— j'aurais dû plus parler avec mon fils ———————— j'aurais dû lui dire que je l'aimais ———————— j'aurais dû écrire

———— j'aurais dû l'aider ———— j'aurais dû changer de travail ———— j'aurais dû aller au bout de cette idée ———— j'aurais dû ———— —— les gens disent ça – *j'aurais dû* ——— et – tu sais – quand on philosophait – toutes les deux – et puis quand elle m'avait dit tout ça – je m'étais dit que – dans le fond – ce qui est le plus terrible – dans cette histoire – c'est pas forcément que les gens disent ça à la fin de leur vie – là – sur leur lit de mort – non – ce qui est terrible – si tu y réfléchis bien —— c'est que si ces gens-là peuvent dire ça – au dernier moment – c'est bien parce qu'ils se sont dit ça *toute leur vie* —— toute leur chienne de vie – parce que si tu peux dire ça au dernier moment – que tu peux le formuler – que tu peux dire *j'aurais dû* —— j'aurais dû faire ceci ou faire cela – c'est bien que tu savais très bien – au fond de toi – ce que tu aurais dû faire – que tu te l'es dit – consciemment – inconsciemment peut-être – mais tu te l'es dit des dizaines de fois – en conduisant – en marchant – en te lavant – en t'habillant – en emmenant tes gamins à l'école ——— tu te l'es dit dans ta salle de bains – à table – au travail – au cinéma – face à quelqu'un – à ton mari – ton patron – ton père – ta bonne femme – ton ami – bref – tu le sais ——— tu sais ce que tu devrais faire ——— ça ne veut pas dire que c'est facile – ça ne veut pas dire que c'est clair – précis – défini – stratégique etc. —— non —— ça veut simplement dire qu'au fond – qu'au fond du fond – au fond de l'âme si je puis dire – eh bien on a conscience de ce que nous aimerions faire pour – en un sens – aller mieux – ou faire mieux – ou avancer mieux – ou s'éloigner de ce qui nous torture – nous fait mal – nous arrête – nous enterre ——— eh bien voilà – quand elle m'a raconté ça – qu'elle m'a dit ça – je me le suis pris en pleine poire parce que – même si ça reste de la philosophie de comptoir —— et je m'en contrefous ——— c'est quand même sacrément dur à entendre – parce que c'est de la vie ça – de la vraie vie tu vois – c'est ce qu'elle entendait tous les jours – à l'hôpital ——— on peut parloter avec ça – mais c'est du concret – les gens comme toi et moi – ils meurent majoritairement en disant *j'aurais dû* ——— et puis c'est dur —— c'est dur à entendre – à assimiler — parce que moi —— moi – eh bien – j'ai toujours su —— j'ai toujours su – oui – ce que j'aurais dû faire ——— mais j'ai rien fait —— voilà ——— et —— tu vois ———— je me retrouve face à toi — là ——— à plus de quatre-vingt-dix piges —— et je te dis *j'aurais dû* ——————— parce que —————————————— oui ———————— j'aurais dû lui parler ———————— ———————————————— j'aurais dû parler à Onésime ——————————————————————————————— ————————— j'aurais dû parler *tout court.*

C'était une larme ; un instant, j'avais cru à un reflet de sueur, mais non, c'était bien une goutte épaisse, ralentie par le fard, qui passait sous le verre noir des lunettes de Nicole. Depuis les premiers jours, je pense que j'attendais de vivre ce moment où, par on ne sait quel sentiment de soute, quelque chose se renverse, se tourne et vient rompre l'intuition pour lui donner sa substance, ses pigments et son lissage ; la larme de Nicole, je l'attendais non pas pour la boire, la lécher à même le masque et les rides, je l'attendais comme on espère un point-virgule, un temps mort, une ponctuation qui nous mènerait, tous les deux, au terrain désolé, pluvieux, où naissaient ses failles. J'attendais d'y être autorisé. J'attendais qu'elle cède, tout simplement ; et d'en être le témoin. Nicole avait plié la nuque, vers l'arrière, comme pour retenir, empêcher la larme de couler davantage ; elle avait reniflé en souriant puis elle avait jeté un rire court, surprise, cette façon de pleurer à contrecœur, d'être prise en flagrant délit de faiblesse ; ou, peut-être, mais je ne l'ai jamais su, une façon de rejeter ma présence, mon regard sur elle, de me signifier que cette larme, dans le fond, je ne la comprendrais jamais, qu'elle pouvait bien couler comme toutes les autres, sans spectateurs ni témoins, toutes celles qui avaient accompagné sa solitude, ses cuites et ses ravages depuis des décennies, qui avaient ponctué, elles, cette litanie inconsolable de ses heures creuses, de tout ce temps qu'il avait fallu occire ou dompter, apprivoiser à force de résistance, toute cette épaisseur, ces textures feuilletées qui amènent le corps à éponger pour reluire ; ces menues stratégies instinctives, avides, qui mènent aux aspirations, qui permettent d'éloigner, un temps, les larmes, qui nous poussent à vivre sans encombres ni débords ; mais elle semblait aussi me dire, en page cornée, que tout fait retour, qu'il n'y a pas de garde-fous ni de maîtres d'armes, le corps pleure à force d'être rincé par l'aventure déçue de nos propres stratèges, en nous, qui nivellent, découpent, décloisonnent, rejettent, repoussent et fortifient, encore et encore au fil des jours, pour mieux engorger la seule place, laissée vide, par le pli de l'espoir. Je regardais le visage renversé de Nicole et je ne pouvais m'empêcher de me dire qu'une larme, en fin de vie, se confond parfois avec la sueur de l'endurance ; elle finit par la balayer d'un revers d'index, d'un coup, puis elle se moucha bruyamment dans son mouchoir en tissu qu'elle gardait invisible, dans le col de son pull, ou sous le calibre de son sein droit.

Je pense que j'ai passé une bonne partie de ma vie à me demander s'il était possible d'oublier —— quand tout le monde te dit d'oublier – eh bien – tu mets en place tout un tas de choses pour répondre à ça – à l'oubli – à ce qu'on te demande — et faut pas croire – moi – j'ai réussi à une époque ——— c'est pas que j'y pensais plus – c'est pas que ça ne me revenait pas dans la tête – mais je pense qu'à un moment — quand j'avais – quoi – une trentaine – une quarantaine d'années – quelque chose comme ça – eh bien j'avançais sans que ma tête ne tourne et retourne tout un tas de trucs du passé — et puis – je crois qu'on se rend pas compte de — comment dire — de la force – tu sais – de la puissance — enfin oui de la force des années d'après-guerre —— tout le monde voulait avancer – tout le monde voulait continuer sans faire de vagues —— et puis – il le fallait – surtout – on n'avait pas trop le choix – il fallait se battre pour bien manger dans un premier temps puis – dans les années qui ont suivi – se battre pour réussir – pour se faire une place ——— tous les bonshommes – comme Onésime – ou d'autres – ils voulaient tous devenir quelqu'un – se faire une situation – acheter des bagnoles – faire des mômes – avoir une maison ———— enfin tout le monde sait tout ça ——————— on a hérité de ça – toi – t'as hérité de tout ça – c'est comme ça – vous avez hérité de la crainte – de la peur de manquer – de ne pas réussir – de ne pas avancer comme il faut ————— parce que la guerre – ses saloperies – on avait décidé de s'asseoir dessus – d'avancer encore et encore ———— alors – quelque part – tous les gens de la guerre – comme moi – comme Onésime – on vous a légué une sorte de silence qu'on a emballé dans du tout neuf – dans un beau paquet ——— mais ça nous pend au nez – toujours – et ce silence nous pète toujours à la gueule —— parce que c'est vrai qu'il y a un décalage – dans le temps – faut toujours attendre une ou deux générations avant de voir – de voir les dégâts – de les sentir – de sentir les effluves —— ça prend du temps tout ça —— enfin —— tu me diras – parfois – y a rien du tout – y a rien qui se passe – les choses vivotent – continuent à vivoter – ça bouge pas plus que ça – les gens n'y pensent pas — ils s'en foutent même – mais pourtant ils s'affaissent – ils sont pas contents – ils dépriment – ils meurent sans savoir – sans rien comprendre – ils sont enfermés dans quelque chose de noir – d'obscur – de douloureux – d'injuste ———— et puis ils se retrouvent au bout du couloir – comme me disait ma copine – ils se retrouvent dans leur lit – et ils pourraient presque tous chuchoter aux infirmières qu'ils *auraient dû* —— qu'ils auraient dû tenter de comprendre – d'écouter – de parler plus – de demander – de poser plus de questions ——— ———————————— moi – tu vois – j'ai pas pu faire d'enfants —— je l'ai regretté – à un moment ——— je l'ai même beaucoup regretté je crois — je m'en voulais —— et puis je voyais toutes les bonnes femmes avec leurs mômes – les poussettes – les machins ——— j'ai eu mon neveu – pour compenser si je puis dire — mais les neveux – c'est pas pareil – ils passent – ils traversent ta vie – tu les vois beaucoup quand ils sont mômes et puis après — après c'est comme si t'existais plus – alors les liens se rompent – un peu – en quelque sorte ——— mais – voilà – c'est comme ça – je suis restée vieille fille comme on dit ——— enfin pas vieille fille comme les bonnes sœurs hein – j'ai pas toujours été une enfant de chœur – entendons-nous bien – mais je ne me suis pas mariée – j'ai pas eu de famille – rien – je suis restée là – au village – et puis je me suis occupée des autres — de plein de gamins —— j'ai passé ma vie avec les gamins en même temps – alors – bon — sur ça je ne me plains pas ——— c'est sûr que quand t'as pas fait d'enfants – bon – tu te retrouves sacrément seule à mon âge — et puis c'est plus comme avant – quand vous étiez gosses – quand vous veniez chez Onésime pour les vacances et tout ça – et que – moi je passais vous voir – que je m'occupais un peu de vous — avec le jet d'eau ——— tu te souviens du jet d'eau – hein ? – c'étaient des bons souvenirs – ça – quand même – le jet d'eau – quand je vous faisais sauter au-dessus – en dessous – comme une corde à sauter —— —— il doit rester des films de ça – où on vous voit – là – dans le jardin de la maison —– vous vous trimbaliez toujours les fesses à l'air – on jouait au jet d'eau et puis – après – vous faisiez la sieste au soleil – dans l'herbe —— et moi je restais là – assise – avec Onésime et Simone – on laissait l'après-midi se passer comme ça – on jouait parfois aux cartes – parfois je restais dîner avec vous – puis je repartais chez moi – à l'autre bout de l'impasse —— je peux te dire que – souvent – le soir – quand je rentrais – quand je faisais le tout petit bout de chemin entre le portail blanc et chez moi — plusieurs fois je me suis dit que je devais faire demi-tour —— *fais demi-tour ma vieille* que j'me disais – et va parler à Onésime — et tant pis – tant pis si tu les déranges – tant pis de ce que la Simone va bien pouvoir penser – tant pis si on se fâche – tant pis si je le revois plus ———— et puis ——— va savoir pourquoi – c'est comme ça —— on continue à marcher – on fait la roulotte – on avance – on passe la clef – on rentre – on s'allonge et on dort —————— et puis on se dit que ce sera pour la prochaine fois ———— et ——— t'arrives au bout de ta vie —— et la prochaine fois — eh bien — elle n'est jamais arrivée ——— et tout est encore là quand même – serré entre les dents – au fond de la gorge —— parce que c'est ça — pour moi — c'est ça l'histoire —— c'est que je n'ai jamais su — ni parler — ni su oublier —— alors j'ai tout gardé ————— et je veux que tu saches maintenant —— parce que je me suis dit que je devais partir en ayant – au moins – pas loupé ça —————————————————————————— tiens ————————————————————— regarde —— —————————————————————————— ————————————————————— je t'ai apporté ces photos ——————————————— c'est —— — quand ils ont libéré Fourchambault ————— avant d'arriver à Nevers —————————————— —————————————————————————— avant que ————————— avant que tout bascule quoi.

Le neuf septembre quarante-quatre, Nevers se réveillait d'on ne sait quoi ; d'une stupeur sinueuse, tournante, collante, du sirop dans toutes les rues et sur les bords de fenêtres ; il y avait eu les Allemands et les maladresses, les hommes aux chapeaux qui rasaient les murs, les autres qui hurlaient de douleur à l'école normale, plus loin, comme Matriolet et Jus de Chique ; il y avait eu les allées et venues du marché noir et, surtout, dans un long sommeil, la bisque laissée d'un faux plat, d'un jour continu, suivi, un ventre mou, où l'on trouve sa place, dans un coin de ruelle, pour ne pas se faire voir, faire du bruit, exister, laisser planer et passer la guerre ; puis il y avait eu la Libération, les compagnons d'Alias, les compagnies, les résistants dans les rues, la traversée de l'arche, de la porte de Paris, les applaudissements, les drapeaux que l'on jette, remplace, déchire, les aigles que l'on piétine, les mises en scène ; car c'est de cela qu'il faut parler, dans ces moments-là, de la mise en scène : la libération des villes et des villages s'organise comme un théâtre, on cherche son public, son défilé, ses costumes et le déroulé des actes, crescendo et dramatiques ; on passe les portes en faisant vriller les moteurs, et sur les jeeps, chars volés et camions ouverts, par grappes perchées, entières, des rubans de garçons armés et mercenaires, des grenades chapelets le long des côtes, la clope au bec, souriant comme c'est pas permis, partout, à qui veut bien prendre, recevoir le coup de main, le salut, le chant qui passe, *La Marseillaise*, bien sûr, mais avant tout les notes du bois, du maquis, le *Chant des partisans* à s'en faire claquer les cordes ; et il faut entendre ce qu'ils disent, les libérateurs, les maquisards, ces guerriers de l'ombre qui sont passés des brindilles aux fusils-mitrailleurs, ces gosses qui chantaient des comptines il n'y a pas encore si longtemps, et qui s'égosillent sur les chars, rouges de premières cuites ; il faut les entendre, mais le tumulte des rues est trop grand, à Nevers, et les moteurs, et les applaudissements, et les coups de feu en l'air, il y a beaucoup trop de sons, d'éclats, de bruits qui dégoulinent dans les rues courtes, les coudes, les goulets et les impasses, ça se répand, on entend partout le *Chant des partisans* dans un écho de vin, alors on n'écoute pas ce qui se dit, on n'entend pas les paroles, et puis la liesse chante à tue-tête, c'est comme cela, on chante sans savoir, on répète, les mots suivent, passent à travers les sens, on chante ça comme *La Marseillaise*, comme nous autres avec le sang impur, on ne sait jamais trop saisir l'amnésie qui s'empare des chants que l'on répète, ressasse, hurle en souriant, fiers d'on ne sait où. Alors les partisans, les maquisards, ces mômes, ce neuf septembre quarante-quatre, ils ont beau dire que, ce soir, l'ennemi connaîtra le prix du sang et des larmes, qu'ils marchent, qu'ils tuent, qu'ils crèvent, ce jour-là, derrière la couche vibrante des moteurs, tout ce petit monde n'entendait que la ligne muse, inspirante, qu'ici, en France, les gens, au creux des lits, font des rêves. Alors on chante, on défile et, déjà, on commémore ; le théâtre se poursuit, sous les applaudissements de la foule toujours, les libérateurs descendent, se garent et on rend hommage aux monuments aux morts, on organise à la va-vite, c'est confus, il y en a un qui pousse le monde avec ses mains, qui dit aux uns et aux autres de reculer, de faire un cercle, de faire de la place, mais ça s'agglutine quand même, et personne ne sait qui est ce gamin armé qui pousse tout le monde, on ne l'a jamais vu avant, il n'y a pas de raison de lui obéir à l'aveugle, et on a trop obéi, on nous a trop dit quoi faire, ça a été long, trop long, alors le neuf septembre, ça déborde parce que chacun se retrouve enfin libre de ses faits et gestes, les lieux redeviennent amples, ville ouverte paraît-il, on peut se déplacer, sortir, voir, lever le nez, se pencher aux balcons, hurler un peu, rire et boire, boire tout ce qui reste, tout ce qui reste au fond des caves, tout ce qu'on n'osait pas sortir, mettre au jour, tout ce qu'on gardait, aussi, les litrons de soif, ceux qu'on laissait dormir pour les jours sans, de disette, de rien, la peur de manquer, mais là on débouche à tout-va, et puis on est en septembre, les vendanges commencent, et ce raisin-là, celui qui vient de gonfler, au chaud, sous l'été, celui qu'on pensait presser sous les bottes de la Wehrmacht, ce raisin-là est libre, il est français, ce sera la première cuvée d'après-guerre ; alors on peut bien boire les réserves, il n'y a plus besoin de se comprimer la glotte ou de craindre d'avoir mal aux cheveux, non, Nevers va boire pour se rappeler ce qu'est la France et demain, lorsque le jour reprendra ses droits, demain il sera temps d'avoir la gueule de bois et de se gratter la tête à en faire des copeaux. De loin, c'est un désordre en règle, parce qu'il y a encore des chefs d'orchestre, on les voit lever les mains, appeler au calme pour un discours, pour organiser ici ou là un acte symbolique, ils hurlent pour se faire entendre, parfois on les écoute pour de bon, avec cœur, émotion même, parce qu'il y a des larmes, bien sûr, on lève les drapeaux sur le monument aux morts, on pleure, on brise les fenêtres de la kommandantur, on pleure de joie et de rage, de hargne contenue. Mais de près, si on s'approche vraiment, ça déborde sans cesse, le théâtre se disloque et les saynètes se multiplient, ici et là, au gré des coins de rue et des ombres ; l'affluence et le dégonflement soudain des normes, tout cela rend ivre autant que les bouteilles qui, à force d'être brisées, rythment, elles aussi, le fond sonore des chants et des crises, et les mains perchées des chefs d'orchestre, qui seront les mêmes, demain, lors des commémorations et des porte-drapeaux, leurs mains s'affaissent sous la houle, la foule, l'assemblée sanguine, une soif de débord, nette, irrépressible, portée par tous ces corps qui, à mesure que la journée avance, ont envie d'éponger leur impuissance. Il ne faut pas oublier, jamais, que dans le sang des habitants de Nevers coule le flot indomptable de la Loire, qu'ils en sont les premiers spectateurs, les tenanciers durs, comme les Alpins ont le goût du gel ; ici, on a l'habitude de franchir coûte que coûte, et de laisser déborder ce qui doit l'être ; c'est bien l'Histoire écrite en se concentrant sur les mains, les gestes, les actes pieux des chefs d'orchestre où se jouait la répétition générale, la reprise inoxydable du canon de la République, le bronze sans pluie ni tache ni coulée d'herbes, ce sont ceux qui paissent dans les manuels qui ont voulu contenir la masse dans un silence, tasser à qui mieux mieux les libérations dans le cadre d'or d'une généalogie ou d'un étendard ; et c'est bien, d'ailleurs, pour jouer l'étendue de la ligne droite, de sa logique, du temps clair des frises chronologiques, que ces villes et villages ont en grande majorité été balafrés d'une avenue de la Libération. Et pourtant, bien sûr, on ne contient rien lorsque tout s'effondre, les autorités vivotaient aux bras des mômes, mêmes s'ils étaient fraîchement armés ; les jours de septembre, à Nevers et ailleurs, déjouaient toutes les lignes et ils ont disparu des mémoires, par textures, au profit du nœud coulant des dates historiques ; c'est-à-dire celles qui serrent le vide et oublient le poids pendu des corps. Et de ce théâtre des défilés, des fleurs, des drapeaux et des chansonnettes, comme souvent quand il s'agit des dates qui sont vouées aux stèles, il nous reste des volées d'images, des photographies prises parfois à la va-vite, crachées de flous, d'incertains, mais à la recherche de l'histoire, de l'événement en cours, des sourires que l'on brandit par-dessus les épaules et les chars ; les mercenaires se photographient bras dessus, bras dessous, les armes à la main, bigarrés comme leur accoutrement d'archives, de combats, de prises de guerre, ils posent devant les monuments aux morts, devant leurs pères de Verdun et du chemin des Dames, ils se tiennent droits, vainqueurs, le pied écrasé sur une aigle du Reich, fondue, occise, décapitée ou sans ailes, ils tiennent des drapeaux tricolores à la croix de Lorraine. Ils se montrent en bande, en meute, accolés les uns sur les autres, les uns contre les autres, sur les camions, et les images ne donnent à voir qu'un amas de corps heureux, jeunes, au faîte du tapage, assemblée pirate, libre mais surtout ivre, ballonnée d'une joie diluée par le marc ; derrière la fixité des images, bavées pourtant par le mouvement rapide des photographes anonymes, on peut entendre la fusion en cours de ces jeunes maquisards qui, en quelques heures, littéralement, sortaient du bois, naissaient au grand jour devant une foule en liesse, un public, un parterre, un pays entier en révérence ; ces jeunes gens passaient de l'ombre paysanne, hors les murs, derrière les remparts, au luxe trompetant des entrées royales ; ainsi défilant, en parade, pavanant sous les hourras braillés des femmes, des enfants, les maquisards faisaient la tournée des grands-ducs, ils devenaient princes des villes, des rues et des routes et le monde, aussi court fût-il, à la circonférence ventrue d'un gros bourg, ce petit monde-là leur appartenait pour les prochains jours. Et c'est sans doute ce que l'on ne peut pas voir sur les images, au-delà du cadre, lorsque l'on dépasse les masques, les sourires et la liesse de trottoir, on ne peut pas discerner cette soudaine possession des lieux qui s'est installée sans parlement ni contre-pouvoir dans les heures et jours qui suivirent la libération des villes et des villages. Onésime, lui, à la fin du jour, errait en ballottant ; les dernières heures passées à défiler depuis Fourchambault, en passant par Chaulgnes, Pougues-les-Eaux et maintenant Nevers, point de ralliement des forces, lui laissaient une oreille en sourdine, un état frappé de chaleur dans le bas-ventre et une envie martelée d'aller au bout de son ivresse, de se murger tout à fait, de laisser éclater ses épaules contre les murs, savourer à n'en plus tenir debout ; et les ruelles de Nevers offraient, en ce jour de septembre quarante-quatre, un dédale de mains tendues et de portes entrouvertes où les goulots étaient comme des bouches lascives qui venaient, gracieuses, à la rencontre des maquisards. Onésime buvait selon les accolades, les accueils, les tapes dans le dos, les remerciements, les honneurs parfois ; ici, un épicier lui tendait une saucisse sèche, là, une crémière servait des verres qu'elle avait empilés dans la poche de son tablier, la bouteille sous le bras, elle servait en fonction du passage ; là encore, un peu plus loin, alors qu'il venait de pisser dans un fond de ruelle, une vieille bouffante se mit à l'embrasser comme un fils, les deux mains posées sur ses joues, avant de repartir sans un mot de plus, les mains en l'air, remerciant le ciel, les beaux jours, de Gaulle, qui sait ; après les heures de liesse et de cortège, Nevers était en désordre et Onésime rôdait en respirant l'air jaune du soleil couchant ; il y avait des ordures d'amas d'intérieur, comme si les fenêtres avaient eu des relents de meubles et de miroirs ; au sol, selon les recoins, on pouvait tomber sur des tas de bois, de brisures de verre, de paperasses volantes, de tissus déchirés, de croix gammées bouffées par des fumerolles ; on trouvait même des matelas éventrés, des ressorts arrêtés dans leur course, contre les trottoirs, et des quantités de bouteilles vides que chacun finissait par envoyer valser contre les murs, d'un coup de pied, d'un coup de savate traînante. Les ruelles pentues, montantes, descendantes prenaient des allures d'incendie d'angles, de charpentes, d'inattendus ; on approchait de la fin du jour et le soleil à ras de l'horizon envoyait un signal rouge, brûlant, déployant les façades et les reflets brisés des miroirs, tout devenait suspendu aux ultimes lumières du jour, à la liesse qui avait rassemblé, rassuré ; une tension était en train de naître avec le crépuscule, les visages avinés, au coin des rides de Nevers, prenaient des contours de gueules noires, on sentait que la première nuit, libre, allait être aussi le déploiement d'une veillée des ombres où les princes, les maquisards, ivres de leur victoire, étaient désormais les seuls légataires des prochaines heures, de la nuit entière ; et que seule l'aube viendrait terminer, pour un temps seulement, la mise à nue de l'événement. Et Onésime, sous sa langue anesthésiée par l'alcool, jubilait en voyant la nuit tomber ; il ne pouvait s'empêcher de sentir, de voir, le rouge vif, luisant noir, du cou scié d'une poule. En lui, sous le degré dilué du pinot noir, il restait le bourdonnement de l'école normale, visitée, libérée dans l'après-midi, les murs teintés de griffes, les bâtonnets gravés par l'attente, le désespoir, et les résidus des murs où, capitonné pourtant par les ruines, il subsistait encore, là aussi, le champ des cris des suppliciés, des torturés, des camarades fracassés par la police allemande. Onésime le savait, tout le monde était au courant, les cris étaient venus jusqu'aux arbres des maquis, l'école normale de Nevers était le point noir, possible, de leur destinée à tous ; là où on pouvait échouer avec un seul mot glissé sous une porte, un murmure au fond d'une oreille ennemie, une lettre cachetée ou pire, un filet déformé de rumeurs, passé sous les tables, les manteaux et les petites rancunes d'épiciers ; l'école normale avait rapidement été désignée comme un objectif de la journée, de cette Libération sans combat, de ce défilé aux allures de peaux mortes ; on pensait y libérer des camarades enfouis dans les caves, affamés par le bruit des chars amis venant enfin les tirer d'affaire, le visage rougi, tuméfié, hagard à ras des lucarnes et des vasistas ; et, bien sûr, Onésime n'avait eu de cesse de penser à Matriolet et Jus de Chique ; l'objectif de l'école normale, c'est lui qui l'avait imposé aux autres, à Alias, aux libérateurs, il en avait fait une affaire personnelle, son maquis libérerait l'école, c'était non négociable, c'était son objectif final ; mais lorsque la compagnie était arrivée devant le bâtiment, honni par tous, craint par tous les visages, ils avaient dû ranger leurs espoirs de voir sortir des camarades ; l'école normale était en partie détruite, bombardée, elle tenait sur des fils d'acier effilochés à moitié noirs, à moitié rouillés, roussis, cramés par un incendie qui, ici et là, était encore brûlant sous le poids de planches, bureaux, volets et meubles épars. Onésime et ses hommes avaient fait ce qu'il fallait faire, ce jour-là, ce que l'on demandait de faire aux compagnies lorsqu'elles atteignaient un objectif, c'est-à-dire une levée des couleurs, à une fenêtre, un balcon, un lampadaire, un point haut, visible, pour balancer à la vue de tous qu'ici, désormais, la France était revenue. Onésime était entré au milieu des ruines, le chiffon cousu bleu, blanc, rouge en main, l'escalier central de l'école normale ouvrait sur le vide, un vide de ciel bleu et de fumée noire, d'ailleurs, du fond de Nevers, puis il avait arpenté l'étage perforé, habité de poussières, de résidus et de cendres, là aussi il y avait des passages à vide, des trous béants sous les bottes, des percées de pierre, de planchers raides, les sous-sols éventrés ; Onésime se penchait comme pour regarder au fond d'un puits ; il avait accroché à la rambarde filante du balcon à moitié fière, à moitié droite, à moitié morte, le torchon tricolore ; et il ne pouvait s'empêcher de penser à Matriolet et Jus de Chique, à leurs cris, ici, entre les portes, il aurait aimé les voir redresser les murs à eux seuls, retenir la ruine et les chars, il aurait aimé reprendre ce court laps de temps perdu qui, désormais, les séparait à jamais. Onésime aurait voulu les entendre l'appeler du bas de l'escalier, qu'ils lui disent qu'ils étaient là, que personne n'avait réussi à avoir leur peau et que, maintenant que tout était enfin terminé, leur jeunesse devait lâcher prise, qu'elle pouvait commencer pour de bon. Mais sous les doigts, au fond du poing, il ne lui restait qu'un silence, une réponse effondrée qui passait à travers les béances, le vent, le sifflement vif, traversant, des murs ; Matriolet et Jus de Chique n'étaient plus là, l'école normale les avait sans doute broyés comme elle avait décapité les autres, puis elle avait préparé leur départ vers les camps. Il ne restait plus rien de leur présence, de leur passage – de leur existence. Onésime était descendu, avec un des frères Tachon qui l'accompagnait ce jour-là, ils avaient remplacé leur calotte par un casque de quatorze qu'ils avaient avec eux, dans le camion, pour descendre dans les caves froissées par les éboulis, les amas en équilibre, les piles de paperasses frappées de l'aigle du Reich ; et dans un coin de fer aux étagères tordues, ils avaient pu récupérer une caissette de schnaps qu'ils ouvrirent en souriant, en crachant le bouchon de liège à même le sol, terreux et gravier ; ils trinquèrent ainsi tous les deux, tenant chacun sa fiole longiligne, et ils burent une rasade à se faire vrombir la face et les tempes, les premiers résidus de conscience, c'était brûlant, doré dans le ventre, givré au niveau des larmes, ils se firent une sorte d'accolade de joie malhabile, surtout juvénile ; quand ils se mirent à boire, dès le milieu du jour, à Nevers, les maquisards avaient pris le visage poupon des adolescents qui se grisent, c'est-à-dire rose, idiot, incontrôlés acrobates, funambules béats à la limite constante du trop-plein et de la vomissure ; et là, dans la cave, Onésime et Tachon avaient bu leurs fioles comme une audace, un pari de gosses, sans voir ni sentir, autour d'eux, l'amplitude de l'obscurité des caves, la lourdeur de bouche humide qui se dégageait des voûtes, ce même souffle chaud qui attire les araignées, faucheux et lycoses par saccades, qui mènent aux toiles, à la ponte, à la masse qui grouille et aux piqûres, au venin des sous-sols. Il avait suffi d'un bruit rêche de botte, rude dans l'écho de la cave, pour que les deux résistants se mettent à prendre la mesure du noir profond qui était, en tout état de cause, en train de les cerner, de les enserrer depuis leur arrivée dans les bas-fonds de l'école normale ; Onésime avait dégainé son revolver et Tachon avait fait de même tout en tendant loin le faisceau de sa lampe torche américaine ; et le halo avait souligné la scène retournée d'un massacre en règle. Contre le mur du fond roulé par la voûte, des éclats poudreux de sang, des airs de gouaches sèches, des taches raclées, étalées par le poids des corps, et dix sacs de vêtements chiffonnés mous, tourmentés, comme jetés en pagaille au sol ; il n'avait pas fallu plus de lumière pour comprendre qu'il s'agissait de dix cadavres, fusillés à même le mur. Onésime s'était approché, le cœur toussoteux, haletant devant une scène qui lui faisait perdre pied, contenance ; la violence délaissée là, sur la terre cuivrée de la cave, la vibration encore palpable, soudainement fantôme, de la mitraille et des cris abattus des hommes, de ses camarades, la stupeur de la terrible vérité de la mort qui s'étendait là face à lui, tout cela l'empêchait de respirer, il haletait, et son souffle s'amenuisait à force de s'approcher du fond de la cave ; Onésime frissonnait littéralement, la peur l'envahissait, la colère le submergeait ; et, à sa droite, dans l'autre paume du silence et de l'obscurité, le bruit répété, à nouveau rêche, frotté, d'une botte, avait fait vriller d'un bond la lumière de Tachon pour laisser place au corps terrorisé d'un soldat allemand. Il était étendu sans équilibre contre une caisse en bois, le dos mal mis, adossé à moitié, une jambe écrasée par le poids sidérant d'un bloc tombé du plafond de la cave, son autre jambe, bottée, tremblotait et grattait la terre comme pour s'échapper de sa prise. Il était blanc, d'un blanc cireux dont seule la peur inconsidérée, démesurée, fatale, peut éclabousser les visages ; il était fardé de mort, de faim et d'horreur, et pourtant, sous la couche épaisse de poudre, de son masque mortuaire, il restait le visage juvénile d'une source bleue de la Forêt-Noire, les restes minés, minéraux, d'une enfance abandonnée à la guerre, il y avait le résidu ultime de l'injustice, de son injustice à lui, d'être là, à son âge, trop jeune, le corps éreinté comme un vieillard sans eau, la jambe emprisonnée sous le poids du sort, de l'effondrement d'une pierre, du ciel même, qui l'avait mis au bout d'une pique, sans défense, sur le chemin révolté d'Onésime. Alors, bien sûr, il fallait arracher cela, lui arracher la face à s'en dégorger le ventre ; parce que sous la couche de conscience d'Onésime dormait, féroce, le besoin de déchirer toute sa retenue, sa bile ravalée par tous ces jours passés à être héroïque, à se croire pleinement du côté des draps blancs, de l'évidence, du bien, blanc-seing qui commençait à se répandre sans cesse tout au long des défilés et des étreintes ; mais au vert uni de ses débords, dans le bas étage d'huile de ses entrailles, il y avait le besoin chasseur, dressé, d'en découdre, de mordre, d'arrêter le flot des prières, des cierges, des vitraux plaqués contre les nuits de l'impasse. Onésime voulait tenter, peut-être, de s'appartenir, de répondre enfin à la masse inaudible qui le poussait à desserrer les dents pour mieux déchirer les voiles et les silences, croquer avec rage, hargne basse, bouffer à même la chair de ses ennemis qui n'avaient fait que passer et reluire selon l'axe du soleil, il fallait déjouer les fausses promesses, les tenues droites, l'uniforme brun qui l'avait obligé à jouer à la guerre en se cachant sous un tas de feuilles mortes ; le corps-à-corps, là, offert par le mauvais sort, le génie, le souhait tant attendu et pourtant tu à tort et à travers, d'en avoir un, là, blessé comme un chien, mais un chien quand même, puant l'effort de vivre encore un peu ici en terre de France, le voir là enfin, face à lui, tout cela déformait la matière même de l'obscur, elle en devenait sa salive, ce qui permettait de glisser plus loin encore et d'empêcher un quelconque renoncement, une retenue, un remords. Onésime ressentait comme un vice l'haleine de l'Allemand soufflée dans la cave alors que dix d'entre eux, de ses camarades, à côté de lui, avaient été abattus comme des bêtes, et il n'était pas difficile, pour lui et Tachon, qui restait pourtant terrorisé par cette vision soudaine, le corps en retrait, rongé par une dernière ombre, il n'était pas difficile, non, d'imaginer que le doigt de cet homme avait joui de la pression d'une mitrailleuse. Onésime donna fermement son revolver à Tachon et il redressa les manches de sa veste en cuir. L'Allemand cambré, effaré, cherchait à reculer sans y parvenir, il ne pouvait rien faire contre le magma épais de la pierre, et Onésime s'approchait avec un œil d'aruspice à la recherche d'organes, il était rouge balafré de haine, baveux jusqu'aux mains, bandé sur sa proie ; alors, au contact, la scène prit des tons de folie sèche, d'une prise perdue sous la détermination sans limite d'une bête affamée, Onésime frappait à mains fortes, entières, puis fermées piquantes avec les cornes en phalanges, il frappait sans respirer, ni mot, ni cri dépassé, il frappait les dents closes, serrées encore, il frappait mat, souverain sans main de justice, savourant à chaque coup le contact de plus en plus mou, de plus en plus chair, sanglant, humide. Tachon, arrêté, tremblant avec sa lampe torche gardait l'axe de la lumière, il collaborait sans détour à la scène, à l'exécution en cours, mais sa main tremblait devant la violence sourde qui s'étalait à demi sonore dans le champ de sa vision, il tremblait malgré lui et les halos jaunis saccadaient le corps rapace d'Onésime, sa courbure presque noire qui, par des effets d'ombres contre la voûte fiévreuse, étalait la silhouette impossible d'un corbeau de foire. L'Allemand, après avoir gazouillé deux trois cris de supplices, était désormais silencieux, Onésime frappait sa chair inerte, presque morte, il frappait encore et encore, se dégageant d'un pas pour mieux frapper le visage de l'Allemand à coups de botte, avec la pointe épaisse du talon, des coups par deux, par trois, par quatre ; Onésime suivait son flot de rage, il traduisait ses montées de hargne en enchaînant les coups avant qu'une autre vague, toujours portée par la première, la précédente, l'orage accumulé, avant qu'une autre déferlante ne tombe toujours plus dure, forte, inflexible. Tachon le regardait en se rongeant les paupières, il commençait à ne pas tenir, il aurait voulu dire quelque chose, fuir sans doute, éteindre sa lampe comme on ferme la porte sur l'indicible, mais il ne faisait rien, il ne bougeait plus, il était statufié par la terreur ; et Onésime ne s'arrêtait plus, il semblait ne pas s'épuiser, bien au contraire, il frappait en crachant à moitié, dans son esprit tournaient les arrestations de Matriolet et Jus de Chique, leurs vies fauchées, les dénonciations, les injustices, les fusillés d'Ariot, les corps des deux amants de Pompéi, de cette femme en cendre, moulée dans son agonie de flammes, et plus il frappait et plus l'image indélébile du père Brûlis, nichée on ne sait où dans ses terreurs, venait s'étaler contre le visage bouilli de l'Allemand ; Onésime voyait là le rire en exclamative de ce serviteur de Dieu, Brûlis prenait corps, là, dans la chair au supplice du soldat allemand ; Onésime devenait de plus en plus aveugle, de plus en plus absent, il massacrait à tout rompre, il se vengeait contre l'ignominie du prêtre, sa certitude d'avoir sous la main, à cet instant de fuite polaire, dans le blanc inatteignable de la vengeance, il était sûr, soudain, d'avoir là sous le plat de sa main, sous la pression droite, meurtrière, de ses coups, le délateur et le violeur de gosses, celui qui avait donné Matriolet et Jus de Chique, celui qui avait donné les instructions aux Allemands pour massacrer le village d'Ariot, celui qui l'avait empêché de prendre les armes comme il l'aurait voulu, celui qui avait permis l'assaut contre la Résistance, sa résistance à lui, à l'enfant qu'il avait été, impasse du Champ-des-Cris, celui qui allait à la messe, face à son allure crucifiée, le Brûlis noir corbeau des grands jours, des mariages et des messes, ses bras longs en croix à l'aube, le vent perché sous la pisse blanche du clocher du village, ses couleurs de ruine, Brûlis, de pluie, de cire triste qui descendait jusqu'aux âmes, celle de Blanche qui n'avait rien pu dire sur Léontine, qui avait tout gardé au fond cuvé de son confessionnal, le dessous de calotte de Brûlis qui entendait le monde pour mieux le vomir, cet infâme briseur d'enfance, engeance crasse de l'Église, sa calotte et décalotte, sa main mise à lui, Brûlis, à plat, sur les cheveux courts, enfant, d'Onésime, la décalotte de son cierge gris, comme il disait, du goût acre de la cire au fond de la bouche et sur la croûte noire des pierres, l'avilissement et la honte, le Brûlis des dents qui se desserrent, de la main qui dicte, oblige et viole, le Brûlis féroce fauve, indompté par la bure, le Brûlis fossoyeur, succube, le diable en personne ; Onésime frappait le corps indistinct dans la cave de l'école normale de Nevers mais il n'était plus là, il réglait son compte à la vivacité funeste de l'injustice, à son irrépressible menace, constante, au fil des heures et des jours, dans le fléau irréconcilié des fluides, du sang, des organes en bataille, cette matière vive qui peut mener, comme la pression invisible des barrages, au plus douloureux des crimes ; Onésime avait cessé toute résistance, il laissait la place à la brutalité la plus primitive, l'eau contenue déferlait dans la cave ; et c'était rouge, rouge vif, rouge noir ; l'Allemand ne bougeait plus, il était animé par la rage des coups d'Onésime, pantin ouvert, décharné, dévoré de l'intérieur.

Passe-moi la fiole Tachon !
La — la fiole ? — quoi la fiole ?
La fiole bon sang ! – la fiole de gnôle bordel —— passe-la-moi !
Arrête Onésime – allez – stop – on s'en va – arrête —— t'entends ce qu'j'te dis —— il est raide le gars —— allez on y va.
T'as rien dans le crâne toi hein – c'est ça ? – t'es aussi con que tous les autres toi – hein Tachon ? — et tu te fais dessus c'est ça ? — t'as peur de quoi abruti ? – passe-moi la fiole —— passe-la-moi j'te dis.
Ce n'est pas bien ce que tu fais Onésime – t'entends ça ? – t'entends ?
Ferme-la Tachon – j'espère que c'est bien clair — t'aurais voulu partir avec Matriolet et Jus toi ? – t'aurais voulu

être là – là – aligné comme un chien ? – hein – Tachon ? – t'aurais voulu finir comme les gars d'Ariot ? – comme le petit Marcel – dis – comme Marcel – avec sa petite tronche explosée ? – t'aurais voulu ça ? – tu veux encore m'arrêter comme dans le sous-bois – hein – tu veux que je ne bouge pas – que j'arrête – hein – c'est ça – tu veux que j'arrête – c'est ça Tachon ? ——— ta morale à la con tu sais où tu te la mets – et bien profond – t'entends ? – maintenant file-la-moi – file-moi ta putain de fiole !
Tiens – prends-la – mais ne compte plus sur moi Onésime.
J'en ai rien à foutre ———— barre-toi si tu veux.
Qu'est-ce que tu veux faire ? – il a eu son compte j'te dis.
Un hommage à Brûlis – tiens – je me suis dit ça ————
— Brûlis ça sonne bien non ?

Onésime avait le visage voilé, égaré trop loin, il était incapable de revenir. Tachon, lui, était embourbé dans la cave, ses pieds ne répondaient plus, il n'arrivait plus à bouger ; pour lui, Onésime restait son supérieur et il n'arrivait pas à agir, à cette heure, autrement que sous un ordre vif ; alors il restait planté là, la lampe dans la main, la gnôle perdue, ballottante, en dépôt gonflé dans le ventre, et il n'avait pas d'autre choix que de voir, d'être le témoin d'une mutation en règle comme on pouvait les lire dans le corps des mythes. Onésime avançait de façon heurtée, retenu par les gravillons de la cave ; à ce moment, les hommes fusillés, loqueteux polichinelles, et le chiffon rouge débraillé, déchiré, haché du corps allemand, à ce moment toute cette compagnie d'enfer, de sous-sol, commençait à sentir, à suinter une odeur de sang ferreux, frais, grisaille, quelque chose de mort qui envahissait la voûte à la rendre irrespirable ; il y avait, caverneux, flottant, un effluve brassé, chaud presque humide qui donnait à Tachon le sentiment terrifiant de manger à même la tombe, de ronger la dernière chair d'un mort après le passage massacré d'une hyène. Onésime chancelait et, les deux pieds face à l'Allemand étendu là, gisant dans sa propre viande, il leva haut la fiole pour la déverser comme un thé chaud du Sahara, finement, lentement, avec l'angle droit de la perfection du tir. À l'odeur du sang se combinait désormais un relent de prune noire et d'alcool pur ; Onésime vida le reste de la fiole sur le visage brouillon, vineux, de l'Allemand et par ce lavement où gargouillaient des caillots, des déblais saignants, des rognures de peaux mortes, par la force de l'eau-de-vie, l'Allemand amorça la pente d'une résurrection ; il s'éveillait, il n'était pas tout à fait mort, il bougeottait ce qui lui restait de paupière, et son œil désert fixa fermement, dans un dernier corps-à-corps, l'œil marin, fou, d'Onésime ; et, pour éloigner le dernier front d'un repentir, face à cet œil encore trop vif de l'Allemand, Onésime jeta la flamme de son Zippo sur son visage couvert de gnôle. Tachon avait reculé d'un pas, réveillé par la sueur froide de la terreur ; Onésime, lui, était de dos, immobile ; et la cave était soudain éclairée d'une torche bleutée, coulante, dévorant la face de cet homme inconnu qui, sous la contrainte de la torture, de l'érosion brutale et douloureuse du feu, hochait de la tête avec un affolement d'aliéné, de vieil homme ânonnant un requiem ; un cri comprimé semblait sortir de ses bronches, il hurlait sans syllabes, c'était guttural, trempé, rauque ; à force de remuer la tête, les flammes se répandaient, elles prenaient de plus belle, l'alcool coulait en flammèches, le feu dégoulinait littéralement, il se répandait à son cou, à sa vareuse, à son corps. Onésime avait reculé, à son tour, de quelques pas, et il contemplait la scène en fumant une cigarette. Tachon, ne tenant plus, se retourna vers l'escalier et, après avoir jeté encore une volée de regards à la scène qui ne cessera, dans sa vie, de le hanter, il disparut et laissa Onésime, 21 ans, seul face au supplice de cet homme ; il se rappellera des voûtes éclairées comme une nuit peut l'être lors d'une descente aux flambeaux, du portrait de purgatoire qui se dégageait alors de la pièce, de l'amas des corps fusillés illuminés par le brasier d'un homme brûlé vif ; et il n'oubliera pas, jamais, avant de sortir de la cave, la tenue immobile d'Onésime, sa fixité, son corps droit, au garde-à-vous devant l'enfer.

Ça ———— ce qu'il avait fait ——— ce jour-là — je ne l'ai su que plus tard ———— des années plus tard ————
—— Onésime n'en a jamais parlé – tu penses bien – mais Tachon – lui – si ———— il paraît même qu'il en a parlé le jour même – à d'autres – qu'il est sorti de l'école normale complètement ————— complètement chamboulé quoi ———— mais tout concorde – enfin – je veux dire – Tachon a toujours été catégorique sur la question – et je ne le vois pas mentir – ou exagérer —— mais bon — moi je l'ai su par les uns et les autres – comme ça – comme une rumeur quoi – et puis faut dire qu'on sait pas grand-chose – en somme – si tu réfléchis bien – on s'imagine la scène ———————————————————— mais ——————
——— mais disons que ———— avec le recul – avec l'âge – le temps qui passe – avec le reste – avec ce que je sais —— du reste – du reste de sa vie – eh bien – je peux te dire

que ça ne me paraît pas farfelu ———————— Onésime a pu faire ça – et on sait qu'il l'a refait ailleurs – différemment ——— mais cette violence-là – contenue – irradiée – qui pouvait le traverser – il l'a sans doute eue toute sa vie —— je pense —— je le crois en tout cas ——————
——————————————————————————

—————— il est pas mort vieux – le pauvre gars ——
— Tachon je veux dire —— il est pas mort vieux — il est resté dans le coin ——— on se croisait de temps en temps – mais on parlait pas beaucoup —– on s'est peu connus – dans le fond —– pendant la guerre – il était au maquis avec les autres —– moi je passais – je renseignais – j'étais un peu à droite et à gauche tout le temps ————————
— et puis ——— y a de ça pas mal d'années — je ne sais plus très bien quand exactement —– il m'a laissé un mot —– dans la boîte aux lettres ——— sans timbre – rien – il avait dû me le poster lui-même ——— et ——— y avait que quelques lignes sur un petit bout de papier – il avait écrit – comme ça – simplement ——— *Nicole, la mouche est dans le vinaigre, deux fois. Je sais que c'est toi. Je n'en ai jamais douté. Je n'ai jamais pensé que tu étais coupable de quoi que ce soit. Sois en paix. Comme je le suis. Tachon* ——————————————
—— mon vieux – c'est bien le seul – de toute la clique – qui aura eu un mot ——— mais bon ——— alors je peux dire que c'est un bon gars ——— après ça j'étais

allée boire un café chez lui — il habitait dans les coins de Pougues là-bas – il était pharmacien —— alors tu penses – il avait une belle petite maison —— on était allés sur sa terrasse – y avait sa bonne femme – je ne sais plus comment qu'elle s'appelle —— on avait causé là – au soleil —— mais bon —— tu sais —— même les vieux ça reste timide —— enfin – on n'était pas encore si vieux que ça – mais on a parlé de tout et de rien – mais pas de ça —— —— de ça – de cette journée-là ———— et puis – on n'était pas dans le même monde – moi j'étais un peu — comment dire —— solitaire – bougonne peut-être —— je picolais encore pas mal à cette époque-là – faut dire les choses —— alors je n'ai pas dû leur donner envie de me revoir – et puis on n'avait pas grand-chose à se dire – ils parlaient vacances – les études de leurs trois gamins —— leur maison —— leur retraite – la croisière qu'ils allaient faire —— et moi j'avais rien à dire —— je voyais sa bonne femme qui me regardait avec ses yeux de douleurs là – tu sais – les yeux de femmes au foyer pleins de religion dedans – de droiture – de vie bien comme il faut —— — c'est le pire ça —— ces bonnes femmes-là —— quand elles ont une autre bonne femme — chez elles – qu'est pas comme elles – qui leur ressemble pas – qui n'a pas la même vie – bah elles comprennent pas – elles arrivent pas – elles suivent pas —— elles ne savent pas quoi dire ————
j'ai toujours fait cet effet-là —— dans les salles des fêtes et

tout ça —— tu sais —— quand on m'invitait à un mariage ou autre ——— j'ai toujours fait un peu peur – ou pitié ——— maintenant je m'en fous – alors là – je m'en fous —— ça —— je m'en fous de ce qu'ils peuvent bien penser ———— mais bon – à l'époque – c'est vrai que les yeux de la bonne femme au foyer – ça m'a toujours donné envie de les gifler ———— enfin ———— le bon vieux Tachon est mort quelque temps plus tard —— d'une sorte de leucémie je crois —— comme quoi – hein – comme on dit – les cordonniers sont pas les mieux chaussés —— il a eu beau vendre des médocs toute sa vie – il est mort le premier —— —— et – à l'enterrement – je me souviens – y avait encore pas mal d'anciens – Onésime bien sûr —— qui était le plus gradé – il était très estimé tu sais —— il était le seul à avoir fait une grande carrière militaire —— il rentrait d'Algérie je crois —— et il avait des galons partout ———— moi je suis restée dans mon coin ————— plus les années ont passé – plus les enterrements des anciens me faisaient peur – c'est comme ça – je savais qu'on allait se revoir —— que j'allais les voir —— tous ces gaillards qui – chaque année – devenaient plus flétris – ridés – courbés – cassés —— d'une paire d'années sur l'autre – t'en avais un qu'était en chaise roulante – l'autre qu'entendait plus rien —— l'autre qui yoyotait de la tête ——— et puis chacun s'enferme – avec le temps —— tout le monde reste coincé dans sa petite tête – ses souvenirs – ses impasses —— ses petites conneries ——— alors bon — à force – c'était pas très beau à voir tout ça —— et puis moi – dans le fond – j'ai toujours senti qu'on m'acceptait pas – pas vraiment – que je restais Pain Blanc —— la bonne femme du groupe —— que – bon – voilà – y avait pas forcément à épiloguer – et puis faut dire que je parlais pas beaucoup —— avec eux —— parce que le reste du temps – mon vieux — j'suis une pipelette – mais là – avec eux – je me taisais —— je restais à l'écart ——— et puis ——————— plus tard ———— bien plus tard ——— quand ils ont fait la stèle du maquis – là-bas – dans la forêt ———— et qu'ils n'ont pas mis mon nom —————— alors – je n'ai pas voulu chercher plus loin —— j'ai laissé tomber toutes ces histoires ——————— ——— mais tu me diras — maintenant qu'Onésime est mort – eh bien je suis la dernière —— ils sont tous morts maintenant – il ne reste que moi – voilà ——— je n'y avais pas pensé comme ça – mais – dit comme ça —— c'est ma petite revanche tiens ——— ——————————————— tu ne veux pas prendre l'air ? – ça te ferait du bien non ? —————— viens ——— allez —————— allons dans le jardin.

Le mur de la maison de l'impasse du Champ-des-Cris était couvert d'une vigne vierge. Le ciel blanc lui donnait un ton mauve, triste ; nous sommes descendus, Nicole et moi, elle portait ses lunettes noires plein deuil et moi je frissonnais sous la veste un peu trop large d'Onésime ; au loin, sous une couche de pins, on entendait un corbeau ; je pensais à celui qui était venu me mettre en garde, celui que j'avais chassé, à notre face-à-face ; parfois, il m'arrivait de n'être plus très sûr de la réalité de notre rencontre ; même Nicole ne l'avait pas vu. Depuis quelques jours, je vivotais, je mâchonnais, je ne faisais rien ; je suivais une pente molle qui n'aboutissait à rien d'autre qu'à la fin du jour ; j'écoutais Nicole, il me semblait ne rien pouvoir faire d'autre. J'attendais quelque chose mais je ne savais pas quoi encore. Je n'avais aucune nouvelle d'Alice. Parfois, il m'arrivait de murmurer nos derniers messages, ses mots, ses attentions, ses formules ; je me disais qu'en bougeant les lèvres, en reprenant la forme de ses messages, avec le souffle, peut-être que je pourrais faire renaître quelque chose, la faire revenir, invoquer ce que nous avions été, à un moment ; j'aimais cet effort des mots, les siens, ce qui les poussait vers moi, cette façon qu'elle avait de lancer vers l'avant en prononçant, en nous distinguant dans la langue ; ferrer, un peu, notre différence. Alice avait cette croyance perdue, déserte, qui assure aux amants que les mots qu'ils se disent quittent définitivement la langue et qu'ils gravitent en tribu, ailleurs, dans un monde autre, où rien ne les annonce, ne les empêche, ne les prévient ; ses derniers mots, à moi, destinés à ma seule mémoire, elle me les avait dits dans un autre jardin, en Italie ; mais il ne me restait que le bruit d'eau de la fontaine, en contrepoint, derrière ses lèvres qui bougeaient, fredonnaient et marmonnaient nos derniers échanges d'amour. Je n'en ai aucun souvenir ; autre temps, et autres langues. Nicole, dans le jardin de l'impasse, me tenait le bras pour avancer. Elle paraissait plus lourde qu'à l'accoutumée, plus avachie ; elle soupirait mais elle ne parlait pas ; nous ne nous parlions pas. J'essayais d'ouvrir les yeux pour éloigner le vin de la veille, je respirais l'air pour me donner un peu de vie mais je sentais que Nicole allait replonger une dernière fois à Nevers, que le poids serré qu'elle mettait dans sa main, là, dans le jardin, contre mon bras, était la dernière prise de son silence ;

elle tenait mon bras pour s'agripper une dernière fois à la rive, et à travers son geste, pesait toute la matière du cuir, sa peau dure, et celle d'Onésime. Il restait, dans l'angle du jardin, la table ovale en fer forgé blanc où nous déjeunions tous les étés ; la table des dimanches, des asperges et du melon, la table où Nicole s'asseyait avec la famille au complet ; la chaise d'Onésime était encore à sa place et Nicole vint s'y asseoir lourdement, comme arrivée en fin de course. Le ciel blanc laissait planer un silence, aucune variation ni entaille, la lumière était sans surprise, plate de bout en bout ; il ne faisait pas très froid mais la chape blanche des nuages imposait au corps une retenue, une recherche des points chauds pour ne pas refroidir, se laisser aller à un frisson ou à une illusion nordique ; je m'étais assis en face de Nicole, sur le banc courbé en fer forgé lui aussi, caillé, rugueux de rouille ; en voyant Nicole assise sur la chaise d'Onésime, je me suis souvenu de sa façon à lui de s'asseoir, en été, à califourchon, en sens inverse, le torse écrasé contre le dossier de la chaise, et son dos laissé clair, ouvert, nu, offert au soleil ; Onésime, depuis l'Algérie, avait toujours soigné son air brun, berbère, qu'il voyait comme un signe passé de force ou de vigueur. Il nouait sa serviette de table en tissu sur son crâne et il prenait le soleil comme cela, silencieux, perdu ailleurs, donnant quelques ordres à la tablée avant de s'allonger à même le gazon pour une sieste estivale ; il retrouvait ainsi, peut-être consciemment, le sol même où Naudet s'affalait après ses cuites, la terre rompue de l'impasse. Nicole me fixait ; c'est ce que je pouvais imaginer, ne voyant pas son regard, ses lunettes noires lui donnaient un air nuptial, sévère, douloureux même ; il flottait un bruit d'inquisition, un ultime soufflet de vide avant l'annonce d'une sentence ; derrière nous, lointain, le corbeau avait disparu, il ne restait que nous, Nicole et moi, et la seule volonté, pliée, du vent.

———————————— tu peux être sûr que ça va rester comme ça aujourd'hui —— ça va pas bouger ————— comme l'autre jour ———— quand t'as le ciel comme ça – ma parole ça bouge pas —— crois-moi ——————————————— y aura même un peu de pluie – pas impossible ———— si le vent s'y met ———————————————————————————————————— on a passé des bons moments ici – hein – quand vous étiez gosses ———————— quand il faisait chaud ———————— je te vois encore courir partout —————————————————— t'étais marrant quand même ——— on pouvait pas te faire faire c'qu'on voulait – tu sais – tu disais non à tout ———— ah t'étais têtu – fallait faire ce que tu voulais toi – ce que t'avais décidé – si on te proposait un jeu – ou quoi – et que c'est pas toi qu'avais décidé – eh bien – mon vieux – fallait se lever tôt pour que tu t'y mettes

——— mais alors quand tu disais – toi – ce qu'on devait faire – alors là – on t'arrêtait plus ———— t'étais un sacré ———— un sacré gamin ——————————————— oui ———— un sacré gamin ———————— enfin ——————————————————————————————————— t'as pas froid ? ——————————————————— il fait bon quand même ——————————————— tu vois ———————————————————— c'est ici ——————————————————— à cette table ——— que j'y ai pensé le plus souvent ———— comme si d'être à table – avec vous – et tout le monde —— de le voir ici —— de voir Onésime au soleil ——— pendant les étés —— silencieux comme il savait l'être ————— il y avait quelque chose —— comment dire —— où —— tu sais —— où tu as envie de briser le silence ——— de profiter que tout le monde est là —— de dire —— bon —— vous savez quoi ——— bah c'est pas tout ça mais bon – on a des choses à se dire ——— tu vois ce que je veux dire ? —— enfin ——— j'y ai souvent pensé ici ——— j'ai aussi souvent pensé que je me tairais jusqu'au bout tu vois —— mais ——— quand il est

mort ——— y a quelque chose qui a changé ———— je ne sais pas ———— enfin si – je sais ——— j'ai senti que la peur était partie ———— la peur de lui —— de sa réaction — de son regard ——— et de tout le monde —— —— de vous ———— de sa famille ————————— tu sais ———— il en imposait quand même ———— et puis c'était un militaire ———— colonel en plus – t'imagines – c'était quelqu'un —— oui – ça – c'était quelqu'un —— et puis surtout depuis une trentaine d'années ——— quand ils ont fait toutes les commémorations – les trucs un peu partout – les stèles – les parcours de mémoire – là – je ne sais plus comment ça s'appelle leurs trucs – depuis un bout de temps c'était une figure ici – c'était le résistant – celui qu'avait dirigé un des plus gros maquis quand même – et tout ça est vrai – c'était mérité même – oui – c'était mérité – y a rien à dire là-dessus ———— c'était quelqu'un —— y a qu'à voir le monde qu'y avait à son enterrement —— tu te souviens ? —— les anciens combattants d'Indochine – d'Algérie – toutes les huiles des états-majors – les familles – les petits-enfants – tous les gens du coin – le maire – les descendants des uns et des autres ——— ah – ça – y avait du monde derrière le corbillard – et puis le *Chant des partisans* – *La Marseillaise* – la sonnerie aux morts —— la levée des couleurs devant le cimetière —— mon vieux —— tout le monde n'a pas eu ça ————————————————
————————————————————————————

——————————————————— même toi – je m'en souviens – et tes cousins – et toute la famille —— vous étiez fiers – et c'est bien normal —— je vous vois encore tous tenir le cercueil —— vous étiez beaux ma foi – beaux comme tout ———— ça — vous êtes pas moches dans la famille — y a pas à dire —— vous avez hérité de la gueule américaine d'Onésime — de sa gueule d'Hollywood ——

————————————————————————

————————————————————————

——————————————————— ouais ——

————————————————————————

————————————————————————

—— sa gueule d'Hollywood ————————————

——————————— … ————————————

————————————————————————

————————————————————————

————————————————————————

——————————— alors ———— voilà ——

——————— bon ——————————————

————————————————————————

—— écoute ————————————————————

————————————————————————

—— voilà ce que je voulais te dire ——————————

————————————————————————

————————————————— je crois que ——

———— je crois qu'une part de moi est restée là-bas

– là-bas – ce jour-là ——————— je crois pas me l'être formulé comme ça avant longtemps ——————— longtemps – d'ailleurs – je faisais tout pour ne pas y penser ——— ——— j'ai passé toute ma vie à vouloir me sortir tout ça de la tête ——— mais ça part pas — ça ne peut pas partir ——— personne te le dit ça d'ailleurs ? – hein ? – personne te dit que ça part pas – que les choses restent – que ça continue ——————————————— tu me diras ——— si ——— on dit ça ——— on dit – *faut vivre avec* ————— faut vivre avec un point c'est tout – ça se négocie pas les choses là – tu peux pas te sortir ça de la tête avec une petite cuiller ——— et jeter toutes les saloperies – les mauvais souvenirs – ce qui fait mal —— ——— enfin si ——— si – quand tu picoles ça apaise un peu —— ça éloigne – ça met un peu à distance ——— mais c'est pire après – alors ——— je crois que – quand je me suis rendu compte que tout revenait – que tout – tu sais – les saloperies – que tout revenait encore plus fort quand j'avais bu – les lendemains ——— les lendemains où t'as trop bu – je crois que c'est ça – c'est ça qui m'a fait m'arrêter de boire ——— c'était encore pire – alors tu penses ——— non merci ——— pas pour moi ——— — bon je ne dis pas que ça a été facile ——— mais ça m'a aidée ——— quand tu vois la bouteille et que tu te dis —— hum ——— celle-là ——— elle va me vider d'un coup – mais elle va me foutre trois jours de plus de pensées noires

——— salut la compagnie ———— pas pour moi ——————— bon ———— y a les médocs —— —— oui ——— mais c'est kif-kif – ça aide un peu – mais non – ça change pas grand-chose non plus – et puis moi ça m'a détruit le ventre – alors je devais prendre d'autres cachetons —— et rebelote – ça n'arrête pas ———— ——————————————————— ———————————————— ce sera bien quand ce sera fini – oui – ça – crois-moi —— ça ne me dérangera pas de mourir – au contraire – j'ai fait le tour ——— —————————————— c'est usant ——— usant d'avoir passé sa vie ——— ma vie entière ——— depuis ce jour-là ——— avec ça ——————————————————— ——————————————— je n'ai rien demandé moi ———— je ne pense pas que —— que ——— qu'on devrait faire ça – vivre ça ——— ——— je ne pense pas ——— et —— ——— et personne ne sait ——— personne ne sait comment faire ——— personne n'a la solution ——— on doit durer —— endurer ——— vivre ——— avancer ——— et se taire ——— ——————————————————— —————————————— se taire toute sa vie ———————————————

———————————————————————————————— ———————————————————————————————— ——— jusqu'à aujourd'hui ——————————— c'est bien ça non ? ——————————————————————————— —— alors ————————— voilà ————————— à la fin de la guerre – dans les derniers mois – je travaillais à Nevers – je faisais la navette – en général – entre le maquis et Nevers – et je faisais aussi tout un tas d'autres choses – de missions – à droite et à gauche – je passais plus de temps sur mon vélo que dans mon lit – alors tu penses ——— ——— ça allait – parce que les Allemands ne se préoccupaient pas de nous – pas vraiment en tout cas – les bonnes femmes à vélo – c'était pas leur problème – on devait montrer nos laissez-passer – bien sûr – mais en général c'était rapide – même cordial je dirais – enfin on pouvait faire ce qu'on avait à faire sans trop de problèmes —— bien sûr – y a plus d'une fois où – si on m'avait fouillée – j'aurais passé un mauvais quart d'heure – et on savait – on savait pour l'école normale – on voyait passer les camions – les gars dedans – parfois des copains ——— donc on faisait attention – bien sûr ———————————————— quand ils ont libéré les patelins autour de Nevers – comme t'as vu sur les photos ——— puis qu'ils sont arrivés à Nevers – moi je n'étais pas avec eux – j'étais le long des trottoirs – comme tout le petit monde – j'ai vu passer les gars – Onésime et les autres – ils étaient ———— je ne sais pas ——— c'était une drôle d'ambiance – c'était joyeux – oui – mais y avait autre chose ——— c'était la liesse – oui – mais y avait quelque chose de dangereux – je dirais ce mot-là – comme un danger dans l'air – tu sais – ce moment où tu sens qu'il n'y a plus vraiment d'autorité – c'est à la fois grisant – bien sûr – mais c'est étrange – aussi – une sensation de vide sous les pattes ——— et puis fallait voir les trognes des uns et des autres – y en avait une paire qui sentait le sang – qui avait envie d'en découdre – t'avais aussi tous les apeurés – tous ceux qui sentaient la peur à des kilomètres – et puis – même si les Allemands s'étaient barrés – y avait tout un tas de rumeurs ————— ça ————— c'était le sport à la mode ———— les rumeurs ————— on disait qu'il y avait des mines planquées – que ça pouvait sauter à tout moment ———— qu'il y avait des miliciens qui pouvaient tirer de là-haut – des toits ——— alors t'avais tout un tas de gens qui regardaient en l'air – qui regardaient les balcons – les toits ——————— tu sais ——— les gens applaudissaient les maquisards et hop – ils regardaient ailleurs – en haut – pour être sûrs ————— c'était particulier ——————————————— et puis c'était le début ———— c'était que le début de la journée ——— ——— quand ils sont passés — dans les rues – les défilés et tout ça — c'était le début ——————————————— ——————————————— je me suis longtemps demandé pourquoi je ne les avais pas rejoints – pourquoi je n'ai pas couru après leur camion – pourquoi ils ne m'ont pas prise avec eux ———— tout était sacrément confus faut dire – y avait un monde fou – et – très vite – c'était impossible de retrouver qui que ce soit – y avait pas de portable – tu penses – et je ne savais même pas où ils allaient – c'est qu'après que j'ai su qu'ils allaient à l'école normale —— —— je ne sais pas si ça aurait changé quelque chose —— — si je les avais rejoints ——— peut-être ———— ça aurait peut-être tout changé ———— je n'en sais rien —— ———————————————— j'en ai jamais parlé avec Onésime ———————————— c'est ça —— —— tu vois ——————— en te disant – y avait pas de portable – bah – je pense à ça – en fait – au fait qu'on passait notre temps à tendre l'oreille ——— pour avoir une information – une petite info – quelque chose – il fallait demander ——— tout ça c'est une histoire de parole – de gens qui parlotent dans tous les coins – faut se rendre compte ——————— alors tu penses – quand t'en avais un qui disait n'importe quoi – ça fuitait – comme de l'eau – et t'avais tout Nevers qui se passait le mot —— — pour les bonnes nouvelles – c'est bien – tu me diras – mais alors pour le reste – c'est au petit bonheur la chance – c'est le téléphone arabe – Untel a dit que – Mme Machin sait qu'Untel a dit que ——— on allait constamment à la pêche ————— en y repensant – moi – la guerre – ça a été ça ——— vu que j'étais agent de liaison – je passais ma vie à recueillir des messages – à retenir des phrases – des mots – des lieux – et je faisais le téléphone – voilà – c'est ça – je faisais le téléphone ——— avec mon vélo – je passais d'un coin à l'autre – je disais la phrase – et je repartais ————— comme ———— bien sûr ——— la fameuse mouche est dans le vinaigre ———— c'était ça – c'était ça ma guerre – de me bagarrer avec les mots – les messages ————— de faire le lien ——— d'emmener les mots à bon port ——————————————————

————— alors ———— bon ————— c'est quand même une sale ironie – quand tu y penses – que ce soit les mots qui m'aient tant coûté ———— qui m'aient cassée à vie ———————————— des mots mal dits ——— ————— des mots idiots ———————— des saletés de rumeurs ———————————— des bruits ——— des bruits colportés par des sales types ———— par des mauvaises gens ——— par des bons Français – hein – c'est comme ça qu'on dit – des bons Français ——— avec le béret – l'épicerie – et la baguette sous le bras ——— ah ————— je te jure ——————————————————————

——— c'est une prise ———— t'es comme une proie ———— c'est ça le premier sentiment – d'être saisie – prise à la volée – comme ça ——— je regardais le défilé

– les derniers gars qui passaient – des maquisards que je connaissais pas – et y en a deux – deux avec des sales gueules – des brassards – deux gars qui m'ont pris les bras – une proie – impossible de quoi – de quoi que ce soit – hop – ils avaient leurs sales pattes sur mes bras – les deux – un de chaque côté – et ils ont dit – à une autre bonne femme qui était en retrait – ils lui ont demandé – *c'est elle ?* – en parlant de moi – mais je comprenais rien moi – rien du tout ——— *c'est elle* qu'ils demandent —— et l'autre —— la bonne femme —— elle dit oui – oui *c'est elle* qu'elle dit – comme ça – je ne la connaissais pas – moi – c'te bonne femme – jamais vue – ni d'Ève ni d'Adam – rien – jamais vu cette saleté de bonne femme – et pas vieille en plus – pas vieille du tout – une sale vache – trente-quarante ans – quelque chose comme ça – elle fumait comme une garce – là – et elle dit *c'est elle* – oui c'est bien elle – mais elle de quoi ? – je la connaissais même pas moi — et je ne l'ai jamais revue cette bonne femme – JA – MAIS – je ne sais même pas qui c'est – ce qu'elle foutait là – ce qu'elle me voulait – je ne l'ai jamais su – JA – MAIS ——— et les deux gars me sortent de la foule —— comme ça – une proie – ils m'emmènent – et personne ne bouge – hein – personne ne s'y intéresse — il n'y a rien – peut-être deux personnes – trois peut-être qui se retournent – regardent vite fait – mais rien – et puis le bruit – le boucan tout autour ——— alors ça va vite —— c'était presque comme si j'entendais pas ce qu'ils disaient ——— et moi j'étais ————— comment dire ça ———— j'étais complètement à côté – chamboulée – je ne savais même pas quoi dire – ça prend dix secondes ces choses-là – tu comprends rien – rien à ce qui t'arrive —————— —— on débouche dans une rue – c'est plus calme —— on entend au loin le bruit des gens – de la foule ——— on croise des paquets de gens – confus – c'est pas clair tout ça – tout ça c'est trouble – ça va vite – très vite ——— et puis je ne comprends rien ——— vraiment ——— je les regarde ——— les deux – c'est des gamins – les deux gars – des gamins – ils m'empoignent —— et je crois que je leur dis un truc – du genre – *je suis avec vous – les gars je suis avec vous – qu'est-ce que vous faites ?* que je leur dis – je ne sais plus exactement ——— je commençais à paniquer – oui – je paniquais ——— et puis ——— comment dire ——— je ne sentais plus mes jambes ——— ils m'empoignaient et – même si c'étaient des gamins – ils avaient une sacré poigne – faut dire qu'on se fait rarement prendre comme ça ——— par des flics peut-être ——— c'est tout – ou quand t'es môme — et j'avais pas leur taille – je suis pas grande moi – et puis j'étais pas lourde non plus – c'est pas comme maintenant ————— j'avais dix-huit ans – hein – dix-huit ans — faut bien imaginer — j'étais une gamine ——— alors je flottais presque – j'avais les godasses qui flageolaient – là – sur les pavés ——— et puis c'est pas droit

Nevers – hein – ça monte – ça descend – y a tous les pavés ——— j'avais l'impression d'être trimballée – comme un paquet quoi —— alors je leur dis ça – ou quelque chose comme ça —— et ——— alors ———— ça —— ————— je m'en souviens ————— y en a un ——————— un des deux ——— ——— y en a un qui me dit ——————— — presque en crachant ————— en me crachant au visage ————— y me dit ——————— ——————— *ta gueule* ——————— ————————————————— ————— *ta gueule – sale pute* ———— qu'il me dit ————————————— ——————— ta gueule sale pute – en crachant – en me portant – en m'empoignant – il a dit ça avec une rage – mon Dieu – une rage infernale – une rage où —— —— où tu sais que tu peux rien – tu peux rien faire —— —— quand il a dit ça – quand il m'a dit ça – je ne sais pas – comme on dit – mon sang n'a fait qu'un tour – j'étais tétanisée – tétanisée de la tête aux pieds – complètement refroidie ——— parce que —— quelque part ——— dans les premières minutes —— au tout début —— au moment où ils m'ont prise — dans la rue — je ne sais pas – on pense qu'ils se trompent – et puis quand on n'a rien fait – on sait que – bon – c'est une erreur – alors – en deux mots – en deux phrases – hop – la réalité devrait revenir

——— il y a comme quelque chose de chaud – au départ – de la peur – oui – mais surtout de la certitude – c'est encore là – quelque chose où tu ne crois pas – tu n'y crois pas – à ce qui t'arrive ——— mais quand l'autre a dit ça ——— quand il a dit ça avec cette rage dans les dents – le visage explosé de hargne —— j'ai compris ——— enfin j'ai compris – je veux dire j'ai commencé à comprendre ——— à comprendre que ce n'était pas normal – que ça partait mal ———————— et j'ai commencé à avoir très peur ———————— mon Dieu ——— ———————— c'est un sentiment terrible – terrible ——— qui revient ——— comme tomber du lit —— tomber dans le vide quand on rêve ——— c'est terrible ——— c'est ——— c'est indépendant de nous ——— indépendant de la volonté – des choses – de tout – de tout tout autour ——— y a tout qui chavire d'un coup – et on ne peut rien – c'est accroché au destin – comme ça —— une proie – c'est vraiment le sentiment ——— —— ça revient la nuit – le sentiment d'être prise comme ça – empoignée – d'être emmenée – de flotter littéralement au-dessus – au-dessus des pavés – du sol – de ne rien pouvoir faire – de ne pas pouvoir se défendre ——— et de chercher ——— de chercher des visages —— des visages amis ———————— prise de terreur je bougeais la tête à droite et à gauche – j'essayais de me tordre le cou pour voir derrière moi —— j'espérais voir quelqu'un —— croiser un camarade ——— que quelqu'un me reconnaisse – que quelqu'un m'aide —— ——— et bien sûr ——— bien sûr que je pensais à Onésime ——— je ne pensais qu'à lui à vrai dire —— —— je voulais qu'il vienne – qu'il soit là – qu'on le croise – qu'il me sorte de là ——— je n'ai jamais autant voulu le voir ——— voir ses yeux marins —— son regard —— —— qu'il me sorte – m'emmène à son tour —— lui seul pouvait leur dire – leur dire qu'ils faisaient erreur – que j'étais des leurs – il pouvait leur dire – lui – il pouvait me sortir de là ——— mais – mais on ne croisait que des gens indifférents – saouls parfois – goguenards – apeurés ——— on nous regardait à peine ——— quelques coups d'œil sur moi ——— des coups d'œil de rage aussi – de – *c'est qui celle-là* ——— mais rien ——— —— personne que je connaissais – moi ——— et je flottais au-dessus des pavés ——— —— au-dessus de la réalité ———

———

——— mon Dieu ——— et —— et je ne disais rien ——— rien du tout ——— je ne me débattais pas ——— je ne bougeais presque pas ——— je n'arrivais à rien du tout ——— j'étais complètement tétanisée par la peur —— je ne sais pas comment expliquer cela —— comme si – en plus de ça – en plus de la peur —— c'était comme si ne rien faire devait confirmer mon innocence —— ne pas répliquer – être calme ——— qu'en étant calme j'allais leur faire réaliser qu'ils s'étaient trompés ——— ce n'était pas calculé – bien sûr – je me l'explique comme ça – après coup – c'est juste ça —— me dire que si je ne me suis pas débattue – c'est par peur et par souci d'innocence ——— le souci de ne rien aggraver – de montrer je ne sais quoi de droit ——— de digne peut-être ——————————————— enfin ——————————— et puis – et puis tout est allé vite – ensuite ——— je sais que ma mémoire faiblit – à ce moment-là – à force de garder – d'enfouir – de ne jamais en parler – c'est comme un muscle – on perd – ça mincit – on se souvient pas bien des détails ———— je n'en ai jamais parlé moi ———— jamais ——————————————— ——— je n'ai jamais revu une seule des jeunes filles avec qui ———— avec qui ———— avec qui j'étais ce jour-là ——— avec qui ils m'ont foutue —— jamais – je ne connais pas leurs noms ———— je ne sais pas qui c'était ———— pourquoi elles étaient là ——— qu'est-ce qui s'était passé —— enfin —— même si on se doute – plus tard – on refait l'histoire —— je sais juste que – qu'on était sept ———— au total – oui – sept – ça je m'en souviens ——————————————— enfin si ——— y en avait une ———— mon Dieu ——— une que je savais qui c'était ———— y avait les jeunes filles

– comme moi —— et y en avait une —— bien sûr que je savais qui c'était ———— y en avait une qu'était sacrément vieille – plus de quatre-vingts ans – toute maigre ——— mais impériale – sans un mot – elle était droite – comme fière presque ——— je me souviens d'elle – parce que – quand je suis arrivée ——— quand les deux abrutis m'ont laissée dans la courette – là – là où ils m'emmenaient quoi ———— je n'y suis jamais retournée à cet endroit-là d'ailleurs —— alors je ne peux pas dire où c'était exactement – et puis ça a pas mal changé maintenant – y en avait un paquet des petites courettes comme ça – on voyait – pas loin – la tour – la tour Goguin —— ça je m'en souviens ———— j'ai toujours tout fait pour la contourner quand je passais à Nevers ——— donc quand je suis arrivée – je l'ai vue elle —— la vieille – je l'ai vue et elle était déjà toute rasée ———— et fière —— enfin —— elle ne disait pas un mot ——— elle était là – dans un coin ——— debout —— contre le mur ——— et elle regardait le vide ———— la tête rasée ——— avec quelques bouts de cheveux encore sur le crâne ———— et il m'a fallu quelques secondes ——— quelques secondes pour —— comment dire ——— épuiser le trouble – le doute – la stupeur ——— ça met quelques instants pour reconnaître quelqu'un quand – en plus – elle a plus de cheveux ———— et je me suis pris son visage en pleine poire ———— c'était —— c'était la comtesse ———— mon vieux ————

c'était la comtesse de Terline —— là —— devant moi – dans cette petite courette ——— elle était dans une sorte de chemise de nuit —— toute grande —— trop grande pour elle ——— et elle parlait pas – pas un mot ———— et elle avait rien elle – je veux dire —— elle avait juste le crâne rasé ——— mais les cinq autres —— des jeunes —— des belles filles ——— oui des belles filles ——— comme moi quoi ——— c'est pas prétentieux hein —— on était jeunes ——— et on était des jolies filles – oui – bien faites quoi —— enfin —— les cinq autres —— elles – elles étaient amochées ——— elles avaient parfois les lèvres ouvertes ——— l'arcade ——— l'œil à moitié fermé ——— elles s'étaient pris des coups quoi ———— ———— autour —— tout autour de nous ——— c'est confus —— je ne me souviens pas bien —— il y avait une sorte d'attroupement —— mais ———— une quinzaine de gens ——— pas beaucoup —— pas plus ——— et c'est dur de dire qui ——— je ne connaissais personne en tout cas ——— y avait des gens de Nevers – des gens normaux quoi – et puis des types qui – oui – devaient être des maquisards – ou de drôles de résistants — enfin je n'en sais rien – y avait aussi des bonnes femmes ——— on peut pas savoir – on peut pas savoir qui c'était – c'était vraiment confus —— et puis je n'ai pas eu le temps de savoir quoi que ce soit sur ces gens-là ——— ils ont dû faire leur petite vie – hein – comme tout le monde —— ils ont fait ça et puis ils ont dû vivre tranquillement – après – des années après – comme de bons Français ———————————————————————— tout ce moment ———— cet instant-là ———— ce moment où on m'a lâchée là ——— parce que c'est ça —— c'est le mot ——— les deux guignols m'ont vraiment lâchée là – en me poussant ——— comme si on me livrait ——— ils m'ont poussée et lâchée comme rien ——— je n'étais rien ——— rien pour eux ———— tout ce moment-là ——— et jusqu'au moment où ils nous ont fait marcher ——— après ——— tout ce moment-là je l'ai comme oublié ———— long-temps ——————— parce que —————————— parce que c'est pas possible ——————— c'est —————— ———— c'est pas possible des choses pareilles ——— ———————— c'était ——————— c'était terrible ————————————————— terrible parce que je ne pouvais rien faire ———— rien du tout ———— que je connaissais personne ———— que je reconnaissais personne ——————— que tout le monde s'en prenait à moi ———————— comme ça ——— ———— c'est ————————————— c'est pas possible de vivre ça —————————— j'étais comme une gamine ———————— au fond de moi ——— ———— au plus profond de moi ——— j'étais comme une enfant —— une enfant dépassée ——— dépassée par ce qui lui arrive ——— dépassée par la méchanceté des gens

——————— tétanisée ————————————————
absolument tétanisée ———————————————————
———— faut quand même se dire que ——————— que
—————— qu'à peine dix minutes avant – j'étais en train de vivre quelque chose de ——— de joyeux ——— enfin je veux dire que – que quelques minutes avant j'étais dans la rue – à applaudir – à être heureuse – quelque part – à être même soulagée ——————— non ——— vraiment ——— c'est pas possible ——————————
— j'ai tout fait – tout – dans ma vie ——— pour quitter ce moment – ce moment où on m'a lâchée là – dans la courette – avec les autres ———— mais ça revenait – parce que c'est ——— c'est – c'est comme un sentiment absolu de vide – de perdre pied – littéralement ——————
————————————————————————————

———————— à quarante ans —— vers quarante ans
——————— j'ai vécu quelque chose qui m'a fait un choc
——— qui m'a fait comme revivre — comme revivre ce que j'avais vécu ce jour-là ——— le sentiment ————
—— le sentiment de vide absolu —— mêlé à une peur grave – profonde – intenable ———————— j'étais allée au cap Martin avec une amie – en vacances — pendant l'été
—— et en me baignant – un matin – seule ——— un jour de ciel fâché – pas rassurant – je me suis fait emporter par le courant —— par un courant fort — et je m'éloignais – je m'éloignais de la rive ——— ça m'emportait – et les

vagues étaient de plus en plus épaisses – de plus en plus lourdes – de plus en plus fortes —— elles me poussaient – m'empoignaient —— elles m'emportaient – et je ne pouvais rien faire – je ne pouvais pas fuir —— je me prenais de l'eau en pleine figure – je nageais tout ce que je pouvais mais rien – rien n'y faisait – j'étais emportée —————— mon Dieu —— j'ai cru que j'allais y rester – vraiment – je me suis dit que j'allais mourir comme ça —— ce matin-là —— et —— en moi —— dans la poitrine – dans le ventre —— j'ai ressenti à nouveau la même peur – la même détresse – ce même sentiment de vide absolu mêlé à une terreur complète – à l'horreur – d'être bougée – comme ça – par une masse – par quelque chose de plus fort que soi – ne rien pouvoir faire du tout —— d'être empoignée par les choses – le sort – le destin —— et qu'à échelle – à échelle de mon petit corps – de ma petite vie – tu ne peux rien – que le temps est scellé – que tu subis – un point c'est tout ———————————————— oui —— tu —— tu subis la force des choses ——————————————— c'est un plaisancier – un beau type en plus – qui m'a sortie de là – avec son petit bateau —— mais c'est pas passé loin —— mon vieux – ce jour-là – c'est pas passé loin —— et —— le soir —

— impossible de dormir ——— j'étais à Nevers ——— là ——— dans cette courette ——— et le choc vécu dans l'eau – le courant – la force – la masse – le poids des vagues – la peur immense ——— tout me ramenait à ce moment-là ——— férocement ——— avec le temps ——— et maintenant – maintenant que j'en parle ——— je me dis que j'aurais dû en parler à ma copine ce jour-là ——— c'était le moment ——— mais non ——— je suis repartie avec ça ——— ——— et ——— et on a fini par rigoler de ma baignade ——— de moi en train de nager comme une folle ——— et du beau type qui m'avait sauvée ——— c'était devenu un épisode amusant – une anecdote d'été entre copines ——— alors que ——— pour moi ——— j'avais failli mourir ——— et j'avais revécu Nevers ——— dans tout mon corps ———
c'est au fil du temps ——— quand tu fais je ne sais quoi ——— sans que t'aies rien demandé à personne ——— qu'un détail te saute à la gueule – comme ça – hop ——— ça revient ——— y avait ——— je m'en souviens bien — un gros type ——— un gros porc ——— un sale type ——— c'était un peu lui – disons – qui gérait la chose ——— et ——— je m'en souviens bien ——— quand les deux abrutis m'ont lâchée dans la courette – le gros a ouvert grand les bras ——— comme s'il m'accueillait ——— comme un hôtelier ——— mais – dans ses yeux –

ça trompe pas – son regard – c'était un regard de hargne ——— de folie même ——— d'alcool aussi ——— tout le monde était à moitié rond de toute façon ———— et – le gros – il a hurlé ——— les bras ouverts —— *ah bah voilà* – qu'il a dit — *voilà — toutes les putes de la comtesse sont réunies* ———————— alors ———————— pas sur le moment – mais plus tard – plus tard j'ai compris – je savais pour la comtesse – je veux dire – je savais qu'elle jouait un drôle de jeu – de double jeu – que les Boches allaient chez elle – le soir – que c'était souvent la bringue – oui – et qu'il y avait des filles du coin – oui – ça on le savait – et moi j'entendais – j'entendais tout quand j'étais là-haut – dans sa chambre – dans la chambre de la Terline – à écouter la radio – à attendre dans la peur – à attendre les messages pour le maquis ——— mais jamais bon sang —— jamais —— jamais je n'ai croisé un seul de ces sales types ——— je passais par-derrière – je montais – j'écoutais la radio – et je repartais avec le message —— dans la tête – sur mon vélo ———————— ——— mais ——— bien sûr ———— sans que je le sache —— comme ça —— ça jasait —— on me voyait faire des allers-retours – le soir – chez la Terline – avec mon vélo ——— comme ——— sans doute – comme les autres filles quoi ———————— mais je n'ai pas compris – non – quand le gros-là – le gros porc – dans la courette – a dit ça ——— non ——— je n'y étais pas du tout —— je comprenais rien – rien ——————— et ——————— et puis c'est allé vite ——————— les gens —— autour ——— c'était comme les vagues —— —— ça te chope – ça te bouge ——— je m'en souviens pas bien de ce moment-là ———— on me tirait les cheveux ———— j'ai reçu des premiers coups ———— des gifles – des gifles surtout ————— des gifles comme on corrige – au début – une gosse —— des petites tapes sur les joues ——— avec ———— avec ——— avec des mots ——— des insultes ———— et puis des vraies gifles – des gifles d'hommes ———— et ceux qui – qui sortent des rangs —— qui te donnent un coup de pied —— juste un ——— comme ça ——— c'est leur seul coup —— dans leur vie ——— leur coup de lâche —————— leur coup de bêtise —— ils tapent et s'en vont – ils retournent à leur place – ils retournent près de Bobonne – ils tapent – et ils disparaissent ————— ceux-là aussi ils ont fait leur petite vie avec Bobonne – bien tranquilles – des hommes —— hein ——— tu parles ——— des lâches ——————— et puis y a ceux qui tapent vraiment – qui tapent fort ——— — je ne me souviens pas bien ————— en quelques secondes —— ils étaient trois – quatre – cinq —— je ne peux pas dire —— à me frapper un peu fort ——— et j'ai pris un coup dans le ventre qui ———— qui ————— enfin je me suis retrouvée au sol quoi ————— et c'est là que ça a pris quoi —————— je ne sais pas ————

une minute —— même pas —— ils m'ont chopé les cheveux —— avec leurs mains —— y en a un – ou deux – qui me maintenait —— mais j'étais à moitié assommée – c'est pour ça que je peux pas dire – pas trop dire —— c'était le bazar —— et à gros coups de ciseaux ils m'ont foutu tous mes cheveux par terre —— je n'ai pas vu qui —— qui faisait ça — ils étaient derrière moi —— j'étais presque inconsciente —— puis —— par contre —— —— je me souviens de la tondeuse à main —— à ras du crâne —— le froid —— le froid de cette saloperie de truc sur le crâne —— et puis ces brutes-là faisaient exprès —— exprès d'appuyer —— de faire mal —— d'écraser le truc sur le crâne —— ils y mettaient toute leur poigne —— leur force ——

————————

—— je n'ai jamais pu mettre une barrette de toute ma vie —— jamais – la seule sensation de la pression – du métal – sur le crâne – comme ça – ça me rend dingue —— — une pression sur le crâne et je peux devenir folle —— —— c'est —— c'est pas possible des choses pareilles —— c'est pas possible —— et là —— là en parlant —— là à cette heure-ci —— je le sens —— ce ne sont pas les mots qui sont difficiles —— dire —— bon —— je peux – en fait je peux —— mais c'est la colère – la colère que ça fait remonter – bon sang —— toute la colère que j'ai – là – ça me met en rogne

————————— tu peux pas savoir comme ça me met en rogne ——— il y a de la détresse – oui – de la tristesse – immense – oui ——— mais surtout de la colère – de la colère contre tous ces gens-là ——————— contre leur bêtise ——— ——— leur violence froide ————————————————— et ——— ————————————— et ——————————————— leur lâcheté – oui – leur lâcheté coupable – criminelle —————————— —— tous ces gens-là sont des criminels – point barre – y a pas à épiloguer là-dessus ————————————————————— ——————————————————————————————— ——————————————————————————————— ——————————————————————————————— ——————————————————————————— alors – oui – voilà ——————————————————— qu'est-ce que tu veux ———————————————————————————— ——————————————————————— je ——————— je suis une tondue ————————————————————————— ——————————————————————————————— ———————————————————— j'ai été tondue à Nevers ————————— voilà ————————————————————— ——————————————————————— comme dans l'autre film – là ———————— pareil ————————————————— ——————————————————————————————— ———————————————————— mais bon – faut pas croire que le cinoche ça peut tout ——— non ———— de toute façon ——— tu me diras ———— tout ce qui a été fait là-dessus

– la guerre – tout – c'est mauvais ——— très mauvais —— ———— on peut pas dire ça – la guerre – on peut pas – dire ça comme ça – montrer ça comme ça ——— c'est pas pour les images ça – c'est pas du cinoche ——— crois-moi ——————— la réalité c'est pas un décor —— y a toute l'ambiance qui va avec ——— y a tout ce que ça fait au ventre ——————————————————

— tu veux que je te dise ———— ça pue ———— voilà ce qui se passe – ça pue – la réalité – à ce moment-là – ça pue ——— parce qu'on te parle à ça du visage – que ça pue la vinasse – les haleines – les crachats – ceux qui te crachent sur la peau ——— les crachats qui sèchent sur le visage ————— ça pue bon sang ——— et les transpirations – les fringues pas lavées ——— la pisse dans les rues ——— et la peur – oui – ça pue aussi la peur ——— parce que t'en as une qui se fait dessus – sur elle – et alors ça se voit – et ça sent – et vu qu'on n'arrête pas de te coller à elle – qu'on te pousse – qu'on te bouge – qu'on te rebouge et qu'on te repousse – à force – à force sa merde elle est collée à toi – sur tes jambes – sur ta robe ——————————
et y en a qui te jettent du vin – de l'alcool – des trucs – des ordures qu'ils ont trouvées – et on te recrache dessus —— —— et —— même les mots sentent – les insultes – tout ce qu'on nous disait – quand on marchait ——— parce que après la courette – fallait nous montrer – hein – fallait qu'on

défile – qu'on nous fasse marcher dans les rues —— et tu penses —— tout le monde la connaissait la comtesse —— — alors ça y allait – de partout – ça y allait – ça gueulait —— on nous poussait —— on se prenait des baffes – des coups – des coups de pied ——— t'avais beau te protéger le visage que rien – rien du tout – tu te prends tout sur la tronche — tu peux rien faire ———— on nous insultait de tous les noms ———————— de paillasse —— de paillasse à Boches ——— de poule – de pute —— de salope ———— de traînée ————— de dégueulasse —— ———————————————— et ça s'agglutinait —— y avait un monde fou ———— on nous trimballait ——— à droite – à gauche —— on nous crachait à la gueule —— sans arrêt ————— et ————— et ———— et puis toutes les mains – toutes les sales pattes de tous ces porcs —— de tous ces salopards ———— leurs mains qui —— qui se glissaient – qui tombaient partout ————— parce qu'ils se collaient – ils venaient vite – ils se collaient – et ils tâtaient ——— comme des bêtes – ils tapotaient – ils pelotaient de partout ——— ils prenaient les seins – et ——— ———— et ——— et ils miment —— ils miment avec leurs bouteilles ——— ils donnent des coups – des coups de bouteilles quoi – comme si ——— enfin ————— comme s'ils rentraient quoi ————————— à force ——— ———— à force ———— à force bah ça rentre – ça rentre un peu ———— et ———— alors ———— y en a une qui gueulait ———————— qui gueulait – parce qu'ils y allaient – ils y allaient vraiment – presque – enfin je sais pas ——— mais c'était ———————— c'était ——— c'est pas possible des choses pareilles ————————— j'étais une môme ———— j'avais pas vingt ans ———— ——————————————————— et ——— va savoir pourquoi ——— on nous a arrêtées ———————— on nous a foutues contre un mur ——— trop de monde sans doute —— je sais pas ———— on était là ——— toutes les sept ————— loqueteuses ————— des loques ——————— ————— des chiffons —————— et ————— alors ——————————————— le gros ——— le gros porc ————— je ne sais plus —— je ne sais plus ce qu'il a dit ——— mais il a fait comme unc déclaration – un truc – un discours – sur nous – sur la comtesse —— sur le fait qu'on avait fait la noce pendant la guerre – qu'on avait passé du bon temps avec les Boches —— dans le château – là-haut – de la comtesse ——— il hurlait comme un porc ——— —— et ——— et y en a deux ——— comme ça ——— qui ont déchiré la chemise – la chemise de nuit de la Terline ———————— d'un coup ——— ils lui ont retiré la chemise ———— la pauvre vieille s'est retrouvée nue —— —— une vieille bonne femme de plus de quatre-vingts ans —— toute tondue – nue comme tout ———————— non mais ——— mais ce n'est pas possible ———— et —— —————— et il y a ça ———— il y a que ——— que tout le monde s'est mis à rire ——— tout le monde était hilare ————— mon Dieu ——— mon Dieu ce rire ———— ce rire d'une seule corde – ce rire de tous —— là —— qui pointait du doigt la comtesse – cette vieille femme toute vieille – presque morte ———— et les deux gars qui tapotaient ses seins comme une cloche —— qui se moquaient ——— qui jouaient comme des gosses —— —— qui hurlaient – qui disaient que les Boches avaient dû s'en donner pour lui vider autant les mamelles —— et ça se marrait encore – des rires de foire – de fous – de timbrés —— des rires malades —— avec les bras tendus – les mains tendues – les faces rouges – les bouches rouges – les yeux ouverts – grands ouverts —— un cauchemar – un cauchemar d'enfant ————————— une bande de clowns ivres ——— démembrés ——— pris d'un rire d'aliénés ——— d'asile ——————————— mon Dieu —— c'est —————————————— c'est ——— ———— c'est pas possible —————————— ——————————————————————— ———————————— et ————————— ————————— et ——— y en a un ————— un abruti —— un abruti de première qui ———————— — qui ——— qui a dit —— comme ça ——— en gueulant ——— il a gueulé – *c'est Pain Blanc* —— *c'est Pain Blanc* qu'y gueulait partout ——————— il gueulait ça tout autour de lui – en me montrant du doigt ————

—— il est sorti ——— sorti de la foule – parce qu'il y avait du monde – enfin – à force ——— tout ça est plus que flou —— dans ma tête ——— et – alors – il est sorti —— il est venu vers moi ——— comme ça ——— et personne – personne ne faisait rien ——— personne ne l'arrêtait – rien ——— et – et il a déchiré mon chemisier à mon tour ——————————————— d'un coup – violent – comme on ouvre une fenêtre ——— et je me suis retrouvée ——— retrouvée ————— comme ça —— ——————— dénudée ——————————— le buste dénudé —————————— et l'autre ——— —— un autre gars qui commençait à faire des dessins —— — des trucs avec une sorte de goudron ——— je ne sais pas ——— il faisait des croix gammées – des trucs sur une autre ——————— il a écrit – là ——————— ————— là ——————————— sur mon torse quoi ————— il a écrit *PAIN* ——————————— —— *PAIN BLANC* ——————— il a écrit ça sur moi ——————————— là ——— sur moi – sur mon torse ——————— et ——————— l'autre qui m'avait déshabillée ——————— ce connard ——— ——— il ——— il ——————— il a mis sa bouteille ————— sa bouteille de vin ——————— il l'a mise ——————— là ——————————— —— là – entre mes seins ———————————————— ————— et il la bougeait ——— il la bougeait sans s'arrêter ———————————— et ——————— et tout le monde se marrait ——————— tout le monde éclatait de rire ——————————————————— ———————————————— tout le monde ——— ——————— sauf ————————————— sauf ——————————————————————————— ——————— mon Dieu —————————————— ——————————— tout d'un coup ——————— tout d'un coup en face de moi ——— là ———— mon Dieu ———————— en face de moi – derrière le premier rang ——— au niveau de deux autres visages – de gens qui hurlaient de rire —— là —— devant moi ——— là – je l'ai vu —— il était là ——— Onésime —— face à moi ——— il était là —— il me regardait – ses yeux – là – son regard marin – l'océan entier —— il me regardait ———— il voyait ———— il voyait tout ce qui se passait ——————— il était là ——————— ————————————— il avait le visage gris ——— arrêté ——— sans aucune expression – rien —— il était comme figé – les yeux océan – arrêtés – plantés sur la scène —— plantés en moi ——— comme les pires lames ——— le pire coup de poignard possible ——— rien —— autour —— n'avait plus d'importance ——— j'étais sectionnée à vif ——— ouverte de l'intérieur ———— ce regard —— son regard —— Onésime —— mon Onésime – là —— face à moi ——————————— il était là —— et il regardait ———————— il ne faisait rien ————— il ————— il ——— il ne m'aidait pas ————— il ne bougeait pas ——————————————————————————————— il me laissait mourir ——— littéralement ——— il me laissait ——— il m'abandonnait —————————————————— et ————— et ———— comment dire ça ——————— comment dire ça ————————— tout d'un coup ———— ———— tout d'un coup son visage explosa ———— il mit ses doigts dans sa bouche ——— pour siffler ——— — pour siffler très fort ———————— mais je pensais que ——— je pensais que c'était pour ——— pour arrêter tout ça —— pour ——— enfin ——— mais non ——— tout le monde sifflait ——— tout le monde sifflait —— tout le monde huait autour – autour de nous ———— et il s'est mis à siffler avec les autres ———— je le voyais ——— il était ——— il était désert ——— pas normal ——— il buvait goulûment ——— une fiole —— quelque chose ——— je le fixais ——— je le regardais ——— plus rien n'existait ——— plus rien du tout ne comptait ——— et lui sifflait ——— huait ——— gueulait tout d'un coup ——— et —— et ———————————————————————— ———— et – et il se marrait ——— il s'est mis à rire ——— à rire en s'écrasant contre l'épaule de l'autre type à côté de lui —— il était en train —— avec tous ces gens — de hurler ———————————————— il ——— ——————— il ——————— il était fou ——————— ——————————————————————————— ——————————————————————————— ——————————— fou comme tous les autres ——— ——————————————————————— et ——— et il n'a rien fait – rien ——————— —— rien ——————————————————— ——————————————— à part – si ——————— ——————————————————————————— ——————————————————— une chose ——————————————————————————— ——————————————————— une chose que —— que je n'ai jamais pu comprendre ——————— ——— une chose que j'avais presque oubliée ——— une chose dont on n'a jamais parlé —— on n'a jamais reparlé de rien de tout ça quand – des années plus tard – par des hasards – par l'âge – le temps qui passe – quand notre adolescence avait disparu – quand on a fini par se revoir – redevenir amis quoi – sans jamais reparler de tout ça – comme quelque chose d'oublié – qui ne s'était pas passé ——— — parfois – même – je me disais qu'il ne s'en souvenait peut-être plus – qu'il était tellement ivre – ailleurs – qu'il avait oublié ——— je me suis souvent dit ça ——— il n'a jamais reparlé de Nevers – jamais ——————— et encore moins de moi —— et encore moins de ça – de ce geste ———— il a fait une chose – oui – qui reste un mystère pour moi – et en même temps quelque chose qui m'a permis de me dire – que – quelque part —— il était – comment dire ——— sauvable ——— je ne sais pas si ça se dit ——— enfin ——— il ———— après la tonte ———— —————————————————— il ——— ——————————————————————

———————— il a jeté sa veste sur mes épaules ————— à la fin —————————————— ——————————————————————

———————————————— pour me couvrir ——————————————————————

—— comme si ————————————————— ——————————————————————

————— comme si —— comme si on venait de jouer —— — que c'était fini ——— et —— et qu'il était temps de rentrer —————————————————— —————————————————————— ——————————————————————

——————————————— il a fait ça —— —————————————————————— ——————————————————————

————————— il m'a mis sa saleté de veste en cuir sur mes épaules —————————————————— ——————————————————————

——————————————————————

——————————————— et il est parti ———

——————————————————————

————————————————— il est parti ———

——————————————————————

——————————————————————

——————————————— sans un mot – rien

——————————————————————

et c’était fini.

Derrière son dos, Onésime, 21 ans, pouvait entendre l'écho de la ville et d'un bal ; un peu plus loin, au bout du pont, certains dansaient sans retenue ; l'accordéon était mal joué, ou mal accordé, le vent apportait un résidu de notes et quelques cris sans certitude, de joie ou d'abus, impossible de le savoir de là où il était. Onésime était assis sur la pointe du derrière, les jambes en arches, les genoux collés en assise pour son menton ivre ; il était assis, prostré en pleine nuit, au bord de l'eau, il était amoché, saoul à ne plus rien voir, les yeux gonflés, éblouis par le reflet de la lune, là-haut, qui prenait toute la place du ciel et s'écrasait sur la Loire, blasée par les rives. Le fleuve avait, ces derniers jours, digéré assez de pierres des ponts sautés, écroulés et bombardés pour ne plus vouloir porter une barque de pêche, il avait gobé quantité de ferraille, de chars, d'armes, d'obus et de corps en tous genres, de fusillés et de désespérés ; il était comme décidé à arrêter tout effort, tout transport, toute plaisance. La Loire aurait été capable, cette nuit du premier jour de la Libération de Nevers, d'absorber la ville entière pour combler son malaise et se venger des hommes. Onésime était seul ; un canard flottait silencieux, doux, les palmes en brasse, à ses pieds ; d'un coup de rage molle, d'ivresse de comptoir, il jeta sa bouteille de vin sur l'animal qui s'éloigna à coups d'ailes rases, donnant un dernier râle de bois, de furie, à sa journée ; désormais, à cette heure avancée de la nuit, il ne lui restait plus qu'à s'écrouler pour cuver dans les joncs. Onésime sentait monter en lui une fatigue obscure, foncée, comme si son corps se détachait pour mieux s'éloigner au fond d'un cauchemar, comme si tout allait s'éteindre, en lui, autour de lui, comme s'il était couvert d'une crasse noire, indélébile, qui ne le quitterait plus jamais avant de dormir. Onésime frissonnait, la Loire jetait un souffle de nuit, d'eaux mortes, sans lumière, il avait froid et il se frictionnait les manches, pestant d'avoir laissé sa veste en cuir, son uniforme, la veste d'Alias, sur le dos loqueteux de Pain Blanc. Après tout, dans son fond de cale où ballottait une vigne entière, dans son esprit confus où la violence avait fait feu, Onésime avait réussi à se convaincre que, finalement, cette Pain Blanc aurait très bien pu fricoter avec les Boches, lascive comme elle était, salope comme tout, avec ses seins offerts à tout-va ; qu'elle avait quand même pas mal passé de temps chez la comtesse et que, entre deux messages de la BBC, elle aurait très bien pu se laisser prendre salement par un Boche ; et toutes les fois où elle était rentrée plus tard de l'usine, du réfectoire, accompagnée par des Allemands, elle aurait très bien pu les laisser monter dans sa chambre pour les remercier de la compagnie. On ne l'appelait pas Pain Blanc pour rien, après tout ; parce qu'elle avait la peau faite pour ça, les miches gonflées pour ça, l'esprit charnu, sculpté pour ça, pour le vice, les turlutes et les jambes en l'air ; on ne les change pas, les bonnes femmes, si elles aiment ça, elles trompent leur monde pour assouvir leur sexe, un point c'est tout ; alors Pain Blanc, tu parles. Au bord de l'eau, Onésime aurait aimé avoir les os chauffés par sa veste ; il comptait bien la récupérer à la première occasion. Il se frottait le visage, par à-coups, avec le plat de ses deux mains ; il se nettoyait autant de ses pensées que du voile d'ivresse et de sommeil qui, de plus en plus, l'empêchait d'y voir clair ; il sentait le relent de sang, de ferraille ocre, qui se dégageait de ses paumes ; depuis les caves de l'école normale, il avait passé le reste de la journée avec les mains rouges, roses à force d'être rincées ; il avait été impossible, même sous le flot laiteux des fontaines, de faire disparaître la couche épaisse de sang, du sien et de l'Allemand exécuté, brûlé encore vif ; Onésime avait les phalanges creusées de plaies, d'entailles de boxeur, des rides saignantes entre les ongles ; et, dans le creux de la main, à force d'étaler et de mêler les sangs, chaque ligne, de vie, de chance, d'amour, était dessinée à même la paume, surlignée rouge, comme un ruisseau mort, d'enfer ou de conte. Il plaquait ainsi ses deux mains contre son visage oublié par la nuit et le début d'une absence ; et sans en prendre la mesure, sans comprendre tout à fait ce qui lui arrivait, il venait de rincer les ridelles de sang avec ses larmes ; Onésime pleurait, seul, au bord du fleuve ; il pleurait sans retenue, le son perdu sur la rive, la tête enfouie, il était plongé dans une solitude absolue, bouleversée, que seuls ceux qui ont donné la mort peuvent connaître ; il pleurait sans contenance ni objet, un flot déversé de fatigue, d'enfance, de bêtise ou de misère. C'était un môme, sur cette rive, que l'on pouvait voir en larmes, un gosse de ferme tout gros de ses stupidités d'adolescence, incapable de ne plus rien voir de net, d'approché, de lisible ; ses larmes ne méritaient, somme toute, pas d'attention – d'ailleurs, même la terre les rejetait par sillons de boue, comme le dernier rire moqueur, indifférent, d'une gargouille. Onésime voulait fuir les images, toutes celles qui ne cessaient de percer ses tempes et de malaxer fermement son crâne ; toutes ces images qui venaient sidérer ses premières prises avec l'existence ; cette vie qu'il savait jeune, débutante, à peine amorcée et qui pourtant était déjà grossie par la hantise, par une galerie d'épouvante ; et l'image qui lui revenait sans cesse, qui s'imprimait sur ses paumes et contre la voilure de l'eau, l'image qui déchirait le ciel noir, qui s'imposait à en faire fondre Nevers, c'était celle, perdue, jetée par la fenêtre du train après Paris, après Sainte-Anne, c'était celle du visage de Léontine, ce visage tondu d'une folle, d'une aliénée au supplice, d'un autre temps, d'une autre mesure ; c'était l'image sidérée, captée, ignorée de l'enfance, de sa propre mère saisie sous les traits de la solitude, de la folie et de la douleur indomptée, de cette même douleur qui guide les âmes fugitives, damnées, vers le seuil, toujours ouvert, de la perdition ; depuis la tonte de Pain Blanc, depuis la déchirure fracassée du visage ahuri, tondu ras, de Nicole, sortie du bois féroce de la foule, quelques heures plus tôt, depuis le carnaval moche, Onésime y avait projeté sans conscience l'absence brutale de son enfance : la recherche insatiable, interminable, derrière les barreaux du premier lit, du visage d'une mère ; de l'amorce d'un espoir qui sculpte l'armature d'une existence, celui qu'il existe, en un seul échange de regards et de visages, un lieu où la consolation est la seule source du monde. Onésime pleurait ; il pleurait pour mieux apprivoiser sa méprise, cette façon d'assaisonner le réel avec des songes ; mais il était loin de comprendre, au fond de lui, que par l'effet superposé des images, de ces crânes rasés, tondus, de femmes au supplice, de Léontine et de Nicole, s'était joué le dernier jeu de son impuissance, son besoin irrépressible d'agir sur la forme lâche du passé, de son passé, de son enfance volée, espacée par le deuil, de cette plaine plongée, sans horizon, imposée en décor qu'il n'avait jamais pu apprivoiser ou parcourir, cette injustice du sort qui l'avait empêché, depuis tout ce temps, de sentir le poids sérieux de sa chair et de son existence ; ce deuil impossible, sans corps ni sépulture, sans rite ni geste, ni pierre ni tombe, ce rien sépulcral qui avait parcouru toute son enfance et qui, par la force furieuse des fondations, lui avait peut-être donné la vitalité de ce geste, entre les rues bouleversées de Nevers ; la veste jetée sur les épaules harassées de Nicole était le seul moyen, final, linceul, de couvrir le corps disparu de sa propre mère. Onésime avait fini par s'allonger sur l'herbe dorée, prise des reflets d'eau du fleuve, le vent jetait les joncs contre le ciel ; au loin, le bruit tassé du bal semblait disparaître en même temps que ses derniers flots de conscience ; Onésime gisait là, vineux, le visage violacé de larmes, de sang, le regard océan, les yeux enfoncés, au bout du ciel, dans le mirage parvenu d'une étoile ; mais de loin, de là où l'on se trouve, on ne pouvait voir qu'un tas de mioche ivre, sanglotant pour un rien.

Nicole, elle, s'était levée ; elle était droite, tendue, le visage sans pupilles, la colère cachée derrière ses lunettes noires. Elle voulait rentrer chez elle ; quelques gouttes de pluie avaient commencé à percer le ciel de l'impasse du Champ-des-Cris. Je me suis levé en même temps qu'elle, porté par une apesanteur indécise, suspendu à la limite des choses, et Nicole ne disait plus rien. Arrivés au portail blanc, nous nous sommes arrêtés l'un en face de l'autre. Nicole a pris ma main, une dernière prise et, avec son pouce, elle s'est mise à me caresser le fond de la paume ; elle posait là des derniers mots, en silence, une dernière ponctuation, par le mouvement de son doigt, elle me parlait encore. Je pense qu'elle me demandait, par effleurement, par la seule langue des racines, elle me demandait de ne pas l'oublier, de ne pas laisser sombrer sa parole ; de lui faire une place, une seule, avant que nous ne retournions, tous, dans les eaux profondes et les déserts. Elle a laissé ma main et elle est partie sans un mot de plus. Je l'ai regardée faire, c'est-à-dire s'éloigner, marcher ballottant, comme déséquilibrée par toutes ses marées basses, et je me suis dit que *cahin-caha* avait trouvé là, dans la silhouette de Nicole, une approbation de dictionnaire. C'est en la voyant dériver vers le nord de l'impasse que j'ai pris conscience du peu de perspective, de la butée du paysage qui raturait ce bout de rue qui portait le nom d'impasse – entre le portail blanc de la maison d'Onésime et la porte cochère de Nicole, il n'y avait qu'un pointillé bétonné d'arbres morts, trois pruniers cernés par des dalles et une maison grise, inhabitée depuis des lustres ; puis, si on dépassait du regard la porte derrière laquelle Nicole, enroulée dans sa propre solitude, avait disparu, on pouvait voir, planté à l'angle, un panneau de signalisation pour céder le passage à la route qui, descendante, menait à l'église où le Petit Gâteau avait décidé d'en finir, puis aux carrefours et aux vignes et, plus loin encore, à la sortie du village. Les premières gouttes de pluie, maigres, se fracassaient en sourdine sur le cuir de la veste d'Onésime ; je me retrouvais tout à fait seul et je mesurais soudainement le poids de cette sorte d'exil que je m'étais imposé, de ces années passées à être ailleurs qu'en moi-même. Je regardais les bordures de la maison et du jardin, désormais orphelins ; un vent d'indifférence planait, comme une humeur du paysage : les murs crépis et les volets battants, la courbe pleureuse du mirabellier, les chaises trop blanches au milieu d'un gazon de houle, entretenu par les taupes et les insectes d'hiver ; cette façon outrancière du temps qui avait repris, souverainement, ses droits et semblait recouvrir l'ensemble d'un voile dérisoire, rappelant ainsi qu'un jour prochain il n'y aurait plus là qu'un tas de ruines et puis un possible terrain vague ; je regardais autour de moi et je me disais que plus rien, ici, ne me retenait. La pluie gonflait un peu plus les remontées vaseuses de la terre, des odeurs de branches, de bois gorgés, d'humus et de mousse, un relent de poignée familière de parfums d'enfance lorsqu'il m'arrivait de jouer ici, à hauteur d'herbe, ce mélange de Saint-Suaire où planaient, par je ne sais quel savoir, les notes salines, odorantes, successives des corps en sieste, définitives et disparues, qui avaient précédé ma naissance. En voyant l'impasse se couvrir d'eau ruisselante, je comprenais l'écart entre nos minces connaissances de passagers éphémères et celle, ample, silencieuse et pourtant inscrite sur des petites plaques de tôle bleue, qui frappe les noms que l'on donne aux lieux où nous faisons mine d'habiter, le temps d'un aller-retour : *le champ des cris* s'étendait bien trop loin, au-delà des mémoires encore vives, pour savoir de quelle histoire, ou de quel événement dément, l'impasse avait, à force d'usage et de bruits de basse-cour, acquis le nom. On entendait là-derrière une contraction sonore, bouffante, où des cris anonymes, à jamais disparus, reposaient dans la boue ; ils prenaient toute la place de ce petit carré de terre qui n'avait rien demandé à personne et qui, pourtant, avait été nommé ainsi, un jour d'orage, et qui devait par la suite accueillir le premier cri d'Onésime. Je ne saurai sans doute jamais la réalité tranchante des lieux, celle qui, par contumace, est venue baptiser l'impasse de la maison de Blanche et de Naudet ; mais en voyant s'éloigner Nicole, ce jour-là, je me suis dit que c'était son histoire, brisée de silence, qui venait de nommer les lieux pour les temps à venir ; car j'avais entendu, enfin, quelque chose qui méritait d'être porté à travers champs ; je pouvais porter le même cri en moi. Je me suis arrêté. J'ai regardé une dernière fois autour de moi, j'ai glissé la lettre que j'avais écrite pour Alice dans la poche intérieure de la veste en cuir d'Onésime. J'ai retiré la veste et je l'ai accrochée, comme ça, en portemanteau, au bois moulu du portail blanc. J'ai fixé un instant le mirabellier vidé de ses oiseaux noirs, puis d'un seul pas, sidéré par le reste du jour, je suis sorti de l'impasse.

Sorano 2020 – Paris 2021

L'image reproduite page 263 est une photographie du moulage des « Amants de Pompéi », retravaillée par l'auteur.

Les photographies reproduites aux pages 303-311 sont issues de la collection particulière de l'auteur.

RÉALISATION : NORD COMPO À VILLENEUVE-D'ASCQ
IMPRESSION : NORMANDIE ROTO IMPRESSION S.A.S. À LONRAI
DÉPÔT LÉGAL : AOÛT 2022. N° 151245 (2203057)
IMPRIMÉ EN FRANCE